rororo

Hans Rath, Jahrgang 1965, studierte Philosophie, Germanistik und Psychologie in Bonn. Er lebt in Berlin, wo er sein Geld unter anderem als Drehbuchautor verdient. Mit den Romanen «Man tut, was man kann» (rororo 24941) und «Da muss man durch» (rororo 25455) hat er die Bestsellerlisten im Sturm erobert.

«Fast wie ‹Sex and the City› – aber hier geht es um Kerle.» (NDR Kultur)

«Klingt nach Männerbuch, ist aber leichte Sommerlektüre mit Happy-Hour-Garantie. Am Ende ist man fast traurig, dass man die Jungs ihrem Schicksal überlassen muss.» (Myself über «Man tut, was man kann»)

Hans Rath

WAS WILL MAN MEHR

Roman

Rowohlt Taschenbuch Verlag

Veröffentlicht im Rowohlt Taschenbuch Verlag,
Reinbek bei Hamburg, Juni 2012

Umschlaggestaltung any.way, Hamburg,
nach einem Entwurf von yellowfarm gmbh, Stefanie Freischem
(Umschlagabbildungen: titelio/Fotolia.com; Natalia Bratslavsky, MaxFX,
Mikhail Zykov, Michiel de Wit/iStockphoto.com)
Satz aus der Swift PostScript, InDesign,
bei Pinkuin Satz und Datentechnik, Berlin
Druck und Bindung CPI – Clausen & Bosse, Leck
Printed in Germany
ISBN 978 3 499 25582 3

WAS WILL MAN MEHR

EIN ABENTEUER MIT BETTY CROWLEY

Gott ist ein Witzbold. Ich glaube, er hat Sachen wie Sex oder Reisebusse nur erfunden, um uns in komische Situationen zu bringen. Vielleicht leben wir überhaupt nur deshalb, weil Gott sonst sterbenslangweilig wäre.

Mein Sitznachbar, ein anglikanischer Priester namens Brian Mulligan, findet die Theorie theologisch nicht unproblematisch, betrachtet sie aber als eine gute Erklärung für den Schlamassel, in dem wir gerade stecken. Es ist mitten in der Nacht, und seit Stunden sucht unser Busfahrer den Hafen von Calais. Dabei hat er bislang nicht einmal die Stadt selbst gefunden. Im Moment befinden wir uns in einem winzigen französischen Dorf irgendwo im Landesinneren. Genauer gesagt in der winzigsten Gasse dieses winzigen französischen Dorfes. Wir haben uns nämlich zum wiederholten Male festgefahren. Willi, der Mann am Steuer, versichert per Mikrophon, dass er und sein Kollege Bertram die Situation im Griff haben. Bertram steht draußen im strömenden Regen und fuchtelt wild mit den Armen, um den Reisebus aus der Gasse zu dirigieren. Das stetig lauter werdende Geräusch von schabenden Metallteilen lässt vermuten, dass dieses Manöver in die Hose gehen wird. Ich glaube, eine Straßenlaterne hat sich in die Flanke des Busses gebohrt. Für das ohnehin hochbetagte Fahrzeug dürfte das der Todesstoß sein. Willi ist offenbar anderer Meinung. Er gibt unbeirrt weiter Gas, wodurch sich zu dem Kreischen der Metalle noch ein

Knirschen und Knacken gesellen, die an ein Schiff in höchster Seenot erinnern. Im Grunde klingt es, als würde der Bus jeden Moment in seine Einzelteile zerfallen.

«Hallo, hier ist nochmal der Willi», tönt es aus den Lautsprechern. «Wir machen jetzt ein bisschen Musik, und in Kürze geht unsere …»

Die Durchsage wird von einem explosionsartigen Knall unterbrochen, im gleichen Moment verdunkelt sich ein Teil der Straße. Im Rauschen des Regens hört man Glas auf dem Asphalt zersplittern. Unweit des Busses gehen in einigen Häusern die Lichter an.

«Gib Gummi, Willi! Sonst haben die uns gleich am Wickel!», hört man Bertram von draußen rufen.

Die Vorstellung, Willi und Bertram könnten von aufgebrachten Franzosen geteert und gefedert werden, finde ich ganz reizvoll. Ich befürchte nur, dass wir anderen auch nicht ungeschoren davonkommen würden.

Willi tritt noch energischer aufs Gas. Der Motor röhrt wie ein Hirsch mit Bandscheibenproblemen, und das metallische Schaben wird für quälend lange Sekunden ohrenbetäubend laut. In der Straße gehen nun immer mehr Lichter an. Vereinzelt kommen Anwohner aus ihren Häusern. Die meisten haben Hunde, einige sogar Gewehre dabei. Kurz bevor sie unseren Bus erreichen, was wahrscheinlich der Beginn einer Gewaltorgie wäre, geschieht jedoch ein kleines Wunder. Mit einem lauten Ächzen, das an den Stapellauf eines Ozeanriesen erinnert, schiebt sich unser Bus an der völlig demolierten Straßenlaterne vorbei. Ein Ruck geht durch das Fahrzeug, die Reifen quietschen, und dann nehmen wir auch schon Fahrt auf. Für ein paar Sekunden erwarte ich, Schüsse zu hören, weil die Einheimischen uns an der Flucht zu hindern versuchen. Aber nichts dergleichen geschieht.

Wenige Minuten nach unserer wundersamen Befreiung lassen wir das Dorf hinter uns und rollen durch die dunkle und regnerische Nacht in Richtung Meer – oder in welche Richtung auch immer.

Reverend Mulligan beugt sich zu seiner Kühltasche hinab, öffnet noch zwei Dosen Bier und stellt eine davon auf mein winziges Klapptischchen.

«Danke, ich hab noch.»

«Trinken Sie! Das wird Ihnen helfen, ein bisschen Schlaf zu finden. Es ist noch eine Ewigkeit bis London. Falls die beiden Idioten es überhaupt schaffen, uns mit diesem Schrotthaufen bis zur Fähre zu bringen.»

Da ist was dran. Wir trinken.

«Wo waren wir eben?», fragt Mulligan und lehnt sich in seinem Sitz zurück.

«Ich habe Sie gefragt, warum Sie Priester geworden sind.»

«Ach ja, genau. Das war so: Als junger Mann wollte ich ein Mädchen aus dem Nachbardorf ins Bett kriegen ...»

«Fangen eigentlich viele Priesterbiographien so an?», unterbreche ich kurz.

Mulligan nickt ernst. «Die meisten. Oft geht es aber eher um Jungs aus dem Nachbardorf. In meinem Fall handelte es sich jedenfalls um Betty Crowley. Süße siebzehn, blond, sommersprossig und ein bisschen naseweis. Sie sang im Kirchenchor, und sie schwärmte für den Reverend. Also habe ich ihr gesagt, dass ich ebenfalls Priester werden will.»

«Oha! Das klingt nach einer schweren Sünde», bemerke ich. Ärgerlich, dass mir dieser Trick als Teenager nicht eingefallen ist.

«Sicher, aber Betty Crowley war jede Sünde wert», konstatiert Mulligan.

«Und hat die Strategie funktioniert?»

«Ja und nein. Wir hatten tatsächlich eine kurze Affäre. Aber als sie erfuhr, dass ich sie belogen hatte, verließ sie mich Knall auf Fall.»

«Was man ihr nicht verübeln kann», antworte ich. «Aber immerhin haben Sie bekommen, was Sie wollten: ein Abenteuer mit Betty Crowley.»

«Das schon. Nur leider hatte ich mich zu diesem Zeitpunkt bereits unsterblich in sie verliebt», erklärt Mulligan. Das Bedauern über diese unvorhergesehene Wendung der Ereignisse ist ihm noch heute anzusehen, obwohl die Sache wahrscheinlich mehr als vierzig Jahre zurückliegt.

Ich nehme noch einen großen Schluck Guinness und lasse Mulligan ein wenig Zeit für ein paar melancholische Gedanken an laue Sommernächte mit Betty Crowley. «Haben Sie versucht, sie umzustimmen?»

«Selbstverständlich. Ich habe ihr Briefe geschrieben und Blumen geschickt. Ich habe sie mit Einladungen überhäuft. Ich habe massenweise Konzert- und Kinokarten gekauft. Ich habe sie angefleht, wenigstens ein Eis mit mir essen zu gehen. Aber es half alles nichts. Anfang 1970 trennten sich nicht nur Simon and Garfunkel, sondern auch Betty Crowley und ich.»

«Traurige Geschichte», sage ich und frage mich, was wohl aus den beiden geworden wäre, wenn Betty eingelenkt hätte.

«Allerdings. Das mit Simon and Garfunkel hat mir den Rest gegeben», erwidert Mulligan. «Glücklicherweise trennten sich wenig später auch die Beatles. Das machte die Sache dann wieder ein bisschen wett.»

«Haben Sie sie je wiedergesehen?»

«Die Beatles?»

«Betty Crowley.»

«O ja!», erwidert Mulligan. «Ich beschloss, nach unserer Affäre tatsächlich Priester zu werden. Ich war frustriert, enttäuscht, ein bisschen lebensmüde, und ich war definitiv fertig mit der Liebe. Ideale Voraussetzungen, um als Seelsorger zu arbeiten. Ich war jedenfalls sicher, dass ich nie wieder eine Frau in meine Nähe lassen würde.»

Ich stutze. «Ich dachte, Sie sind Anglikaner.»

«Na und? Auch Anglikaner können ein Keuschheitsgelübde ablegen.»

«Ach, Sie haben …», sage ich und überlege. «Das finde ich …» Tja, wie finde ich es eigentlich, wenn jemand freiwillig auf Sex verzichtet? Auf jeden Fall seltsam. Und auch irgendwie fahrlässig. Was, wenn das alle machen würden? Sex könnte dann eines Tages plötzlich von der Evolutionsliste verschwinden. Wahrscheinlich haben Emus und Strauße auf ganz ähnliche Weise ihre Flugfähigkeit verzockt.

«Na ja, ich war eben jung, und deshalb habe ich überreagiert», unterbricht Mulligan meine Überlegungen. «Bereits im ersten Semester hatte sich mein Keuschheitsgelübde erledigt. Eine Irin hat dafür gesorgt. Sie hieß Grace McCorman, hatte rote Locken und die Angewohnheit, beim Orgasmus das halbe Studentenheim aufzuwecken.»

«Hören Sie das eigentlich auch?», frage ich. Seit unserer Havarie sind zu den beunruhigenden Geräuschen, die der Bus schon vorher gemacht hat, ein paar noch beunruhigendere Geräusche hinzugekommen. Zum einen ein Wummern, zum anderen ein Knirschen.

Mulligan schließt die Augen und konzentriert sich. «Klingt, als käme es von unten. Vielleicht das Fahrwerk. Oder die Räder. Oder auch die Bremsen.»

«In jedem Fall scheint es etwas zu sein, das wir noch benötigen», fasse ich zusammen. «Ich glaube, ich werde mal ein paar Worte mit unserer kompetenten Reiseleitung wechseln.»

«Ob das was bringt?», unkt Mulligan. «Die beiden haben gerade absichtlich eine Straßenlaterne überfahren. Glauben Sie, die interessieren sich für technische Feinheiten?»

«Hallo, hier ist nochmal der Willi», tönt es in diesem Moment wie zur Bestätigung aus den Lautsprechern. «Nach unserem kurzen ungeplanten Abstecher in die französische Provinz hat unser Navigationssystem jetzt wieder Empfang. Voraussichtlich werden wir in knapp einer Stunde in Calais eintreffen und dort die Fähre um …»

Diesmal wird Willis Durchsage von einem Scheppern unterbrochen, dass in eine Art Bimmeln übergeht. Es klingt, als würde uns ein penetranter Eisverkäufer verfolgen. Der Bus verringert die Geschwindigkeit, wodurch nun auch das Bimmeln leiser wird.

«Scheiße, Mann!», hört man Bertram sagen. «Das ist bestimmt die verfluchte Stoßstange. Die war eben schon locker.»

«Ja, und jetzt?», fragt Willi ratlos.

«Nix. Lass schleifen. Die fällt schon irgendwann ab», erwidert Bertram.

«Quatsch! Ist doch viel zu laut», stellt Willi fest. «Wie sollen die dahinten bei dem Krach denn pennen?»

Man hört Bertram lange seufzen. «Gut. Dann halt eben an. Wir schrauben das Drecksding ab. Dann ist Ruhe.»

Offenbar hat Willi vergessen, das Mikrophon abzuschalten, denn der Dialog war nicht für uns gedacht. Man merkt es an Willis folgender diplomatischer Durchsage: «Hallo, hier ist nochmal der Willi. Wir haben leider einige winzige technische Probleme, die wir aber rasch selbst beheben können. Wir werden deshalb kurz anhalten. Ich verspreche Ihnen, es dauert nicht lange. Vielen Dank schon jetzt für Ihr Verständnis.»

«Hab es mir abgewöhnt», sage ich wenig später zu Mulligan, als der mir eine Zigarette anbietet. Wir stehen auf der nassen Straße etwas abseits des Busses unter einem imposanten Sternenhimmel. Der Regen hat aufgehört. Leise hört man Bertram und Willi diskutieren, während sie sich mit der Stoßstange abmühen. Ein paar der Reisenden vertreten sich die Beine, rauchen und plaudern. Die meisten sind auf ihren Plätzen geblieben.

«Ich habe auch ein paarmal versucht, es mir abzugewöhnen», erwidert Mulligan. «Hat leider nie lange gehalten. Und inzwischen hab ich keine Lust mehr aufzuhören. Ist jetzt einfach zu spät.»

«Angeblich ja nicht», erwidere ich. «Es lohnt sich wohl noch …»

«Ja, ich weiß», unterbricht Mulligan ein wenig ungehalten. «Hat mein Arzt auch gesagt. Angeblich lohnt es sich immer. Wenn ich jetzt aufhöre, hat er gesagt, dann habe ich in zehn Jahren die Konstitution eines Nichtrauchers.»

«Und?»

«Nichts und. In zehn Jahren bin ich über siebzig. Was soll ich da mit der Konstitution eines Nichtrauchers? Besser aus dem Sessel hochkommen?»

Man hört klirrend einen Schraubenschlüssel auf den Asphalt fallen, gefolgt von einem leisen Fluchen.

«Kann ich jetzt doch eine Zigarette haben?», bitte ich.

«Auf gar keinen Fall.» Mulligan macht keine Anstalten, die Packung hervorzukramen. «Lassen Sie den Quatsch einfach. Ich bin ein alter Sack, aber Sie noch lange nicht. Wie alt sind Sie? Neununddreißig? Vierzig?»

«Dreiundvierzig.»

«Jedenfalls lohnt es sich bei Ihnen noch.»

«Sechzig ist eigentlich auch kein Alter.»

Mulligan lächelt. «Das stimmt. Es gibt ja auch einige Dinge in meinem Leben, für die es nicht zu spät ist. Und vielleicht gibt es sogar ein paar wenige Dinge, für die es im Leben NIE zu spät ist ...» Er unterbricht sich selbst, inhaliert tief und bläst den Rauch in den Nachthimmel. «Aber kennen Sie das denn nicht? Diese Momente im Leben, wo etwas definitiv zu spät ist?»

«Doch», antworte ich und muss an Iris denken. Genau das hat sie zu mir gesagt. Dass aus uns vielleicht was hätte werden können. Dass es aber dafür definitiv zu spät ist.

«Ich sehe Ihnen an, dass Sie wissen, wovon ich rede», sagt Mulligan und hält mir nun doch die Packung Zigaretten hin.

Ich schüttele den Kopf. «Danke. Vielleicht sollte ich es wirklich lassen.»

Zufrieden steckt Mulligan die Zigaretten wieder ein.

«Sie haben eben gesagt, dass Sie Betty Crowley wiedergesehen haben.»

Mulligan nickt, kommt jedoch nicht dazu, mir zu antworten.

«Alles klar! Es kann weitergehen!», ruft Bertram, schiebt geräuschvoll seinen Werkzeugkasten in den Laderaum des Busses und lässt die Luke mit einem derartigen Krachen ins Schloss fallen, dass die meisten Reisegäste aus dem Schlaf hochschrecken.

Als wir wieder unsere Plätze eingenommen haben, sehe ich, dass auch Mulligan müde ist. Wir nippen an unseren Bieren.

«Ich möchte nur kurz die Augen schließen, nur eine Minute», sagt er. Im nächsten Moment ist er eingeschlafen.

Auch ich lehne mich zurück und lasse das Wummern des Motors und das Rauschen des Fahrtwindes auf mich wirken. Keine Minute später spüre ich eine bleierne Müdigkeit auf mich herabsinken.

«Endstation», höre ich als Nächstes Willi sagen. Die Stimme kommt aus weiter Ferne. Nur langsam erwache ich aus einem traumlosen Schlaf und schaue in das Gesicht unseres Fahrers.

«Was ist los?», frage ich verwirrt. «Sind wir etwa schon in London?»

Mulligan erwacht ebenfalls. Er murmelt etwas Unverständliches, nimmt einen Schluck Bier und späht aus dem Fenster.

«Haben Sie meine Durchsage nicht gehört?», fragt Willi.

Ich schüttele den Kopf. Dabei fällt mir auf, dass der Bus leer ist. Mulligan und ich sind die letzten Fahrgäste. Auch er registriert es nun.

«Die Achse ist hin», erklärt Willi. «Totalschaden. Also ist hier Schluss. Tut mir wirklich leid, aber da kann man nichts machen.»

«Haben wir etwa den Ersatzbus verpasst?», fragt Mulligan.

Willi schüttelt den Kopf. «Es gibt keinen Ersatzbus. Zumindest nicht vor morgen früh. Die anderen Reisegäste haben sich zu Fuß auf den Weg gemacht. Es sind nur knapp vier Kilometer bis zum Hafen, und die nächste Fähre geht erst in zwei Stunden. Das ist also problemlos zu schaffen.»

«Ist denn niemand auf die Idee gekommen, ein Taxi zu rufen?», fragt Mulligan verwundert und nimmt noch einen großen Schluck Guinness.

«Doch, aber da geht keiner ran. Entweder die sind beschäftigt, oder die haben auch technische Probleme.»

Mulligan und ich wechseln einen Blick.

«Tja …», sage ich und denke mit Unbehagen an meine beiden schweren Koffer. Vor vier Jahren hatte ich meinen ersten Bandscheibenvorfall, der zweite dürfte heute Nacht fällig werden.

Mulligan scheint ganz ähnliche Befürchtungen zu haben. «Wir sollen also mitsamt unserem Gepäck …?»

«Nein. Das Gepäck liefern wir selbstverständlich nach», unterbricht Willi generös. «Sie brauchen nur das Nötigste mitzunehmen. Die restlichen Sachen können ab morgen Mittag in unserem Büro in London abgeholt werden. Zusammen mit einem Reisegutschein als kleine Entschädigung für die Unannehmlichkeiten.»

«Und wie kommen wir von Dover nach London?», frage ich.

«Wir tun unser Bestes, um einen Ersatzbus zu chartern. Es dauert ja noch ein paar Stunden, bis die Fähre drüben ist. Bis dahin haben wir sicher eine Lösung gefunden.»

Mulligan zieht seine Kühltasche unterm Sitz hervor, greift nach seiner Jacke und erhebt sich. «Dann wollen wir mal, oder?»

Ich zucke mit den Schultern. «Wird uns nichts anderes übrigbleiben.»

Die Luft ist klar, schwarze Wolken verdecken den Sternenhimmel. Eine Weile gehen wir schweigend die spärlich beleuchtete Landstraße entlang. Mulligan steckt sich eine Zigarette an, öffnet eine Dose Bier und hält sie mir hin. Ich schüttele den Kopf. Ein Kaffee wäre mir jetzt lieber.

«Gibt es eigentlich in Ihrem Leben auch eine Betty Crowley? Oder hatten Sie mehr Glück in der Liebe als ich?»

Betty Crowley! Jetzt fällt mir wieder ein, dass wir zuletzt über sie sprachen. «Sie haben mir noch nicht erzählt, unter welchen Umständen Sie sie wiedergesehen haben.»

«Weichen Sie etwa meiner Frage aus?»

«Keineswegs.»

«Kommt mir aber so vor.»

«Es gibt auch eine unglückliche Liebe in meinem Leben», erwidere ich. «Ich erzähle Ihnen die Geschichte, aber zuerst möchte ich wissen, was aus Betty Crowley geworden ist.»

Mulligan wirft seine gerade erst angerauchte Zigarette auf die Straße, wo sie zischend in einer kleinen Pfütze erlischt. «Schmeckt nicht», kommentiert er und spült mit einem Schluck Guinness nach. «Ich habe Betty Crowley gleich nach meinem Studium wiedergesehen. Und seitdem sehe ich sie praktisch täglich.»

«Dann hatte die Geschichte doch ein Happy End?», frage ich irritiert.

«Nein. Wie ich viel später erfahren habe, hatte Betty noch ein zweites Eisen im Feuer, als sie mich abservierte. Während ich noch dachte, sie wäre sauer auf mich, lag sie längst im Bett von Patrick Tailor. Im Vergleich zu mir war er klar die bessere Partie. Er wollte das Autohaus seines Vaters übernehmen und eine Filiale in London eröffnen.»

«Sie ist seine Frau geworden», rate ich.

«Ganz genau», erwidert Mulligan. «Zu einer Londoner Filiale hat Patrick es nie gebracht, aber er bekam Betty. Später obendrein das Amt des Bürgermeisters. Und all das in genau jenem Kaff, das ich als Seelsorger betreue. Mein Bischof hielt es nämlich für eine gute Idee, dass ich dort als Priester arbeite, wo ich geboren bin.»

«Warum haben Sie nicht einfach um eine Versetzung gebeten?»

«Hab ich. Leider ohne Erfolg. Drei lange Jahre hab ich mich regelmäßig beim Bischof gemeldet, um immer neue Argumente für meine Versetzung vorzubringen. Aber er hat mich nicht erhört. Immerhin war das die Zeit, die ich brauchte, um über Betty Tailor hinwegzukommen.»

«Drei Jahre», wiederhole ich gedehnt und überschlage, dass die Sache mit Iris ein gutes Jahr zurückliegt. Ich stecke also noch in der ersten Halbzeit, und schon die kommt mir quälend lang vor.

«Am meisten hat es mir geholfen, mich in die Situation von Patrick zu versetzen», fährt Mulligan fort. «Betty lässt kein gutes Haar an ihm, weil er sich für die Provinz und gegen London entschieden hat. Überhaupt ist sie krankhaft ehrgeizig. Wenn ich mir vorstelle, dass sie heute mir die Hölle heißmachen würde, dann bin ich sehr froh, dass sie sich damals nicht für mich entschieden hat.»

«Das ist Ihnen erst nach drei Jahren klargeworden?», frage ich ungläubig.

«Ja», erwidert Mulligan leichthin. «Ich verliebte mich plötzlich in die Leiterin der Stadtbibliothek, und in diesem Moment fühlte ich, dass Betty Tailor aus meinem Herzen verschwunden war.»

«Sind Sie auch auf dem Weg zur Fähre?», hört man in diesem Moment eine alte und schwache Stimme aus dem Dunkel fragen.

Mulligan und ich halten inne. Am Straßenrand ist die Silhouette eines Mannes zu erkennen. Wie wir wenig später erfahren, handelt es sich um den dreiundneunzigjährigen William McCullum, einen starrköpfigen Iren, der sein Gepäck nicht mehr aus der Hand gibt, seit man es ihm einmal gestohlen hat.

«Das war am Abend des 14. März 1937», erklärt William. «Es regt mich immer noch fürchterlich auf, wenn ich nur dran denke.»

William hat deshalb seinen Koffer mitgenommen. Jetzt

ist der alte Mann leider mit seinen Kräften am Ende. «Wenn Sie mir helfen würden, dann könnte ich es pünktlich bis zur Fähre schaffen. Sie müssen wissen, meine Urenkelin in Newham wird morgen volljährig.»

Mulligan dreht sich um. Weit hat McCullum es mit seinem Koffer nicht geschafft. Unser havarierter Reisebus steht keine dreihundert Meter entfernt. Ich ahne, was der Reverend denkt. Es wäre die einfachste Lösung, Williams Koffer zurückzubringen und dann gemeinsam zur Fähre zu gehen, statt das Gepäck des alten Mannes mehrere Kilometer weit zu schleppen. Wahrscheinlich wird William sich auf diesen Vorschlag jedoch nicht einlassen, weil er durch den mehr als siebzig Jahre zurückliegenden Kofferraub traumatisiert ist. Ich greife nach dem Gepäck vom alten McCullum und erleichtere damit Mulligan die Entscheidung.

Da der alte Mann auch ohne seinen schweren Koffer nicht gut zu Fuß ist, hätten wir um Haaresbreite die Fähre verpasst. Dort sorgt ein freundliches Besatzungsmitglied immerhin dafür, dass William sich auf einer Pritsche im Mannschaftsraum ausruhen darf. Der alte Mann ist froh, so anständige Leute wie uns getroffen zu haben, und bedankt sich überschwänglich. Seinen Koffer nimmt William trotzdem sicherheitshalber lieber mit in den Mannschaftsraum.

Während ich zwei Sixpacks Guinness besorge, um Mulligans Kühltasche aufzufüllen, und zwei Tassen Kaffee, um die Müdigkeit zu vertreiben, sucht der Reverend uns einen Fensterplatz. Die Sessel und Tische sind aus Hartplastik und in verschiedenen Orangetönen gehalten. Das soll wahrscheinlich frisch und freundlich wirken, tut es aber nicht. Man fühlt sich, als würde man in den siebziger Jahren an einem verlassenen Busbahnhof herumlungern.

Draußen herrscht tiefschwarze Nacht. Gischt spritzt gegen die Fensterscheiben. Man spürt deutlich den starken Seegang. Zu hören ist vom Rollen der Wellen und vom Rauschen des Windes hier drinnen aber kaum etwas. Lediglich das dumpfe und monotone Klopfen der Maschinen im Bauch des Schiffes erinnert daran, dass sich die Fähre durch schweres Wetter kämpft.

«Dann legen Sie mal los!», bittet Mulligan und öffnet eine Dose Bier, nachdem er kurz an seinem Kaffee genippt hat.

Ich sehe ihn fragend an.

«Ihre Betty-Crowley-Geschichte», setzt er nach.

«Ach ja», erwidere ich und überlege, wo ich anfangen soll.

«Wie heißt sie denn überhaupt?», hilft Mulligan mir auf die Sprünge.

«Iris.»

«Ein hübscher Name.» Er zieht ein weiteres Bier aus der Kühltasche, öffnet es und stellt es neben meinen Kaffee.

«Ihre Schwester erwartet ein Kind von mir», falle ich mit der Tür ins Haus.

Mulligan schiebt langsam seine Kaffeetasse zur Seite. «Sie lieben eine Frau, von deren Schwester Sie ein Kind erwarten.»

«Genauso ist es», sage ich nickend.

«Und wieso? Haben Sie sich nicht entscheiden können?», rät Mulligan.

«Doch, ich hätte mich für Iris entschieden. Aber die ist die Frau eines anderen geworden. Wir hatten kurz vor ihrer Hochzeit was miteinander. Ich wollte sie überreden, nicht vor den Altar zu treten. Leider kam ich zu spät. Ihr Mann ist ihr nicht sonderlich treu, aber die beiden haben ein Kind. Deshalb will sie ihn nicht verlassen.»

«Haben Sie nach der Hochzeit nochmal mit ihr gesprochen?»

«Mehrmals», erwidere ich. «Ich habe auch versucht, sie umzustimmen, aber Iris hat jedes Mal klargemacht, dass es dafür zu spät ist.»

«Und wie kam es dann zu der Affäre mit der Schwester?»

«Ach, eigentlich war das mit Audrey keine Affäre.»

Mulligan stutzt. «Aber sie erwartet doch ein Kind von Ihnen, oder?»

Ich nicke. «Trotzdem hatten wir nur ein einziges Mal Sex.»

Mulligan schiebt die Unterlippe ein wenig vor und nickt anerkennend.

«Was?», frage ich leicht gereizt. «Kommen Sie mir jetzt nicht mit göttlicher Fügung oder so. Es war ein Zufall, nichts weiter.»

Er winkt ab und nippt an seinem Bier. «Ich käme nie auf die Idee, Gott in Ihre Bettgeschichten reinzuziehen. Aber sagen Sie mir: Ist das jetzt ein glücklicher oder ein unglücklicher Zufall, dass Sie Vater werden?»

«Gute Frage», erwidere ich. «Ich habe es erst vorgestern erfahren und hatte bis jetzt noch keine Gelegenheit, darüber nachzudenken.»

«Aber was sagt Ihr Bauchgefühl?», insistiert Mulligan.

Ich nehme einen Schluck Kaffee und versuche zu meinem Bauchgefühl durchzudringen. «Keine Ahnung», sage ich dann. «Ich habe damit gerechnet, dass ich irgendwann einmal Vater werden würde. Allerdings habe ich es mir etwas anders vorgestellt.»

«Wie Sie bereits wissen, habe ich mir mein Leben auch etwas anders vorgestellt», erwidert Mulligan. «Aber das muss ja nichts heißen.»

«Audrey ist zum Beispiel viel jünger als ich.»

«Muss nichts heißen», lächelt Mulligan.

«Sie jettet als Fotografin durch die Weltgeschichte.»

«Muss nichts heißen.»

«Wir leben nicht mal im gleichen Land.»

«Muss auch nichts heißen.»

«Ich bin immer noch in Iris verliebt.»

Kurzes Schweigen.

«Gut. Das ist Scheiße», stellt Mulligan sachlich fest.

Wir nippen an unseren Getränken und hängen unseren Gedanken nach.

«Ich bin auf dem Weg nach London, weil ich versuchen will, das Beste aus der Situation zu machen», sage ich nach einer Weile. «Ich glaube nicht, dass Audrey und ich eine Beziehung haben werden. Aber immerhin können wir dafür sorgen, dass es dem Kind gutgeht.»

«Hört sich an, als würden Sie sich aufopfern.»

«Nein! Quatsch!», erwidere ich im Brustton der Überzeugung, bin aber doch einen kurzen Moment irritiert.

Mulligan sieht mich ruhig an und schweigt.

«Sie glauben, dass ich das alles eines schlechten Gewissens wegen mache?», frage ich unbehaglich.

«Ich weiß es nicht, aber Sie sollten darüber nachdenken. Schuld ist eine starke Triebfeder. Wenn es sie nicht gäbe, dann könnten wir sämtliche Kirchen dichtmachen.»

Während ich überlege, sieht Mulligan mich forschend an. «Ich scheine jedenfalls nicht ganz falschzuliegen», sagt er nach einer Weile.

Ich greife nun doch nach meinem Bier und seufze. «Audrey und Iris stammen aus wohlhabenden Verhältnissen. Die Familie besaß einen Verlag, der aber der Wirtschaftskrise im letzten Jahr zum Opfer gefallen ist.»

«Und was hat das mit Ihnen zu tun?»

«Ich habe das Unternehmen geleitet.»

Mulligan stößt einen anerkennenden Pfiff aus.

«Ich habe den Verlag schon vorher verlassen. Der Bankrott war also nicht meine Schuld, aber ...»

«... aber für die Familie sind Sie trotzdem der Schuldige», vollendet Mulligan den Satz.

Ich zucke mit den Schultern. «Sagen wir, zumindest die Patriarchin ist nicht gut auf mich zu sprechen», erwidere ich.

«Ist sie hübsch? Könnte sie mein Typ sein?», fragt Mulligan, ohne eine Miene zu verziehen.

«Elisabeth von Beuten ist zwanzig Jahre älter als Sie.»

«Elisabeth von Beuten», wiederholt Mulligan langsam. «Ist sie wirklich so hart, wie ihr Name klingt?»

Ich nicke. «Mindestens so hart.»

«Wo müssen Sie eigentlich hin?», fragt Mulligan.

«Irgendwo in den Norden von London», erwidere ich und krame einen Zettel aus der Tasche, auf dem ich die Adresse notiert habe.

«Ich muss zwar in den Süden, aber ich nehme Sie mit», verkündet Mulligan. «Sie haben schon genug Probleme am Hals, da müssen Sie sich jetzt nicht auch noch mit öffentlichen Verkehrsmitteln durchs Vereinigte Königreich schlagen.»

«Sie haben ein Auto?», frage ich.

«Nein. Ich habe kein Auto. Ich werde ein Taxi nehmen.»

«Das kann ich mir nicht leisten», erwidere ich. Und denke mit Unbehagen daran, dass ich mir im Moment kaum etwas leisten kann.

«Ich mir auch nicht», verkündet Mulligan. «Ich werde einfach die Kollekte der letzten drei Monate auf den Kopf hauen.»

«Vielleicht kriegen wir in Dover ja auch unseren Ersatzbus», sage ich.

Mulligan lacht. «Ich wette fünf Pfund dagegen.»

«Hätte ich mir denken können, dass Sie auch noch wetten.»

Mulligan nickt zufrieden. «Ja. Ich trinke. Ich rauche. Ich wette. Und wenn es möglich wäre, dann würde ich auch mit Betty Tailor schlafen.»

Es dämmert, als der Reverend mich in einem Londoner Vorort absetzt. Am Ende eines verwilderten Gartens ist ein kleines Cottage zu sehen, das sich unter einer mächtigen Ulme zu ducken scheint. Alles ist ruhig. Ich kann mein Herz schlagen hören. Das liegt aber nicht an der Stille, sondern an der bevorstehenden Begegnung mit Iris, denke ich, und gelange an die hölzerne Eingangstür. Ich klopfe. Nichts geschieht. Ich klopfe erneut und stelle mir vor, dass gleich diese Tür aufgeht und Iris' Engelsgesicht erscheinen wird. Wieder keine Reaktion, wieder klopfe ich. Nun sind leise Geräusche zu hören. Ich warte.

Langsam wird die Tür geöffnet. Iris steht vor mir. Sie sieht nicht nur nicht engelhaft aus, sondern völlig verwahrlost. Ihre Haare sind wirr und ungewaschen, der Morgenmantel ist fleckig, sie hat tiefe Ringe unter den Augen, und ihr Gesichtsausdruck erinnert an verwirrte alte Frauen, die mit Dutzenden von Katzen zusammenleben.

«Hi», sage ich ebenso unsicher wie erschrocken.

«Wenn sie jetzt wieder wach wird, dann bring ich dich um», flüstert Iris. Es klingt wie das gefährliche Versprechen einer geisteskranken Serienmörderin.

Stille. Ich frage mich, was mit ihr los ist.

Dann hört man plötzlich ein kurzes Aufstöhnen, gefolgt von dem langsam anschwellenden, sirenenartigen Geräusch eines schreienden Säuglings.

DAS LONDONER BÜRO HAT FUNKKONTAKT

«Soll ich uns vielleicht einen Kaffee machen?», frage ich durch die geschlossene Badezimmertür. Keine Reaktion von Iris.

«Und gibt es hier vielleicht irgendwo einen Bäcker?», setze ich nach. «Ich könnte uns ein paar …» Drinnen wird demonstrativ ein Föhn eingeschaltet. Ich soll also meine Frühstücksplanung offenbar für mich behalten.

«Deine Mami ist immer noch sauer auf mich», sage ich zu Mary-Ann. Die Kleine hört mir ebenfalls nicht zu, sondern wartet darauf, dass ich ihre gerade abgelaufene Spieluhr wieder aufziehe. Routiniert betätige ich den Drehknopf. Das rhythmische Knacken lässt Mary-Ann aufgeregt an ihrem Schnuller nuckeln. Dann klimpert der kleine Plastikkasten über ihrem Bettchen ein weiteres Mal *Frère Jacques*. Sie lächelt zufrieden. Wir haben das Lied seit Sonnenaufgang nach meiner Schätzung etwa eine Million Mal gehört. Mary-Ann ist offenbar ein großer Fan der Melodie. Ich hingegen befürchte, dass *Frère Jacques* mein Ticket in eine düstere viktorianische Nervenheilanstalt sein könnte, wo ich als «Crazy Brother John» den Rest meiner Tage in einer Einzelzelle verbringen muss.

«Hast du mich eben was gefragt?», erkundigt sich Iris und reißt mich damit aus meinen apokalyptischen Tagträumen. Ein paar Stunden Schlaf und eine Dusche haben ihr sichtlich gutgetan. Sie wirkt erholt und längst nicht mehr so angespannt wie in den frühen Morgenstunden. Mit wenigen Handgriffen bindet sie ihre Haare zu einem Zopf.

«Rot?», frage ich verblüfft. «Blond stand dir aber auch nicht schlecht.»

«War es das, was du wissen wolltest?»

«Nein. Ich wollte uns einen Kaffee machen», erwidere ich.

«Ich mach schon», sagt sie und geht die wenigen Schritte zur Küchenzeile.

«Du bist nicht mehr sauer auf mich», stelle ich erfreut fest.

«Wegen Mary-Ann? Nein. Du hast mir ein paar Stunden Freizeit ermöglicht. Ich müsste dir eigentlich sogar sehr dankbar sein.»

Dann hat sich meine Nachtschicht zumindest in dieser Hinsicht gelohnt, denke ich. Im gleichen Moment fällt mir Iris' merkwürdige Wortwahl auf.

«Wieso müsste?», frage ich.

«Na ja. Dass ich mir überhaupt die Nächte mit Mary-Ann um die Ohren schlagen muss, habe ich schließlich dir zu verdanken. Timothy könnte mir helfen, aber er ist in Deutschland und versucht im Verlag zu retten, was noch zu retten ist.»

«Und das heißt?», frage ich verdutzt. Mir ist völlig schleierhaft, worauf Iris hinauswill.

Sie ist nun ebenfalls verwundert. «Ich glaube, du bist an der ganzen Misere nicht völlig unschuldig, oder?»

Ich bin baff. «Doch, bin ich. Ich hab den Laden verlassen, lange bevor das Insolvenzverfahren eröffnet wurde», wehre ich mich.

«Ja, und zwar Hals über Kopf. Gewisse Leute glauben, du hast sehr genau gewusst, was auf den Verlag zukam, und dich deshalb rechtzeitig aus dem Staub gemacht.»

Ich spüre, dass Iris' Verdächtigungen mich auf die Palme bringen. «Bei diesen gewissen Leuten handelt es sich nicht zufällig um deinen Vater und deine Großmutter, oder?»

«Wenn alle so schrecklich falschliegen, dann sag du mir doch einfach, wie es wirklich war», erwidert sie schnippisch und stellt eine Tasse Kaffee auf den alten, aber hübschen Küchentisch. «Bitte sehr.»

«Danke sehr.» Ich nehme einen Schluck und überlege. «Du willst die Wahrheit wissen? Okay. Die Wahrheit ist, dass ich den Job deinetwegen hingeschmissen habe.»

Jetzt ist Iris bass erstaunt. Sie stellt eine weitere Tasse Kaffee auf den Tisch und setzt sich. «Was soll das heißen: meinetwegen?»

«Du hast mich doch damals gebeten, Timothy zu helfen ...», beginne ich.

Ihr spöttisches Lachen beendet den Satz vorzeitig. «Schon klar. Du hast dich aufgeopfert, um meine Ehe zu retten. Willst du mir das erzählen?»

Ich schüttele den Kopf. «Deine Ehe war mir völlig gleichgültig. Ich hab sogar lange Zeit gehofft, dass sie scheitern würde. Vielleicht hätte ich dann ja eine Chance bei dir bekommen.»

Sie sieht mich durchdringend an. «Aber stattdessen hast du Timothy geholfen und damit auch meiner Ehe. Wie passt denn das zusammen?»

«Ganz einfach. Hätte ich dir die Bitte abgeschlagen, säßen wir jetzt nicht hier. Du würdest mir nämlich bis in alle Ewigkeit vorwerfen, dass ich deine Ehe zerstört und dich zur mittellosen, alleinerziehenden Mutter gemacht habe. Außerdem hatte ich sowieso keine Lust mehr auf den Job. Die Entscheidung ist mir also leichtgefallen.»

Letzteres stimmt nicht ganz. Erst als ich verstanden hatte,

dass Iris für mich unerreichbar bleiben würde, hatte ich plötzlich das drängende Verlangen, mein Leben über den Haufen zu werfen. Ich weiß nicht, ob ich das auch getan hätte, wenn Iris nicht gewesen wäre.

Sie sieht mich immer noch an. «Du bist ein merkwürdiger Mensch, Paul.»

«Ja. Schon möglich.»

«Stimmt es, dass du alles verloren hast?»

«Gut, dass du das ansprichst. Ich wollte dich nämlich sowieso bitten, mir ein bisschen Geld zu leihen.» Die Frage ist mir zwar äußerst unangenehm, aber ich weiß gerade nicht einmal, wovon ich eine Busfahrkarte in die City bezahlen soll, um dort meinen Freund Schamski zu treffen.

Iris erhebt sich wortlos, zieht einen Geldschein aus einer Schublade und legt ihn mir hin. «Fünfzig Pfund. Mehr habe ich im Moment nicht.»

«Danke.» Rasch stecke ich das Geld ein. «Ich hoffe, Audrey kann mir was vorstrecken, bis ich einen Job habe. Dann gebe ich es dir sofort zurück.»

Iris winkt ab. «Schon okay. Im Moment helfen wir uns alle gegenseitig. In ein paar Wochen wissen wir, wie es um den Verlag und das Familienvermögen steht. Mit etwas Glück beginnen dann wieder bessere Zeiten.»

«Ich weiß. Audrey hat mir erzählt, dass sie eine Weile bei euch wohnen kann. Das ist sehr großzügig. Wo steckt sie eigentlich?»

«Im Kongo.»

Das stundenlange Geklimper von *Frère Jacques* zeigt offenbar Wirkung.

«Entschuldige», sage ich. «Ich habe gerade verstanden: im Kongo.»

Iris nickt. «Richtig. Das habe ich ja auch gesagt.»

«Im Kongo», wiederhole ich und stelle mir vor, wie in meinem Gehirn die Angestellten hektisch durcheinanderlaufen, weil sie die Information nicht zuordnen können. «Audrey war vorgestern noch bei mir», rekapituliere ich hilflos. «Und sie ist hochschwanger. In ein oder zwei Wochen könnte das Kind kommen.»

«Oder in genau vier Tagen», erwidert Iris ungerührt. «Das wäre dann nämlich der errechnete Geburtstermin.»

«Reden wir denn vom gleichen Kongo?», frage ich ebenso blöd wie aufgeschmissen.

«Ich rede von dem in Afrika», erklärt Iris.

«Aber wie ist sie denn da überhaupt hingekommen? Das dauert doch ewig mit dem Schiff», stelle ich empört fest.

«Sie ist geflogen.» Iris sieht, dass ich etwas einwenden will, und hebt die Hand. «Es war kein regulärer Flug. Eine humanitäre Organisation hat die Maschine gechartert, um zwanzig Ärzte in den Kongo zu fliegen. Audrey ist dabei, um die Aktion fotografisch zu dokumentieren. Die Initiatoren sind Freunde von ihr. Deshalb hat sie zugesagt. Außerdem ist sie ja umringt von Ärzten, falls es Schwierigkeiten gibt. Es kann also eigentlich nichts passieren.»

«Ist das wirklich deine Meinung?», frage ich skeptisch.

«Nein! Das hat Audrey gesagt. Ich fand die Aktion sehr gewagt.»

«Gewagt?», ereifere ich mich. «Das ist totaler Schwachsinn! Was, wenn sie Wehen bekommt? Dann ist zwar das größte Ärzteteam der Geschichte bei ihr, aber wahrscheinlich müssen sich alle ein Stethoskop teilen. Außerdem sind die Krankenbaracken sicher total überfüllt. Das Wasser ist dreckig, die Tiere sind giftig, und die Hitze ist mörderisch.»

«Die politischen Unruhen hast du vergessen.»

«Meinetwegen gibt es auch noch politische Unruhen», ergänze ich schlecht gelaunt. «Kann ich sie irgendwie erreichen?»

«Nein. Im Grunde nicht», erwidert Iris. «Das Londoner Büro hat Funkkontakt, aber auch nur gelegentlich. Am besten, du gehst da vorbei und fragst, ob sie dich mit Audrey verbinden können. Übermorgen will sie aber sowieso wieder zurück sein.»

«Dann hoffe ich nur, dass sich unser Sohn an seinen errechneten Geburtstermin hält.» Es hört sich wie ein Witz an. Aber gerade mache ich mir wirklich Sorgen um Audrey und das Baby.

«Meine Schwester kennt sich mit Extremsituationen ganz gut aus», sagt Iris beruhigend. «Audrey ist zwar risikofreudig und manchmal auch ziemlich chaotisch. Aber sie ist nicht verrückt. Mach dir also keine Sorgen, es wird schon alles gutgehen.»

Auf dem Weg zu Schamski hallt Iris' Bemerkung in meinem Kopf nach. In den vergangenen Monaten habe ich getreu diesem Leitspruch gelebt. Ich habe mir keine Sorgen gemacht und daran geglaubt, dass die Dinge sich schon irgendwie zum Guten wenden werden. Leider ist das Gegenteil eingetreten. Seit ich auf mein Glück vertraue, hält mir das Pech eisern die Treue. Jetzt bin ich ein Mann in den Vierzigern, der keinen Job, kein Geld und keine berufliche Perspektive hat, dafür aber bald eine Familie ernähren muss. Vielleicht sollte man den Leitspruch einfach abwandeln. Ich würde es so formulieren: Mach dir schon deshalb keine Sorgen, weil du damit rein gar nichts an deinen Problemen änderst.

Ich treffe Schamski in einem Café, das früher einmal eine Metzgerei gewesen sein muss. Die Wände und der Boden sind weiß gekachelt, was den Laden atmosphärisch irgendwo zwischen Bahnhofstoilette und Frankensteins Operationssaal verortet. Jedenfalls hat man nicht das Gefühl, hier länger als unbedingt nötig verweilen zu müssen. Diesen Eindruck unterstreichen die Auslagen in den Vitrinen. Die Sandwiches wirken übernächtigt, das Gebäck macht einen knochentrockenen Eindruck. Immerhin ist der Tee ganz hervorragend.

«Du siehst nicht gut aus», eröffnet Schamski und gibt ein paar Spritzer Zitrone in sein Mineralwasser. Ich habe ihn schräg gegenüber in einem von Melissas Fitnessstudios abgeholt. Offenbar hat Schamski dort trainiert. Er trägt Sportkleidung und hat sich ein dunkelblaues Kopftuch um die Halbglatze gebunden. Er wirkt so fit, wie ich ihn noch nicht erlebt habe, seit wir uns kennen. Und das sind immerhin schon ein paar Jahre. Offenbar macht es sich bezahlt, dass er jetzt mit der Inhaberin einer Fitnesskette liiert ist. Da Melissa Iris' und Audreys Tante ist, könnte man mich als Schamskis Schwiegerneffen in spe bezeichnen. Er müsste also eigentlich ein bisschen freundlicher sein. Ich gehöre schließlich zur Familie – im weitesten Sinne.

«Wenn du sagst, dass ich nicht gut aussehe, meinst du dann meinen verknitterten Anzug oder mein verknittertes Gesicht?», witzele ich.

«Beides», erwidert Schamski ohne einen Funken Humor.

Gewöhnlich reagiert er schlagfertiger. Offenbar ist er noch nicht auf Betriebstemperatur. Macht nichts, das können wir ja ändern. «Ich weiß, dass ich mir Designerklamotten nicht mehr leisten kann», sage ich. «Aber immerhin laufe ich nicht rum wie 'n schwuler Pirat.»

Die freundschaftlich gemeinte Frotzelei verfehlt ihr Ziel

gründlich. Schamskis Miene verdüstert sich. Er zieht das blaue Tuch vom Kopf, wirft es auf den Tisch und streicht mit der Hand über seinen fast kahlen Schädel.

«Kundenservice», sagt er dann. «Ich halte mich zwar in Form, aber die Halbglatze lässt mich trotzdem alt aussehen. Deshalb das Tuch. Unsere Kunden sollen schließlich glauben, dass man jung und fit bleibt, wenn man regelmäßig bei uns trainiert.»

Ich sehe mit Bestürzung einen Anflug von Bitterkeit in seinen Augen. «Entschuldige. Ich wollte dich nicht beleidigen», erwidere ich unbehaglich. «Ich finde es sehr anständig, dass du Melissa hilfst, die Fitnesskette zu sanieren. Ehrlich.»

Schamski sieht mich an, und es ist nicht klar, ob er nun amüsiert oder sauer ist. «Fitnesskette», wiederholt er dann. Es klingt fast spöttisch. Wieder ist da dieser Anflug von Bitterkeit. «Paul, es gibt keine Fitnesskette mehr.»

Ohne den Kopf zu wenden, deutet er mit dem Daumen über seine Schulter auf die andere Straßenseite. «Das da drüben ist alles, was uns geblieben ist. Ein einziges lausiges Studio, leider etwas klein und nicht sehr gut in Schuss. Das Haus gehört Melissa. Die Bank hat gnädigerweise darauf verzichtet, sich auch das noch unter den Nagel zu reißen.»

«Sieht doch gar nicht so schlecht aus», werfe ich locker ein. «Müsste bei Gelegenheit nur mal abgerissen und neu aufgebaut werden, aber sonst …»

«Lass bitte die Witze, Paul», unterbricht Schamski genervt. «Melissa und ich wohnen direkt über dem Studio. In einer feuchten Bruchbude. Leider können wir uns keine andere Bleibe leisten. Es gibt noch zwei Wohnungen weiter oben, aber die müssten saniert werden, bevor wir sie vermieten können. Das hat aber nur einen Sinn, wenn wir zuerst das undichte Dach reparieren lassen. Und stell dir vor, auch dazu fehlt uns das Geld.»

«Hört sich an, als wäre das alles meine Schuld», unke ich leichtfertig.

«Ist das etwa nicht so?», erwidert Schamski barsch.

Ich stelle meinen Tee ab und lehne mich zurück. «Moment mal! Wann genau habe ich dich nochmal zu einer Karriere als Bodybuilder gezwungen?»

«Hast du nicht, aber du bist nicht schuldlos, dass Melissa praktisch ihr gesamtes Vermögen verloren hat.»

Jetzt geht mir ein Licht auf. Wir hätten uns auch im Studio unterhalten können, denn es gibt dort einen Tresen und eine kleine Sitzecke. Statt mir etwas anzubieten, hatte Schamski es jedoch eilig, den Laden zu verlassen.

«Melissa gibt mir also die Schuld an eurer Misere», mutmaße ich. «Weil der Verlag pleite ist, hat sie ihre Kredite nicht mehr bedienen können.»

Schamskis Schweigen beweist mir, dass ich auf der richtigen Fährte bin.

«Und weil Melissa deshalb gar nicht gut auf mich zu sprechen ist, sitzen wir hier und nicht da drüben», fahre ich fort. «Ich könnte nämlich deiner Lebensgefährtin über den Weg laufen und sie damit daran erinnern, wer für euer Unglück verantwortlich ist. Liege ich da richtig?»

Schamski sieht mich an. «Und wenn es so wäre?»

«Geschenkt», winke ich ab. «Es würde mich nur brennend interessieren, ob du auch glaubst, dass die Pleite des Verlags allein meine Schuld war.»

«Was soll ich denn darauf jetzt antworten?», erwidert Schamski unwirsch.

«Guido, wir sind Freunde. Sag mir einfach die Wahrheit.

Ich will nicht deine Loyalität zu Melissa auf die Probe stellen, falls du das meinst.»

«Tust du aber», begehrt Schamski auf.

«Gut. Dann sag mir doch einfach, wie du die Dinge siehst, und danach vergessen wir dieses Gespräch. Mein Wort drauf.»

Wir sehen uns an. Schamski weiß, dass ich mein Wort halten werde. Und wahrscheinlich weiß er auch, dass ein Mann hin und wieder Fingerspitzengefühl braucht, weil er zwischen der Frau, die er liebt, und einem sehr guten Freund steht.

«Na ja. Man kann nicht sagen, dass du uns nicht gewarnt hast», beginnt Schamski diplomatisch. «Du hast mir ja damals gesteckt, dass es zum Schlimmsten kommen könnte. Nur leider hatte Melissa nie eine andere Wahl, als auf den Verlag zu setzen. Die Finanzierung der Fitnesskette war komplett davon abhängig.»

«Und?», frage ich. Noch fühle ich mich nämlich reichlich unschuldig.

«Melissa glaubt, du hättest den Verlag retten können, wenn du die Flinte nicht so früh ins Korn geworfen hättest. Das glauben übrigens fast alle in der Familie.»

Ich stutze. «Was soll das heißen? Das glauben fast alle in der Familie?»

«Ist eben so», erwidert Schamski, als wäre das eine Selbstverständlichkeit.

«Das ist wirklich unfassbar», rege ich mich auf. «Ich bin in dieser Familie nur beschimpft und beleidigt worden. Eure liebe, herrische Großmutter …»

«Vorsicht! Sie ist bald auch deine liebe, herrische Großmutter», wirft Schamski ungerührt ein.

«Ja, meinetwegen. Jedenfalls hat sie kein gutes Haar an

mir gelassen. Und jetzt traut sie mir plötzlich zu, dass ich den Verlag hätte retten können?»

«Elisabeth behauptet, sie hätte dir das schon immer zugetraut», erwidert Schamski sachlich.

«Was ist mit Timothy?», motze ich. «Er hat den Verlag in die Insolvenz geführt. Und er hatte als mein Nachfolger an der Verlagsspitze alle Möglichkeiten, das Blatt zu wenden. Warum also ist niemand sauer auf Timothy?»

Würde mich nebenbei sowieso interessieren, warum Timothy immer ohne Schrammen davonkommt, egal ob er seine Frau betrügt oder den Verlag vor die Wand fährt. Ist das eine besondere Gabe oder besonderes Glück?

«Timothy glaubt ebenfalls, dass du das Ruder hättest rumreißen können», antwortet Schamski. «Er hält viel von dir.»

«Es ist wirklich toll, dass mich im Nachhinein alle für unheimlich kompetent halten», erwidere ich spöttisch. «Blöd ist nur, dass jetzt trotzdem alle sauer auf mich sind.»

«Ja. Aber das gibt sich auch wieder», winkt Schamski locker ab.

«Klar. Nur leider bin ich pleite. Ich hatte gehofft, ich könnte in einem von Melissas Fitnessstudios arbeiten.»

Schamski muss laut lachen. «Entschuldige, Paul, aber du siehst im Moment aus wie ein Schlaganfallopfer. Ich möchte nicht, dass unsere Kunden sich bekreuzigen, wenn sie das Studio betreten und dich sehen.»

«Hey! Ich bin nur ein bisschen übermüdet.»

«Ein bisschen?», feixt Schamski. «Wenn du dich vors British Museum in die Sonne legst, tragen sie dich binnen zwei Minuten in die Mumiensammlung.»

«Schon gut», winke ich ab. «Ich könnte ein paar Mützen Schlaf gebrauchen, einen besseren Anzug, etwas Geld und weniger Probleme. Aber immerhin muss ich noch kein Kopftuch tragen.»

«Kommt noch», erwidert Schamski. «Ich werde aber mal mit Melissa reden. Ich muss sowieso nach Mallorca. Vielleicht kannst du mich vertreten.»

«Solange du willst», antworte ich prompt. Als künftiger Familienvater bin ich schließlich auf jeden Job angewiesen, den ich kriegen kann.

«Es wird hoffentlich nur ein paar Tage dauern», erklärt Schamski. «Ich soll mich um den Verkauf des Ferienhauses kümmern, damit wir die Maklerprovision sparen.»

Ich stutze. «Ferienhaus?»

«Ja. Das Ferienhaus der Familie. Wir beide waren im letzten Jahr da, um die künftige Unternehmensstrategie abzustimmen.»

«Ich weiß», erwidere ich. «Ich stutze nur wegen deiner Wortwahl. Ferienhaus! Das Ding ist ein Palast, und das Grundstück ist riesig. Der Verkauf dürfte die Familie auf einen Schlag sanieren.»

«Schön wär's», erwidert Schamski. «Aber sogar das Ferienhaus ist beliehen worden, um dem Verlag zu helfen. Wenn wir es nicht selbst verkaufen, wird es zwangsversteigert. Wir werden es also unter Wert anbieten müssen. Falls vom Erlös überhaupt was übrig bleibt, dann nicht sehr viel.»

«Schade. Das klingt nach einem undankbaren Job.»

«Einerseits ja», erwidert Schamski. «Andererseits komme ich in die Sonne und kann mal wieder richtige Kleidung tragen. Das ist ja auch was wert.»

«Müsste ich den Job im Studio eigentlich auch immer im Jogginganzug …»

«Allerdings», unterbricht Schamski. «Aber zuerst muss ich Melissa überzeugen. Und du solltest dich ein bisschen in

Form bringen. Du siehst jetzt schon aus wie ein alleinerziehender Vater mit Zwillingen, dabei ist euer Kind noch gar nicht geboren. Apropos, wo ist eigentlich Audrey?»

«Im Kongo», antworte ich sachlich und prompt.

«Entschuldige», sagt Schamski. «Ich habe gerade verstanden: im Kongo.»

Ich nicke. «Richtig. Das habe ich ja auch gesagt.»

Schamski holt Luft, um etwas zu erwidern.

«Moment», bitte ich und krame einen Zettel hervor. Ich schiebe das Papier über den Tisch. «Nur bevor ich es vergesse. Kannst du mir sagen, wie lang ich brauche, um dahin zu kommen? So ungefähr?»

Schamski betrachtet den Zettel. «Das liegt im Südosten. Ehrlich gesagt, eine richtig miese Gegend.»

«Wirklich?», erwidere ich. «Noch mieser als die hier?»

Schamski schiebt den Zettel zurück. «Ich bin gespannt, ob du auch noch so gute Laune hast, wenn dir eine Straßenbande deine letzten Mäuse abknöpft. Was willst du überhaupt bei dieser Hilfsorganisation?»

«Kontakt zu Audrey aufnehmen.»

«Interessant», erwidert Schamski. «Erzähl!»

Ein paar Stunden später muss ich an Schamskis Worte denken. Ich bin tatsächlich auf dem Weg in eine richtig miese Gegend. Mit jedem Halt sehen die U-Bahn-Stationen heruntergekommener und die Reisenden ärmlicher oder bedrohlicher aus. Inzwischen sind ein krakeelender Quartalssäufer mit einer Flasche Billigfusel, eine schimpfende alte Frau mit einem Einkaufswagen voller Plunder und ein paar gewaltbereit aussehende Jugendliche zugestiegen. Da ich noch ein paar Stationen vor mir habe, trifft es sich gut, dass ich auf dem Weg zu einer Hilfsorganisation bin. Gut möglich, dass ich später tatsächlich Hilfe brauche.

«Samuel Beckett!», krächzt ein alter Mann mit einem Armeemantel und einer Baskenmütze, schiebt sich unsanft an den gewaltbereiten Jugendlichen vorbei und kommt geradewegs auf mich zu.

Ich verharre in der Hoffnung, dass der Alte nicht mich angesprochen hat.

«Samuel Beckett!», wiederholt er und lässt sich auf den freien Platz neben mich fallen. «Ich hab dein Stück gespielt. In Dublin.»

Ich sehe, dass der Kerl unter seinem Mantel nur eine lange Unterhose trägt. Außerdem verwechselt er mich mit einem Schriftsteller, der seit Jahrzehnten tot ist. Da, wo wir hinfahren, ist all das vermutlich normal, mich macht es trotzdem ein bisschen nervös.

«Wirklich? Freut mich», sage ich möglichst unverfänglich in der Hoffnung, dass er mich in Ruhe lässt, wenn ich höflich reagiere. Ein Irrtum.

«Hey!», ruft der Alte mit krächzender Stimme. «Seht mal alle her! Das ist Samuel Beckett! Der berühmte Schriftsteller! Ich hab sein Stück gespielt. In Dublin. Ein Riesenerfolg!»

Schlagartig verstummen die Gespräche. Die Frau mit dem Einkaufswagen sieht mich an. Der Quartalssäufer reißt sich kurzzeitig von seinem Fusel los. Selbst die gewaltbereiten Jugendlichen hören auf, mit ihren Springmessern zu spielen, und schauen interessiert in meine Richtung.

«Hallo», sage ich mit dünner Stimme. Wie, zur Hölle, bin ich denn da nur wieder reingeraten? So übermüdet, dass ich Samuel Beckett ähnlich sehe, kann ich doch überhaupt nicht sein.

«Cool», sagt der Anführer der Gewaltbereiten. «Wenn du so ein sagenhaft erfolgreicher Schriftsteller bist, dann hast du ja sicher ein bisschen Kohle dabei, oder?»

Ich hüstele verlegen. «Tut mir leid, nichts dabei.»

Der Wagen hält, die Türen öffnen sich. Ich erhebe mich, um mich bei dieser Gelegenheit aus dem Staub zu machen, aber die Gewaltbereiten versperren mir demonstrativ den Weg. Also setze ich mich wieder.

«Lasst den Typen in Ruhe», sagt ein Schwarzer beim Verlassen der Bahn. «Das ist nicht Samuel Beckett. Beckett ist bestimmt seit zwanzig Jahren tot.»

Die Türen schließen sich, gleichzeitig drehen sich die Köpfe der Anwesenden langsam wieder zu mir.

Schweigen.

Ich überlege fieberhaft, was ich tun soll. Wenn ich sage, dass ich nicht Beckett bin, werden sie mich verprügeln, weil ich gelogen habe. Bleibe ich dabei, dass ich Beckett bin, werden sie mich ausrauben, weil sie mich für reich halten. Ich beschließe, ein weiteres Mal an diesem Tag meine paar Kröten zu verteidigen und lieber ein bisschen Prügel einzustecken, als mir mein Geld abnehmen zu lassen.

«Der Mann hat recht», konstatiere ich ruhig. «Ich bin nicht Samuel Beckett. Ich hab nur mitgespielt, weil ich niemanden beleidigen wollte.»

Beim letzten Satz vermeide ich es bewusst, den Alten in Unterhose anzusehen. Der Anführer der Gewaltbereiten versteht jedoch, was ich meine. Er nickt kurz, gibt dann seinen Leuten mit einem Kopfnicken ein Zeichen, und die Gruppe wendet sich wieder ihren Angelegenheiten zu.

Ich will schon erleichtert aufatmen, da krächzt der Alte empört: «Du lügst! Das sagst du nur, weil du mir noch Geld schuldest, du Lump!» Dann stürzt er sich auf mich und beginnt mit den Worten «Ich will meine Gage, Beckett! Gib mir meine verdammte Gage!» auf mich einzudreschen.

Als ich in das Büro der Hilfsorganisation *Kongo go on!* humpele, bin ich spät dran. Die Auseinandersetzung mit dem Greis in Unterhose hat dazu geführt, dass ich die Haltestelle verpasst habe. Mein Glück, dass der Alte eine Station später aussteigen musste, sonst hätte er mich wahrscheinlich windelweich geprügelt. So bin ich mit ein paar blauen Flecken davongekommen. Außerdem habe ich mein Geld erfolgreich verteidigt. Allerdings werde ich trotzdem sehr bald Schamskis Ratschlag befolgen und etwas für meine körperliche Fitness tun. Wenn mich ein spindeldürrer und obendrein geistig verwirrter Greis mehrfach auf die Bretter schickt, dann ist das ein Wink mit dem Zaunpfahl. Entweder ich ändere jetzt sofort mein Leben, oder ich spare schon mal auf einen Rollator.

«Dann aber schnell», sagt ein junger Mann namens Kevin, dem ich gerade erzählt habe, dass ich mit Audrey sprechen möchte.

Wir gehen eilig durch ein heruntergekommenes Großraumbüro, in dem etwa ein Dutzend Leute telefoniert oder diskutiert. An den Wänden hängen Informationsplakate, neben den Schreibtischen stapeln sich Flugblätter von *Kongo go on!*.

«Greg!», ruft Kevin, während wir auf einen Flur zustreben. «Warte noch, hier ist jemand, der Audrey sprechen möchte.»

Sekunden später stehen wir in einem kleinen Büro, in dem ein Hüne in Outdoorklamotten vor mehreren Computerbildschirmen sitzt. Er zuckt bedauernd mit den Schultern, während er seine Kopfhörer beiseitelegt.

«Tut mir wirklich leid, Leute. Wir hatten heute sowieso eine miserable Verbindung. Und die da unten ersticken in Arbeit. Ich konnte die Leitung beim besten Willen nicht noch länger offen halten.» Er mustert mein derangiertes Äußeres, spart sich aber jeglichen Kommentar. «Hi. Ich bin übrigens Greg.»

«Freut mich. Ich bin Paul», erwidere ich.

Gregs Miene hellt sich auf. «Ach, du bist Paul. Dann haben wir heute Morgen miteinander telefoniert.»

«Genau», sage ich und bin froh, nicht noch einmal erklären zu müssen, wer ich bin und was ich will. «Und? Wie geht es Audrey?»

«Alles bestens», antwortet Greg. «Du kannst gleich morgen früh mit ihr sprechen. Ich soll dir ganz viele Grüße bestellen. Das Baby ist heute Nacht gekommen. Ein hübscher und gesunder Junge.»

«Das … Baby», wiederhole ich völlig verdattert.

«Ja», erwidert Greg locker. «Gratulation.» Er schüttelt mir freudig die Hand, aber ich bin derart perplex, dass ich es kaum spüre. Auch Kevins Glückwünsche dringen wie von fern an mein Ohr.

«Wie konnte das denn so plötzlich … ich meine … wieso …?», stammele ich.

Greg und Kevin tauschen einen Blick. Dann legt Kevin seinen Arm um meine Schultern und manövriert mich sachte auf den Flur.

«Du kriegst jetzt erst mal einen Kaffee», sagt er.

Wir betreten das Großraumbüro. Ich lasse mich auf einen Stuhl sinken. Kevin drückt mir einen großen Becher in die Hand und füllt ihn randvoll mit Kaffee. Er ist schwarz und stark. Zwar schmeckt er nicht besonders, aber gerade tut er mir trotzdem gut.

«Besser?», fragt Kevin.

Ich nicke.

«Weißt du, das ist unser tägliches Geschäft», erklärt er, und es klingt fast wie eine Entschuldigung. «Allein in der letzten Nacht haben achtzehn Frauen entbunden. Außerdem hatten wir mehrere Operationen und einen längeren Stromausfall. Von den Lappalien mal ganz zu schweigen.»

«Habt ihr da unten eigentlich ein Krankenhaus?», frage ich.

Kevin schüttelt den Kopf. «Schön wär's. Es ist eher eine Zeltstadt. Leider alles andere als luxuriös. Aber mach dir keine Sorgen. Unsere Leute kümmern sich um Audrey. Und du hast ja gehört, dass es ihr und dem Baby gutgeht. Das ist doch die Hauptsache, oder?»

Gerade will ich etwas erwidern, da hört man Greg von drüben rufen: «Kevin? Kommst du nochmal kurz?»

Sekunden später sitze ich allein inmitten mailender, telefonierender und faxender Aktivisten. Kurz vor Ende des Tages müssen noch rasch die jüngsten Neuigkeiten aus dem Kongo unter die Leute gebracht werden.

Keiner beachtet mich. Alle sind damit beschäftigt, Pressevertreter und andere Multiplikatoren für die Sache von *Kongo go on!* zu begeistern. Wie ich mitbekomme, ist das nicht ganz leicht. Aus Sicht der Nachrichtenwelt war heute ein ganz normaler Tag in Zentralafrika. Menschen starben, Menschen wurden geboren. Das allein ist noch keine Schlagzeile und erst recht keine Titelseite wert.

Ich nehme noch einen Schluck Kaffee, lehne mich zurück und lasse das hektische Treiben auf mich wirken. In meinem Leben wird es heute definitiv eine Titelseite geben. Die Schlagzeile lautet: *Überraschung! Paul Schuberth im Kongo Vater geworden!* Darunter ist ein Schnappschuss von mir und Audrey zu sehen. Wir posieren vor karibischer Kulisse. In Wahrheit waren wir nie zusammen in der Karibik. Das Foto ist am Computer entstanden, um die Story interessanter zu machen. Der Untertitel lautet: *Urlaubsflirt mit Fol-*

gen – Paul Schuberth und die fast zwanzig Jahre jüngere Kindsmutter. Daneben ist ein leerer Fotorahmen zu sehen, in dem ein großes Fragezeichen prangt. Bildunterschrift: *Wie mag der Kleine wohl aussehen?*

«Alles okay mit dir?», höre ich Kevin fragen und merke im gleichen Moment, dass ich mich bei der Planung meines Extrablattes in einem Tagtraum verloren habe.

«Ja. Alles okay. Danke», sage ich abwesend.

Kevin mustert mich aufmerksam. «Du siehst aus, als wäre dir gerade etwas auf den Kopf gefallen. Oder ist der Kaffee zu stark?»

Erst jetzt realisiere ich, dass ich ein seliges Lächeln im Gesicht habe. Gut möglich, dass ich deshalb wie ein Trottel aussehe.

«Alles okay», bestätige ich erneut und merke, dass ich nicht aufhöre zu lächeln. «War einfach nur ein sehr langer Tag.»

ICH MÖCHTE LEDIGLICH FÜR UNSEREN SOHN DA SEIN

Als frischgebackener Familienvater kann ich mich nicht länger bedenkenlos jeder Gefahr aussetzen. Noch vor kaum einer Stunde habe ich in einem harten Kampf gegen einen Greis in Unterhose leichten Herzens Leib und Leben riskiert. Damit ist jetzt Schluss. Ich muss daran denken, dass ich im Kongo Frau und Kind habe.

Für den Rückweg nehme ich deshalb den Bus. Bei eventuellen Schwierigkeiten kann ich so immerhin den Fahrer zu Hilfe rufen. Nebenbei wäre es für mein Selbstwertgefühl überhaupt nicht gut, zweimal am gleichen Tag eins auf die Mütze zu kriegen. Das steht zu befürchten, falls mir der Greis, dem Beckett noch Geld schuldet, zufällig erneut über den Weg läuft.

Der kostenlose Stadtplan, den ich irgendwo unterwegs mitgenommen habe, erweist sich als nutzlos. Die in winziger Schrift gedruckten Angaben kann ich nur entziffern, indem ich mich konzentriere wie ein Biathlet am Schießstand, wobei ich in ganz ähnlicher Weise meinen Puls unter Kontrolle kriegen muss, weil ich mich maßlos darüber aufrege, dass solcher Mist überhaupt gedruckt wird. Der Plan bildet obendrein nur jenen Teil von London ab, in dem ich mich gerade nicht befinde. Außerdem kostet das Entziffern so viel Zeit, dass ich mehrmals das Umsteigen verpasse.

Stunden später bin ich mit Hilfe eines neuen Plans, den ich in einem Zeitungsladen geklaut habe, immerhin auf dem richtigen Weg. Inzwischen neigt sich der Tag dem Ende zu. Ich sollte meine Kenntnisse des öffentlichen Londoner Nahverkehrs jedenfalls dringend vertiefen, wenn ich nicht den Rest meines Lebens in Bussen und Bahnen verbringen will.

Als der Fahrer mich weckt, weil wir die Endstation erreicht haben, ist es kurz vor Mitternacht. Ich hatte nach Kräften versucht, wach zu bleiben, um nur ja meine Haltestelle nicht zu verpassen, aber die Müdigkeit hat gesiegt. Beim Aussteigen fällt mir auf, dass der indische Busfahrer mir kaum bis zur Brust reicht. Von der Statur her würde er problemlos als Erstklässler durchgehen. Statt mir zu helfen, hätte er sich im Falle einer Schlägerei wahrscheinlich in einem Gepäcknetz verkrochen.

Der letzte Bus in die andere Richtung ist seit fünf Minuten weg. Mir steht nun ein langer Fußmarsch bevor, weil ich einen beträchtlichen Teil der Strecke zurückgehen muss.

Zwei Stunden später erreiche ich endlich mein Ziel. Ich bin fix und fertig. Nach dem Nickerchen im Bus fühlte ich mich angenehm erfrischt. Jetzt bin ich wieder so hundemüde wie zuvor. Obendrein macht mir Sorgen, dass es schon so spät ist. Ich möchte auf gar keinen Fall die kleine Mary-Ann noch einmal aufwecken. Andererseits muss ich mich irgendwie bei Iris bemerkbar machen, wenn ich ins Haus will. Vielleicht ist sie ja noch wach, hoffe ich und betrete den Garten. Doch im Cottage ist alles dunkel. Nur eine winzige Außenleuchte erhellt die Veranda. Ich erwäge schon, die Nacht auf einer Sonnenliege zu verbringen, da fällt mein Blick auf einen Brief. Er klebt an der Eingangstür. In großen schwarzen Lettern ist mein Name auf dem Umschlag zu lesen.

Iris hat den Brief geschrieben. Sie ist mit Mary-Ann heute nach Deutschland gefahren, um Timothy zu überraschen. Die Mitfahrgelegenheit hat sich spontan ergeben. In ein paar Tagen will Iris zurück sein. Ich soll mich in der Zwischenzeit ganz wie zu Hause fühlen und Audrey herzlich grüßen. Den Schlüssel zum Cottage hat Iris bei Mrs Leary deponiert. Die wohnt gleich nebenan. Bis Mitternacht kann ich bei ihr klingeln.

Ich schaue nach links und rechts zu den Nachbarhäusern. In beiden ist kein Licht zu sehen. Auf welcher Seite Mrs Leary auch wohnen mag, inzwischen ist sie wohl zu Bett gegangen. Ich kann es ihr nicht verdenken. Im Gegenteil. Am liebsten läge ich ja selbst schon seit Stunden im Bett. Dann bleibt also doch nur die Sonnenliege. Was soll's? In den kommenden Tagen habe ich viel Zeit, um mich auszuschlafen.

Ich lasse mich auf die Stufen der Veranda sinken und wende mich wieder Iris' Brief zu. Es stellt sich heraus, dass ich mich zu früh gefreut habe. Die schlechte Nachricht hat Iris sich bis zum Schluss aufgespart. Sie lautet, dass morgen Abend Elisabeth von Beuten eintreffen wird. Die Patriarchin möchte sich um ihre schwangere Enkelin kümmern. Iris und Elisabeth wissen offenbar beide noch nicht, dass das Kind längst da ist. Ich rechne nicht damit, dass Audrey mit dem Säugling binnen der nächsten Tage die Strapazen eines Fluges auf sich nehmen wird. Das heißt also, ich werde eine Weile mit Elisabeth allein unter einem Dach wohnen. Das dürfte nicht unproblematisch werden, da wir ein äußerst zwiespältiges Verhältnis haben. Elisabeth hält mich für arrogant und feige. Ich finde sie despotisch und ungerecht. Jedenfalls sind wir nicht gerade eine ideale Wohngemeinschaft.

Ich falte den Brief zusammen und beschließe, mir diesen Tag nicht verderben zu lassen. Als frischgebackener Vater muss man immer optimistisch bleiben. Heute war ein guter Tag. Warum soll der morgige Tag nicht ebenfalls gut werden?

«Du hast heute einen besonders schlechten Tag erwischt», begrüßt mich Kevin am nächsten Morgen im Büro von *Kongo go on!*. «Greg ist schon seit einer Stunde damit beschäftigt, eine halbwegs passable Verbindung herzustellen. Aber wie es aussieht, ist heute der Wurm drin. Du kannst gern warten, wenn du willst. Könnte aber noch eine Weile dauern.»

Da ich die heutige Gelegenheit, mit Audrey zu sprechen, auf keinen Fall verpassen will, warte ich. Kevin würde mir gerne einen Kaffee anbieten, aber die Kanne ist leer.

«Ich mach neuen», sage ich. «Ich muss ja sowieso warten, da kann ich mich auch nützlich machen.»

Kevin wirkt erfreut. «Gern. Du findest alles Nötige dahinten.»

Eine junge Frau mit Ringelpulli und Pferdeschwanz bemerkt im Vorbeigehen, dass ich in der Küche beschäftigt bin.

«Hi, ich bin Alice.»

«Paul», erwidere ich und deute auf die Kaffeemaschine. «Ist gleich fertig. Nur noch ein paar Minuten.»

«Super», lächelt Alice freundlich und drückt mir ein Blatt in die Hand. «In der Zwischenzeit kannst du das hier kopieren. Ich brauch fünfhundert Stück davon.»

Bevor ich etwas erwidern kann, ist Alice im Gewimmel des Großraumbüros verschwunden. Ich überlege kurz und komme zu dem Schluss, dass ich gerade ohnehin nichts Besseres vorhabe. Ich frage mich also zum Kopierer durch und erledige den Job für Alice. Sie bekommt ihre Kopien zusammen mit einer frischen Tasse Kaffee und freut sich. Ich will mir gerade selbst einen Kaffee holen, da bekomme ich von einem Typen mit Vollbart mehrere Prospekte in die Hand gedrückt. Ich soll sie im gesamten Büro verteilen und den Kolleginnen und Kollegen sagen, dass ihr Feedback zur neuen Aufmachung der Infobroschüre ausdrücklich erwünscht ist. Nebenbei möchte der Junge mit dem Vollbart gern auch einen Kaffee. Ohne Zucker, dafür mit viel fettarmer und vor allem laktosefreier Biomilch. Und das mit dem Kaffee soll ich bitte zuerst erledigen. Zügig, wenn es geht.

Der Junge bekommt seinen Kaffee, allerdings mit normaler Milch. Andere finde ich nicht, außerdem bin ich kein Starbucks.

Danach bringe ich die Broschüren unter die Leute. Der Rundgang zieht weitere Jobs nach sich. Ich verpacke ein paar Dutzend DVDs über Afrika, die an besonders großzügige Spender verschickt werden. Dann wechsele ich im Archivraum eine defekte Birne aus und schleppe eine Ladung Briefe und Pakete zur Post. Zwischendurch stehe ich am Kopierer, koche Kaffee oder kümmere mich um Besucher. Als mich der Junge mit dem Vollbart zur Apotheke schicken will, weil er überraschenderweise die laktosefreie Milch nicht vertragen hat, fängt Kevin mich ab, um mir zu sagen, dass ich nun mit Audrey sprechen kann. Inzwischen ist es Nachmittag, und um ein Haar hätte ich vergessen, warum ich eigentlich hier bin.

«Die Bildqualität ist alles andere als berauschend», erklärt Greg und drückt mir einen Kopfhörer in die Hand. «Tut mir leid. Aber es geht heute einfach nicht besser. Ihr habt fünf Minuten. Wir sind sowieso schon spät dran.»

Bevor ich etwas erwidern kann, hat Greg die Tür hinter sich geschlossen.

Ich nehme Platz und setze den Kopfhörer auf. Einer der Bildschirme zeigt Audrey. Sie liegt in einem armselig wirkenden Krankenbett, das vor oder in einem Zelt steht. Genau kann man das nicht erkennen. Auch Audrey trägt Kopfhörer. Sie scheint darauf zu warten, dass die Verbindung zustande kommt. Offensichtlich ist die Bildqualität auf ihrer Seite wesentlich schlechter, denn sie späht angestrengt in Richtung Kamera.

«Paul? Bist du schon da?», will sie wissen.

Ich bringe gerade kein Wort heraus, weil ich so überrascht bin. Audrey wirkt völlig verändert. Ihr Gesicht scheint zu leuchten. Sie strahlt eine Ruhe und Gelassenheit aus, die ich so zuvor noch nicht bei ihr gesehen habe.

«Paul? Kannst du mich hören?», setzt sie nach.

Gerade will ich mich bemerkbar machen, da stockt mein Atem. Ich entdecke gleich neben Audrey ein zierliches Gesicht, das mich interessiert zu mustern scheint. Es gehört zu einem ebenso zierlichen Körper, der vollständig in Audreys linkem Arm geborgen liegt. Unser Baby ist so klein, dass ich es fast übersehen hätte. Ein bislang nicht gekanntes Glück erfasst mich beim Anblick unseres Sohnes. Es fühlt sich an, als würde ich innerlich einen Stich bekommen und durch dieses kleine Loch mit Euphorie geflutet werden. Ich bin gerührt. Rasch wische ich mir eine Träne aus dem Augenwinkel.

«Hallo? Hört mich da jemand?» Audrey wirkt nun ungeduldig. Sie sieht sich um. Wahrscheinlich hält sie nach jemandem Ausschau, der ihr mit der Technik helfen kann.

«Ich bin längst hier», sage ich endlich. «Entschuldigung. Ich war nur gerade etwas … überwältigt.»

«Hallo, Paul.» Sie lächelt, lehnt sich zurück und betrachtet einen Moment das winzige Wesen in ihrem Arm. «Ich weiß, was du meinst. Ich war auch überwältigt. Und ich bin es eigentlich immer noch.» Sie strahlt.

Ich beobachte die beiden und spüre, dass ich mich ihnen sehr nah fühle, obwohl mehrere tausend Kilometer zwischen uns liegen. Zu gerne würde ich diesen harmonischen Moment noch länger genießen, aber Audrey holt mich mit einem Schlag auf den Boden der Tatsachen zurück.

«Was machst du eigentlich in London?», fragt sie, als wäre meine Anwesenheit hier völlig überflüssig.

«Du hast gesagt, ich soll mir überlegen, ob ich für unser Kind da sein möchte, und das habe ich getan. Deshalb bin ich hier.»

«Das war doch erst vor drei Tagen. Ich dachte, du würdest mehr Zeit zum Nachdenken brauchen.» Sie sagt es immerhin mit einem kleinen Lächeln.

«War nicht nötig», erwidere ich. «Ich hab mich schnell entschieden.»

Sie nickt ernst. «Nur damit das klar ist, du schuldest uns nichts.»

«Das habe ich schon verstanden», erwidere ich. «Ich bin freiwillig hier. Und ganz ohne Hintergedanken.»

«Gut», erwidert Audrey. «Ich möchte nämlich nicht, dass du dir falsche Hoffnungen machst.»

«Hoffnungen worauf?», frage ich ahnungslos.

«Was weiß ich? Vielleicht denkst du, dass aus uns beiden doch noch ein Paar werden könnte. Oder vielleicht möchtest du auch, dass wir so ein modernes Familiending versuchen. Eine Vernunftehe mit Anhang oder so.»

«Nein», sage ich. «Ich erwarte überhaupt nichts. Ich möchte lediglich für unseren Sohn da sein. Das ist schon alles.»

«Okay.» Audrey nickt. «Dann freue ich mich.» Sie dreht den Kopf zur Seite und liebkost das Baby. «Und Dragijonarah freut sich ebenfalls.»

«Dragijo… wer?», frage ich perplex.

«Dragijonarah», erwidert Audrey. «In der Sprache der Wympinaheé heißt das: Weg des Baumes. Als Zweitname habe ich mich für Newton entschieden. Weil ich die Arbeiten von Helmut Newton sehr mag.»

«Draginera Newton?», resümiere ich verblüfft.

«Dragijonarah», verbessert Audrey.

Ich schnappe mir einen leeren Zettel und einen Stift. «Kannst du das bitte mal buchstabieren?»

Audrey hilft mir, den Vornamen unseres Sohnes zu notieren.

«Gefällt dir der Name etwa nicht?», fragt sie lauernd.

«Dragijonarah», lese ich von meinen Zettel ab. «Also, ich weiß nicht ...»

«Er gefällt dir also nicht», schlussfolgert Audrey spitz.

«Ich muss mich wohl erst daran gewöhnen», erwidere ich sanftmütig.

Sie nickt bedächtig. «Wäre dir Kolamquamqui lieber gewesen?»

«Was?»

«Kolamquamqui – Wasser der Zukunft.»

«Nein», sage ich leicht genervt. «Aber vielleicht wäre mir Heinrich lieber gewesen. Oder Karl. Meinetwegen auch Max oder Otto. Überhaupt hätte ich gern auch einen Vorschlag gemacht.»

«Der Name gefällt dir also überhaupt nicht», konstatiert Audrey scharf.

«Stimmt», erwidere ich schlecht gelaunt. «Je länger ich darüber nachdenke, desto klarer wird mir, dass man vielleicht einen Geländewagen, ein Ballerspiel oder ein chinesisches Fertiggericht Dragijonarah nennen sollte, aber nicht unbedingt ein kleines Kind.»

«Ach? Und warum nicht?»

«Weil Kinder sich dazugehörig fühlen wollen», motze ich. «Kein Kind will wie ein böser Zauberer heißen.»

«Du bist ein ganz schlimmer Spießer, weißt du das?», blafft Audrey.

Dragijonarah erschrickt und beginnt zu weinen. Audrey versucht ihn zu trösten. Ich schweige, weil ich nicht noch mehr Öl ins Feuer gießen will. Das hilft aber nichts. Ich habe das Maß sowieso schon überschritten.

«Ich glaube, wir machen jetzt besser Schluss», sagt Audrey barsch. «Die brauchen sowieso die Leitung. Und wir haben ja noch Zeit zum Reden, wenn ich wieder da bin.»

«Wann kommt ihr denn überhaupt?», frage ich lammfromm.

«Wahrscheinlich in einer Woche», erwidert Audrey geschäftig. Sie würde das Gespräch gerne abwürgen, hat aber noch ein Anliegen. Das spüre ich. Also bleibe ich auf meinem Posten und warte.

«Ach! Bevor du weg bist … Hat Lizzy sich eigentlich gemeldet?» Die Frage soll möglichst beiläufig klingen.

«Soviel ich weiß, will eure Großmutter heute Abend nach London kommen.» Was mir übrigens diesen Tag endgültig verhageln wird.

Audrey freut sich. «Dann sag ihr nichts von dem Baby, okay? Du musst es so arrangieren, dass wir morgen wieder eine Verbindung bekommen. Ich möchte Lizzy gern überraschen.» Sie macht eine Kunstpause und fügt völlig ernst hinzu: «Auf diese Weise kannst du es auch wiedergutmachen, dass du dich gerade wie ein ungehobelter Klotz benommen hast.»

Ich fand mich zwar nicht die Bohne ungehobelt, will aber kurz vor Ende des Gesprächs keinen Streit mit Audrey anfangen.

«Gern», erwidere ich deshalb. «Ich kümmere mich darum.»

«Das ist nett», lächelt Audrey versöhnlich. «Iris kannst du natürlich einweihen. Wie ich meine Schwester kenne, ahnt die sowieso schon was.»

Ich will gerade erwidern, dass Iris nicht nur nichts ahnt, sondern auch noch nach Deutschland gefahren ist, da öffnet sich die Tür, und Greg erscheint. «Tut mir leid, Leute. Die fünf Minuten sind längst rum. Ich brauche die Leitung. Und zwar sofort.»

Ich blicke zu Audrey und dem kleinen Kerl, dessen Namen ich mir irgendwo notiert habe. Ich möchte mich zumindest angemessen von den beiden verabschieden. So viel Zeit sollte sein.

Audrey winkt ab. «Sparen wir uns die Artigkeiten. Wenn du morgen mit Lizzy kommst, sehen wir uns ja sowieso.»

Ich nicke. Hätte ich nicht gedacht, dass ich Elisabeth von Beuten mal dankbar sein würde, dass sie mir einen Vorwand liefert, meine Familie zu sehen. Seltsames Gefühl, eine Familie zu haben, denke ich, finde mich im nächsten Moment aber arg sentimental. Wahrscheinlich ist Familie sowieso ein großes Wort für eine Frau, die einen nicht mag, und einen Sohn, dessen Namen man sich nicht merken kann.

Zwei Stunden später sitze ich in Schamskis Fitnessstudio. Der Laden ist praktisch leer. Eine ältere Dame flaniert über ein Laufband und blättert dabei gelangweilt in einer Illustrierten. Ein Mann mittleren Alters mit einem unvorteilhaft sitzenden Toupet stemmt Gewichte.

Schamski hat im Pub um die Ecke einen großen Krug Bier besorgt. Jetzt trinken wir auf die Geburt meines Sohnes Dragijonarah, was in der Sprache von Paul Schuberth bedeutet: wird seinen Vater ewig dafür hassen, dass er diesen bescheuerten Vornamen bekommen hat.

«Keine Sorge», sagt Schamski. «Es bleibt bestimmt nicht bei dem Namen. Man kann sein Kind nicht einfach nennen, wie man will. Es gibt Gesetze.»

«Ja. Bei uns in Deutschland», erwidere ich. «Aber die Briten sehen das nicht so eng. Und falls mein Sohn Afrikaner ist …»

«Ist doch alles Quatsch!», unterbricht Schamski unwirsch. «Warum soll denn dein Sohn Afrikaner sein?»

«Weil er in Afrika geboren ist, beispielsweise?»

«Na ja», sagt Schamski unsicher. Er überlegt einen Moment und entschließt sich dann, uns beiden nachzuschenken, statt weiter an windigen Theorien zu basteln. «Wird schon werden», beendet er das Thema.

«Was wird schon werden?», frage ich leicht gereizt.

«Na, das mit Audrey», erwidert Schamski. «Sie ist eine toughe Frau, aber wahrscheinlich im Moment total überfordert. Gib ihr einfach Zeit, um in eurem gemeinsamen Leben anzukommen.»

«Was denn für ein gemeinsames Leben?», frage ich. «Audrey ist fast zwanzig Jahre jünger als ich. Wir lieben uns nicht. Wir hatten einen Quickie, und jetzt haben wir ein Kind. Das ändert aber nichts daran, dass wir kein Paar sind und erst recht keine Familie.»

«Nennt ihr das etwa Einarbeitung?», hört man in diesem Moment Melissa fragen. Sie klingt verärgert. Ich habe ihr Kommen nicht bemerkt. Schamski scheint es genauso zu gehen.

«Hallo, Schatz!», ruft er, und ihm ist anzuhören, dass er sich ertappt fühlt.

Melissa wirft einen missbilligenden Blick auf den Bierkrug.

«Wir trinken gerade ein Gläschen auf den Nachwuchs von

Paul und Audrey», versucht Schamski unseren nicht eben bescheidenen Umtrunk herunterzuspielen. «Magst du dich uns nicht anschließen, Schatz?»

Melissas Miene hellt sich auf. «Ach, das freut mich aber! Ich gratuliere euch ganz herzlich!» Sie drückt mir die Hand. Ich sehe, dass sie gerührt ist.

Melissa hätte auch gern ein Kind, doch bislang hat dieser Plan nicht funktioniert. Sie und Schamski haben es nicht nur mit Sex, mehr Sex und noch mehr Sex versucht, sondern auch systematisch schwangerschaftsfördernde Maßnahmen ergriffen. Schamski kann ein Lied von Hormonyogakursen, Gemüsesaftkuren und Meditationswochenenden singen. Um ein Haar hätte er sogar das Rauchen aufgegeben. Melissa selbst hat das schließlich verhindert, weil sie merkte, dass er ohne die Zigarette danach weniger Lust auf das Programm davor hatte.

Es ist unübersehbar, dass sie Angst vor jenem Tag hat, an dem es für ein Kind zu spät sein wird. Das tut mir nicht nur leid, weil ich sie mag. Ich glaube auch, dass Schamski und Melissa gute Eltern wären. Schon seltsam, dass den beiden verwehrt bleibt, was sie sich wünschen, während mir ein Wunsch erfüllt wird, den ich überhaupt nicht hatte.

«Vielen Dank», sage ich. «Komm! Setz dich und trink was mit uns!»

Sie schüttelt den Kopf. «Ein anderes Mal. Ich muss noch ein paar wichtige Telefonate erledigen. Außerdem möchte ich euch nicht stören.»

«Du störst nicht», sage ich.

Sie lächelt und zeigt dabei ihre makellos gebleachten Zähne. «Nett von dir, Paul. Aber ich muss mich trotzdem ums Geschäft kümmern.»

«Alter Charmeur», sagt Schamski, als Melissa in ihrem

Büro verschwunden ist. «Jetzt ist dir der Job so gut wie sicher.»

«Welcher Job?»

«Als Melissa eben von der Einarbeitung sprach, da meinte sie, dass ich dich hier probeweise als Vertretung einarbeiten soll. Ich hätte es dir noch gesagt, aber ich dachte, wir trinken erst mal was.»

«Du hast tatsächlich mit ihr geredet?»

«Logisch», erwidert Schamski und nimmt einen tiefen Zug aus seinem Glas. «Du kannst den Laden schmeißen, während ich auf Mallorca bin. Wenn alles gut läuft und du dich obendrein mit Melissa verstehst, hast du den Job. Aber ich seh da kein Problem. Nachdem du Vater geworden bist, wünscht sie dir offensichtlich nicht länger die Pest an den Hals.»

«Okay», sage ich erfreut. «Und wann soll's losgehen?»

«Übermorgen.»

«Großartig.» Ich nehme mir vor, morgen bei Elisabeth einen guten Eindruck zu hinterlassen und mich ab übermorgen hundertprozentig auf meinen neuen Job zu konzentrieren. Es ist schön, wieder eine Perspektive zu haben, auch wenn es eine bescheidene Perspektive ist.

Schamski hebt sein Glas. «Dann also willkommen in der Fitnessbranche.»

Wir prosten uns zu.

«Und wann sollen wir die Einarbeitung machen?», frage ich hochmotiviert.

Schamski winkt ab. «Du bist hier einerseits der Hausmeister, andererseits so 'ne Art Psychotherapeut. Die Hausmeistertätigkeit kann ich dir in ein paar Minuten erklären. Den Job als Psychotherapeut musst du dir selbst beibringen.»

Ein paar Tage später weiß ich, was Schamski gemeint hat. Die meisten Kunden, die Melissas in die Jahre gekommenes, aber irgendwie charmantes Studio aufsuchen, wollen nicht nur ein paar überflüssige Pfunde, sondern auch ein paar persönliche Probleme loswerden. Bei einem Kaffee oder einem Mineraldrink erzählen sie ganz selbstverständlich von ihren gescheiterten Ehen, ihren langjährigen Haftstrafen oder ihren exotischen Krankheiten. Tom, der Kerl mit dem schlechtsitzenden Toupet, den ich bei meinem ersten Besuch hier gesehen habe, hat eine Ehe und zwei Herzoperationen hinter sich. Momentan kämpft er um den Fortbestand seines Feinkostladens. Das Geschäft ist seit Generationen im Familienbesitz, deshalb würde Toms greiser Vater eine Schließung mit Sicherheit nicht überleben. Tom verschweigt ihm beharrlich, dass der Laden seit Jahren nicht mehr rentabel ist. Früher gab es viele ausländische Kunden. Heutzutage muss Tom sich den Markt mit unzähligen Internetanbietern teilen.

«Du musst endlich mit deinem Vater reden», sagt Janet und nippt an ihrem schwarzen Kaffee. Die Dame mit dem knallbunten Trainingsanzug und den signalroten Lippen ist keinen Tag älter als achtundfünfzig. Und das schon seit mehreren Jahren, wie ich von Melissa hinter vorgehaltener Hand erfahren habe.

«Du wirst sehen, dein Vater kann die Wahrheit vertragen. Und wer weiß, vielleicht überrascht dich seine Reaktion ja sogar.»

Tom und ich sehen sie fragend an.

«Als ich meinem Mann nach fast vierzig Ehejahren den Laufpass gegeben habe, da dachte ich, er würde sich sofort das Leben nehmen. Oder zumindest in eine tiefe Depression fallen», erklärt Janet.

Wieder nippt sie an ihrem Kaffee. Dann zieht sie ein silbernes Etui aus ihrem Trainingsanzug und entnimmt ihm eine filterlose Zigarette. Sie sieht mich erwartungsvoll an. Ich werfe einen kurzen Blick auf die Uhr. Als ich dann hinter der Theke nach einem Feuerzeug und einem Aschenbecher zu suchen beginne, schiebt sie die Zigarette zwischen ihre leuchtenden Lippen. Im Studio ist das Rauchen eigentlich verboten. Aber wir schließen gleich, und in solchen Fällen mache ich speziell für Janet schon mal eine Ausnahme. Ich reiche ihr Feuer. Sie inhaliert genüsslich und bläst den Rauch Richtung Decke.

«Statt sich also das Leben zu nehmen oder zumindest in Apathie zu verfallen, sah Charles mich an und erwiderte mit völlig ernster Miene, er habe auch schon über eine Trennung nachgedacht.»

Sie schüttelt fast unmerklich den Kopf. Offenbar kann sie immer noch nicht glauben, derart schnöde abserviert worden zu sein.

«Dein Mann hat eben gespürt, dass eure Ehe am Ende war. Vielleicht hat er auch geahnt, dass du dich von ihm trennen würdest», sagt Tom.

«Aber nein!», wehrt Janet energisch ab. «Wie er mir später beichtete, hätte er von sich aus niemals über eine Trennung gesprochen. Er hatte viel zu große Angst davor, dass ich ihn finanziell ruinieren und bei unseren Töchtern schlechtmachen könnte.»

«Warum hättest du das tun sollen?», frage ich.

«Beispielsweise weil er seit mehreren Jahren ein Verhältnis mit unserer Nachbarin hatte. Oder weil er einen großen Teil unseres damals nicht unbeträchtlichen Vermögens versoffen und verspielt hat. Die meisten seiner angeblichen Dienstreisen waren Kneipentouren und Pokerturniere.»

«Dann hat er ja Glück gehabt, dass seine Sünden auf diese Weise ans Licht gekommen sind», stellt Tom fest. Und lächelnd fügt er hinzu: «Wenn du ihm auf die Schliche gekommen wärst, hättest du ihm sicher das Fell über die Ohren gezogen, oder?»

Janet stutzt. Dann lacht sie schallend. «Ach, Tommi-Schätzchen. Du bist so herrlich naiv! Ich habe ihm selbstverständlich das Fell über die Ohren gezogen. Und zwar ruckartig, mein Lieber. Leider war nicht mehr viel zu holen. Aber was noch da war, hab ich ihm abgenommen. Den letzten Penny haben meine Anwälte aus ihm rausgeschüttelt.»

Tom sieht aus, als bräuchte er einen Moment, um die Dimension dieser Sätze zu verstehen.

«Was ist aus deinem Mann geworden?», will ich wissen.

Janet zuckt mit den Schultern und zieht an ihrer Zigarette. «Zuletzt hat er als Vertreter für Tiefkühlkost gearbeitet. Finanziell geht es ihm wohl sehr schlecht, aber gesundheitlich hat es ihm gutgetan, dass er sich Alkohol und üppige Mahlzeiten nur noch gelegentlich leisten kann.»

«Du hast ihm also bis heute nicht verziehen?», fragt Tom.

Janet drückt ihre Zigarette aus. «Nein. Aber ich weiß schon, was du sagen willst. Meine Töchter wünschen sich auch immer, dass wir uns versöhnen. Die Enkel wundern sich angeblich schon, dass Oma und Opa immer nur einzeln auftreten. Nur, das ist ja nicht meine Schuld, oder?»

«Nein, aber du könntest dich mit ihm arrangieren», schlage ich vor. «Zumindest was gewisse Feiertage angeht.»

«Das könnte ich», erwidert Janet und erhebt sich von ihrem Hocker. «Ich bin nur leider immer noch nicht gut auf ihn zu sprechen. Er hat meine besten Jahre bekommen, ich hingegen nur ein bisschen Geld. Wir sind also noch lange nicht quitt. Aber wer weiß? Wenn ich eines Tages höre, dass er unter einen Bus geraten und von Paddington bis Greenwich mitgeschleift worden ist, dann verzeihe ich ihm ja vielleicht.»

Sie lächelt dezent und begibt sich in Richtung der Umkleiden. «Ihr entschuldigt mich. Ich möchte mich noch rasch ein bisschen frisch machen. Falls ich auf der Straße einem Gentleman begegnen sollte, dem es nicht gleich auffällt, dass ich mich an einen Kretin verschwendet habe, dann möchte ich diese winzige Chance gerne ergreifen.»

Die Tür zur Damenumkleide schließt sich. Tom sieht Janet entgeistert hinterher. Dann dreht er sich wieder zu mir und zuckt ratlos mit den Schultern. «Hättest du das gedacht, Paul?» Er klingt leicht entsetzt.

«Was? Dass Frauen grausam sein können?»

«Dass Frauen *so* grausam sein können», präzisiert Tom.

Ich nicke fachmännisch.

Wenig später endet meine Schicht. Die Eingangstür ist bereits verschlossen. Wie jeden Abend inspiziere ich noch rasch die Umkleiden, um nachzusehen, ob jemand was vergessen hat. Das Telefon an der Theke klingelt. Ich könnte es ignorieren, denn ich habe jetzt Feierabend. Falls am anderen Ende Melissa ist, soll sie jedoch nicht denken, dass ich hier überpünktlich alles fallen lasse. Also gehe ich ran.

Es ist Iris. «Hast du mit Audrey gesprochen?»

«Heute noch nicht», erwidere ich. «Ich wollte das eigentlich auch vermeiden, nachdem wir uns gestern und vorgestern nur gestritten haben.»

«Das ist gut», erwidert Iris.

«Was soll daran gut sein, dass wir uns gestritten haben?»

«Es ist gut, dass du dich nicht bei Audrey gemeldet hast», erklärt Iris. «Lass das auch besser mal bleiben. Zumindest heute.» Sie klingt unheilvoll.

Leichte Panik steigt in mir auf. Seit ein paar Tagen ist Elisabeth von Beuten überfällig. Zuerst sind wir davon ausgegangen, dass sie ihre Pläne kurzfristig geändert hat und sich in Kürze melden würde. Als aber über Tage ein Lebenszeichen von Elisabeth ausblieb, machten wir uns dann doch Sorgen. Gestern hat Iris zur Sicherheit die Polizei informiert.

«Ist es …?», beginne ich unbehaglich.

«Ja. Es ist wegen Großmutter», unterbricht Iris. Sie klingt bedrückt.

Für einen kurzen Moment durchzuckt mich der Gedanke, dass Elisabeth von Beuten etwas zugestoßen sein könnte.

«Was ist los?», frage ich und rechne mit dem Schlimmsten.

«Die Polizei hat heute angerufen.» Iris sagt es betont sachlich.

Meine leichte Panik verwandelt sich in einen Schweißausbruch. Mein Herz pumpt schneller. Vor meinem geistigen Auge sehe ich ein Team von Spezialisten einen Tatort sichern. Irgendwo am Ufer der Themse liegt der regungslose Körper Elisabeth von Beutens. Ein kantiger Hafenarbeiter steht etwas abseits bei den Polizisten und erklärt, wie er die Leiche entdeckt hat.

«Und?», frage ich gepresst.

«Sie haben Großmutter gefunden.» Iris scheint den Tränen nahe.

Ich ahne, dass sie nicht aussprechen kann, was mit Elisabeth von Beuten geschehen ist. Zu frisch sind der Schreck und die Trauer.

«O Gott. Das tut mir alles sehr …», beginne ich.

«Im Caine Hotel», unterbricht Iris schluchzend.

«Was?», frage ich entgeistert.

«Sie hat sich da ein Zimmer genommen.» Wieder ein Schluchzen. «Angeblich sitzt Großmutter jeden Abend an der Bar. Sie trinkt! Und ...» Iris unterbricht sich und schluckt ein paar Tränen herunter. «Und sie raucht!»

«Mom... Mom... Moment», stottere ich. «Sie ist nicht tot?»

«Was?», fragt nun Iris entgeistert. «Nein! Natürlich nicht! Wie kannst du nur so etwas Grausames denken?»

Während sie erneut schluchzt und nun offenbar die Tränen nicht länger zurückhalten kann, spüre ich eine leichte Wut in mir aufsteigen. «Es geht eurer Großmutter also ausgezeichnet. Die ganze Katastrophe besteht darin, dass sie trinkt und raucht?», frage ich, mühsam beherrscht.

«Ja», heult Iris. «Ich weiß nicht, was mit ihr los ist. Du kennst sie doch auch. Sie würde sich nie im Leben so gehenlassen.»

Dass ich Elisabeth von Beuten kenne, ist eine maßlose Übertreibung. Ich war einige Tage Gast der Familie in jenem Feriendomizil, das Schamski gerade zu verramschen versucht. Mehr aber auch nicht. Im anderen Punkt hat Iris jedoch recht. Ich habe nie erlebt, dass Elisabeth von Beuten jemals die Selbstbeherrschung verloren hätte. Sie wirkt wie ein Eisblock, in dem für alle Zeiten sämtliche preußischen Tugenden eingefroren sind. Eigentlich wäre es ihr deshalb sogar zu wünschen, dass sie sich mal ein paar Tage volllaufen lässt. Macht sie vielleicht menschlicher.

«Sicher übertreibt die Polizei», versuche ich Iris zu beruhigen. «Wahrscheinlich wollte Elisabeth nur ein paar Tage in Ruhe gelassen werden, auch von ihrer Familie. Mag ja sein, dass sie getrunken hat, aber ...»

«Du musst nachsehen, ob es ihr gutgeht», unterbricht Iris fordernd. «Ich krieg hier so schnell keinen Flug. Und Melissa kommt heute auch nicht mehr weg von Mallorca. Und Audrey ... aber das weißt du ja selbst.»

«Wieso lasst ihr sie nicht einfach machen?», begehre ich auf. «Eure Großmutter ist doch wohl alt genug, um selbst über ihr Leben zu entscheiden.»

«Das sieht für mich etwas anders aus», erwidert Iris mit schnippischem Unterton. «Die Familie ist praktisch pleite. Trotzdem bucht Großmutter sich in ein Fünf-Sterne-Hotel ein. Das Caine kostet ein paar hundert Pfund. Und zwar pro Nacht. Von den Getränkepreisen will ich gar nicht reden.»

«Vielleicht hat sie Geld aufgetrieben», mutmaße ich.

«Und sagt uns nichts davon?», entgegnet Iris. «Niemals.»

«Hey! Was soll ich machen?», frage ich leicht gereizt. «Ich stehe hier in einer alten Jogginghose von Schamski. Mein Anzug kommt erst morgen aus der Reinigung. Ich war nicht darauf eingestellt, heute noch chic auszugehen. Aber tun wir mal so, als würde ich es in diesem Aufzug in die Bar eines Fünf-Sterne-Hotels schaffen. Was übrigens mehr als unwahrscheinlich ist. Sie werden entweder die Polizei rufen oder versuchen, mich mit ein paar Küchenabfällen abzuwimmeln …»

«Paul! Komm bitte zum Punkt!», fährt Iris dazwischen.

Ich seufze. «Deine Großmutter mag mich nicht», erkläre ich. «Sie wird mich noch viel weniger mögen, wenn ich in Jogginghose im Caine Hotel auftauche und sie frage, ob sie noch alle Tassen im Schrank hat. Verstehst du mein Problem?»

Ein kurzes Schweigen.

«Meine Großmutter ist seit Tagen für niemanden zu erreichen», erwidert Iris ruhig. «Unter anderen Umständen würde sie morgen in großer Runde ihren achtzigsten Geburtstag feiern.»

«Sie hat morgen …?», setze ich erstaunt an, doch Iris fährt ungerührt fort.

«Stattdessen erfahre ich von der Polizei, dass sie in einem Nobelhotel die Bar unsicher macht. Im letzten Jahr ist ihr Mann abgehauen. Dann hat ihr Unternehmen Pleite gemacht, und jetzt müssen auch noch die Immobilien dran glauben. Wahrscheinlich hat sie nicht mal eine Rente. Sie steht also vor den Trümmern ihres Lebens, und heute um Mitternacht wird sie den absoluten Tiefpunkt erreichen.» Iris macht eine Kunstpause. «Verstehst du jetzt auch mein Problem, Paul?»

Ich werfe einen Blick zur Uhr. Gut zwei Stunden bis Mitternacht. Keine Zeit, nochmal nach Hause zu fahren und zumindest eine vernünftige Hose anzuziehen.

«Okay. Ich kümmere mich drum», sage ich und bin etwa so begeistert wie jemand, der gerade vom König zum Vorkoster ernannt worden ist.

SIND SIE GAST UNSERES HAUSES?

Das Caine Hotel ist ein neoklassizistischer Kasten mit extrem schlechter Busanbindung. Hinter den Fenstern des zur Straßenseite gelegenen Restaurants funkeln die Marmorböden mit den Kronleuchtern um die Wette. Man speist in einer Art Ballsaal, die Abstände zwischen den Tischen sind entsprechend großzügig bemessen. Kellner in roten Samtjacken schleppen mit größter Diskretion kostbare Weine und erlesene Speisen an die Tische. Die Anhäufung von Jacketkronen, Maßkonfektionen und Brillantschmuck lässt darauf schließen, dass man als Gast dieses Hotels nicht bloß irgendwie vermögend, sondern ganz konkret reich sein sollte.

Nun denn. Ich ziehe meine Jogginghose etwas höher und will mich gerade zum Hoteleingang wenden, da höre ich eine leicht nasale Stimme sagen: «Könnten Sie bitte vom Fenster zurücktreten, Sir? Danke.»

Der Pförtner hat mich entdeckt. Nun möchte er wohl verhindern, dass ich mir die Nase am Restaurantfenster platt drücke und damit die Gäste erschrecke. Mit unverhohlener Arroganz mustert er meine Jogginghose und mein Sweatshirt. Er selbst trägt eine dunkelgraue Uniform mit schwarzem Revers und einen Bowler. Modisch ist das mindestens genauso ein Flop wie mein Aufzug, nur sieht der Pförtner obendrein aus, als hätte er gerade die Postkutsche verpasst. Sein arroganter Blick ruht auf mir. Er wartet auf eine Reaktion.

Ich habe mir schon im Bus überlegt, wie ich diese Hürde meistern würde. Meine Idee war, einen sympathischen und zuvorkommenden Hotelangestellten anzutreffen, der mir Hemd und Hose leiht und mich mit einem aufmunternden Lächeln in die Bar schleust. Ich hatte also gehofft, mir könnte das passieren, was allen armen Säcken in fast allen amerikanischen Filmkomödien passiert. Ich gebe zu, der Plan war sehr optimistisch. Im richtigen Leben ist der Pförtner also leider ein arroganter Fatzke, der mich zutiefst verachtet, weil ich am unteren Ende seiner Weltordnung stehe. Drinnen sitzen jene, vor denen er aufopferungsvoll buckelt. Leute wie mich hingegen würde er gern mit einem Fußtritt davonjagen.

«Scher dich weg, du Galgenstrick!», würde er im Stil einer viktorianischen Respektsperson rufen. «Oder ich bring dich ins Zuchthaus!»

Glücklicherweise leben wir nicht in einem Roman von Charles Dickens, und es gibt auch keine verfassungsrechtlichen Bedenken dagegen, dass ich hier Schamskis Jogginghose spazieren führe.

Aber es ist schon seltsam. Es gab mal eine Zeit, da konnte ich es mir leisten, in solchen Hotels abzusteigen. Damals hätte ich vielleicht auf einen Typen, der in Jogginghose vorm Restaurantfenster herumlungert, ähnlich arrogant herabgeschaut. Heute bin ich selbst dieser Typ. Inzwischen weiß ich, wie schnell man hier draußen landen kann. Und ich weiß auch, dass die Weltordnung des Pförtners nicht existiert. Ob jemand eine Jogginghose oder einen Smoking trägt, ist oft nur eine Frage des Zufalls oder der Tagesform.

Immer noch wartet der Pförtner auf eine Reaktion. Ich habe ihn interessiert angesehen, während die Gedanken durch meinen Kopf rauschten. Nun stelle ich erstaunt fest, dass sich der Ausdruck in seinen Augen geändert hat. Es liegt plötzlich ein Hauch von Unsicherheit darin.

Ich ahne, was er denkt. Gerade beschleicht ihn das ungute Gefühl, dass ich zum Kreis der Auserwählten gehören könnte. Das wäre äußerst peinlich für ihn. Bin ich vielleicht ein Minister, der überstürzt die Wohnung seiner Geliebten verlassen musste und sich auf der Flucht irgendwo ein paar Klamotten stibitzt hat? Habe ich eben im Restaurant etwa meinen Stabschef gesucht? Oder bin ich ein gefragter bildender Künstler, der keinen Wert auf sein Äußeres legt? Oder ein ebenso spleeniger wie steinreicher Reeder, der in seiner Lieblingsjogginghose eine Runde um den Block gedreht hat?

Immer noch betrachte ich den Pförtner, und die Unsicherheit in seinem Gesicht ist nun einer leisen Panik gewichen.

«Entschuldigung, Sir. Sind Sie Gast unseres Hauses?», fragt er und versucht nach Kräften, würdevoll und souverän zu erscheinen.

«Wäre ich das, würde ich Ihre Begrüßung zum Anlass nehmen, um mich bei der Direktion über Sie zu beschweren», erwidere ich ruhig und sehe ein fast unmerkliches nervöses Zucken in seinem Gesicht. «Da ich hier jedoch nur verabredet bin, können wir uns diese Unannehmlichkeit wohl sparen.» Ich lächle kurz und milde, als wäre mir schon allein aus Gründen der Bequemlichkeit nicht daran gelegen, ihm die berufliche Zukunft zu versauen.

Er scheint sich zu fragen, wie er mich und die Situation einschätzen soll. Ich ahne, dass er zwischen Angriff und Kapitulation schwankt. Vor ein paar Minuten hätte ich mich noch damit zufriedengegeben, von ihm gnädig zum Lieferanteneingang geschickt zu werden. Jetzt ist mein Ehrgeiz geweckt. Ich werde dieses Hotel durch den Haupteingang betreten. Und dieser Kerl aus dem neunzehnten Jahrhundert wird mir die Tür aufhalten. Das ist ab sofort mein Plan. Gelassen warte ich auf seinen nächsten Schachzug.

Er schluckt, dann überwindet er sich. «Sir, darf ich fragen, mit wem Sie …»

«Nein, Sir», unterbreche ich ruhig. «Das dürfen Sie nicht.»

Ich sehe das Erschrecken in seinem Gesicht, als ich ihn passiere und zum Eingang des Hotels schlendere. Er zögert nur ein, zwei Sekunden, dann beeilt er sich, die Tür zu erreichen, bevor ich sie erreicht habe. Er schafft es, sie so schnell zu öffnen, dass ich mein Schritttempo nicht verringern muss.

«Ich wünsche Ihnen noch einen schönen Abend, Sir», höre ich ihn sagen, während ich die Eingangshalle betrete.

Ich kenne Elisabeth von Beuten als Patriarchin mit ausgeprägtem Sinn für glamouröse Auftritte. Vielleicht habe ich deshalb vermutet, sie in großer Garderobe auf einem der Sessel im Restaurant thronen zu sehen. Ich habe erwartet, dass eifrige Kellner sie mit Jahrgangschampagner und Delikatessen umschwirren. Und ich wäre auch nicht überrascht gewesen, Musikanten, Artisten oder einen Hofnarren an ihrem Tisch zu sehen.

Tatsächlich sind Iris' Informationen richtig. Zu meinem eigenen Erstaunen finde ich Elisabeth von Beuten an der Bar. Der dunkel getäfelte Raum ist gut gefüllt. Ein paar Geschäftsmänner und -frauen, wahlweise mit gelockerten Krawatten oder nachgezogenem Lippenstift, plaudern bei Bier und Wein. Ein Liebespaar mittleren Alters hat sich in eine Ecke zurückgezogen, um ungestört giggeln und flirten zu können. Ein älterer Herr mit Bart, der an Karl Marx erinnert, meditiert über einem großen Brandy. Der uralte Barpianist spielt schleppend *The way you look tonight.*

Elisabeth sitzt etwas abseits. Sie hat einen Drink nebst

Knabberzeug vor sich stehen. Sie raucht dünne weiße Filterzigaretten. Statt einer pompösen Robe trägt sie eine schlichte schwarze Hose und einen ebenso unauffälligen Pullover. Ich habe sie etwas fülliger in Erinnerung. Vielleicht hat sie abgenommen, vielleicht haben auch die opulenten Kleider ihre Figur üppiger wirken lassen. Ihr kurzes Haar ist schwarz gefärbt. Sie trägt ein breites dunkelgraues Haarband. Entweder hat sie sich ihre Haare abschneiden lassen, oder ich habe sie bislang nur mit Perücke gesehen. Auf Mallorca trug sie jedenfalls passend zu ihren wallenden Kleidern wogende Hochsteckfrisuren. Irgendwie erinnert sie mich gerade an eine Schauspielerin, für die heute der letzte Vorhang gefallen ist. Sie hat Perücke und Kostüm der Garderobiere in die Hand gedrückt und sich abgeschminkt, als wäre dies ein ganz normaler Abend. Offenbar hat niemand daran gedacht, dass heute ihre Abschiedsvorstellung war. Nun nimmt sie allein einen Drink und schmeckt ihrem letzten Applaus nach.

«Guten Abend, Frau von Beuten.»

Sie blickt in meine Richtung und stutzt. Dann greift sie nach ihrem Handtäschchen, zieht daraus eine Brille hervor, setzt sie auf und betrachtet mich erneut.

«Oh, das ist ja mal eine Überraschung», sagt sie und wirkt tatsächlich bass erstaunt. «Guten Abend, Herr Dr. Schuberth. Was verschafft mir die Ehre?»

Sie mustert mich interessiert.

«Ihre Familie schickt mich. Sie haben sich seit Tagen nicht gemeldet.»

Elisabeth hat gar nicht zugehört, sondern ist immer noch in den Anblick meiner Beinkleider versunken.

«Tragen Sie da etwa eine Jogginghose?» Es klingt nicht abfällig, eher ungläubig.

«Ja. Ich hatte leider keine Gelegenheit, mich noch umzuziehen.»

«Sie überraschen mich immer wieder aufs Neue», sagt sie.

«Das freut mich», erwidere ich aufrichtig.

Sie nickt nachdenklich. «Soll ich Ihnen trotzdem ein Hemd und eine Hose kommen lassen?», fragt sie. «Die Leute werden denken, dass Sie hier Silberbesteck geklaut haben und nun den Ausgang nicht finden können.»

Elisabeths spitze Zunge hat also bislang nicht gelitten. Das ist beruhigend.

Ich schüttele den Kopf. «Danke. Sehr freundlich von Ihnen, gnädige Frau. Aber ich wollte ohnehin nicht lange bleiben.»

«Was sagten Sie noch, warum Sie hier sind?» Sie drückt ihre Zigarette aus, nimmt gleich eine neue aus der Packung. Ein Barkeeper, der bislang unsichtbar war, erscheint im schummrigen Licht. Ein Feuerzeug flammt auf. Elisabeth entzündet gemächlich ihre Zigarette und inhaliert. Der Barkeeper verschwindet so rasch, wie er gekommen ist.

«Iris hat mich angerufen. Sie macht sich Sorgen. Wie der Rest der Familie.»

«Um mich?» Wieder wirkt sie erstaunt. «Und ausgerechnet Sie sollen sich nach meinem Wohlbefinden erkundigen?»

Ich zucke mit den Schultern. «Außer mir war niemand so schnell verfügbar. Wenn es eine andere Lösung gegeben hätte, stünde hier jetzt sicher jemand mit richtigen Hosen.»

Ein fast unmerkliches Lächeln huscht über ihr Gesicht. «Hat Iris Ihnen etwa gesagt, dass ich morgen Geburtstag habe?»

Ich nicke.

«Verstehe. Und? Glauben Sie, dass ich imstande wäre, mir

heute Nacht etwas anzutun? Denn darum geht es doch, oder? Meine Familie hat Angst, ich könnte mir das Leben nehmen, weil ich praktisch alles verloren habe. Meinen Mann. Meine Firma. Mein Geld.» Sie seufzt fast unmerklich. «Und ab morgen bin ich dann auch noch alt. Uralt, um genau zu sein.»

Wie üblich redet sie nicht lange um den heißen Brei herum.

«Achtzig ist doch kein Alter», lüge ich schamlos. «Japanische Wissenschaftler glauben, dass die Menschen bald eine Lebenserwartung von hundertfünfzig oder hundertsechzig Jahren haben werden. Stellen Sie sich das mal vor! Wer weiß, ob man mit achtzig dann überhaupt schon das Abitur in der Tasche hat.»

Sie wirkt amüsiert.

«Muss Ihre Familie sich Sorgen machen?», frage ich mit ernster Miene.

Sie sieht mich an und überlegt einen Moment. Dann klopft sie sachte auf die Lehne des neben ihr stehenden Barhockers. «Kommen Sie! Setzen Sie sich! Lassen Sie uns was trinken.»

Ich zögere. Gegen einen ordentlichen Drink hätte ich nichts einzuwenden. Und vermutlich sind die Drinks hier sogar sehr ordentlich. Leider dürfte mich ein einziges Glas in diesem Laden mehr als alle Bustickets der nächsten zwei Wochen kosten.

Elisabeth errät meine Gedanken. «Falls Sie sich Sorgen um die Bezahlung machen, die Drinks gehen auf mich. Immerhin habe ich gleich Geburtstag.»

Tja, wenn das so ist. Ich setze mich.

«Und sparen Sie bitte nicht am falschen Ende», fügt sie hinzu. «Ich weiß zwar nicht, ob ich finanziell noch einmal auf die Beine komme, aber Sie können sicher sein, dass ein paar Tage in diesem Hotel sich beim Kassensturz praktisch nicht bemerkbar machen werden.»

Ich überlege und schaue dabei eher zufällig auf ihren Drink.

«Gin-Fizz», sagt sie. «Ist hier sehr zu empfehlen.»

Als ich nicke, gibt sie dem Kellner ein Zeichen, und wenig später habe ich einen Gin-Fizz vor mir stehen, der nicht nur perfekt aussieht, sondern auch so schmeckt. Ich habe schon länger keinen so guten Drink mehr in die Finger bekommen. Das Zeug geht runter wie Öl.

«Was wäre eigentlich gewesen, wenn Sie mich hier sturzbetrunken und hoch depressiv angetroffen hätten?», fragt sie.

«Ehrlich gesagt habe ich das für äußerst unwahrscheinlich gehalten.»

«Interessant», erwidert sie. «Dann glauben Sie also, ich könnte nicht über die Stränge schlagen?»

Eigentlich glaube ich genau das. Um ihr jedoch nicht zu nahezutreten, halte ich mit dieser Meinung hinterm Berg. «Als ich Sie kennengelernt habe, erschienen Sie mir vor allem sehr diszipliniert», sage ich diplomatisch.

«Aha», erwidert sie nachdenklich, greift nach ihren Zigaretten und hält mir die Packung hin.

«Danke. Hab es mir abgewöhnt.»

Sie zieht eine Zigarette hervor. «In Ihrem Alter habe ich überhaupt erst mit dem Rauchen angefangen.»

Sie lässt sich vom Barkeeper Feuer geben und ordert nebenbei noch zwei Drinks. «Ende der Sechziger habe ich es mal mit Kiffen probiert.»

Abrupt setzte ich mein Glas ab und sehe sie verwundert an.

«Nicht sehr lange. Ein paar Monate vielleicht», erklärt

sie. «Am Ende des Krieges war ich siebzehn. Es gab kaum etwas zu essen, es gab kaum Wohnungen, und es gab kaum Freizeit. Männer gab es übrigens auch fast nicht mehr. Insgesamt keine sehr prickelnde Zeit. Also habe ich gedacht, ich könnte einen Teil meiner Jugend in den Swinging Sixties nachholen.»

«Klingt nach klassischer Midlife-Crisis», werfe ich ein.

«Wahrscheinlich. Obwohl wir damals den Begriff noch gar nicht kannten. Ich hatte bis zu diesem Zeitpunkt praktisch nie an mich gedacht. Als mein Vater starb, habe ich ganz selbstverständlich seine Firma übernommen, weil niemand da war, der das sonst hätte tun können. Nebenbei hab ich noch zwei Kinder geboren und aufgezogen und einen Mann unterstützt, der von einer Schauspielkarriere träumte.»

Ich schaue mich unauffällig nach einer Uhr um. Sieht ganz danach aus, dass Elisabeth von Beuten mir ihre Lebensgeschichte erzählen möchte. Das kann nicht nur eine Weile dauern, es ist auch ein hoher Preis für den Erfolg meiner Mission. Vielleicht sollte ich mich einfach besaufen.

«Hat es denn geklappt?», frage ich.

«Hat was geklappt?»

Wie ich schon geahnt habe, gibt es keine Uhr. Casinos und Bars haben selten Uhren. Die Gäste sollen schließlich nicht daran erinnert werden, dass morgen auch noch ein Tag ist.

«Na, haben Sie in den Swinging Sixties Ihre Jugend nachholen können?»

«Selbstverständlich nicht», erwidert sie und kippt ihren halben Gin-Fizz in einem Zug. «Wenn Dinge vorbei sind, dann sind sie unwiederbringlich vorbei. Egal, ob es sich um Beziehungen, Regierungen oder Epochen handelt. Wer glaubt, er könnte im Leben nachholen, was er verpasst hat, der irrt sich gewaltig.»

Ich habe zwar schon etwas Gin-Fizz intus, kann aber trotzdem noch glasklar erkennen, dass diese Theorie großer Quatsch ist.

«Eine Menge Menschen bekommen eine zweite Chance», gebe ich zu bedenken und frage mich, ob ich da gerade ein klein wenig gelallt habe.

Sie sieht mich an und überlegt. Dann schiebt sie ihr leeres Glas zur Seite und lächelt breit. «Gehört das jetzt zu Ihrem Motivationsprogramm?», fragt sie. «Wollen Sie mir wirklich einreden, dass ich in meinem Alter noch ein neues Leben anfangen kann?»

«Warum nicht?», erwidere ich leichthin. «Wer weiß schon, was die Zukunft bringt? Ob man Glück oder Pech hat, liegt nicht daran, ob man achtzehn oder achtzig ist. Jedenfalls bin ich sicher, dass das Leben nicht nur aus ersten, unwiederbringlichen Chancen besteht.»

Sie gibt dem Kellner beiläufig ein Zeichen, beugt sich dann zu mir herüber.

«Einverstanden, lieber Herr Dr. Schuberth, dann nennen Sie mir doch mal ein paar gute Gründe, warum man am Leben bleiben sollte.»

«Ich dachte, diese Diskussion hätten wir schon hinter uns», erwidere ich locker und bin nun ziemlich sicher, dass meine Artikulation nicht mehr ganz fehlerfrei ist.

«Keine Sorge», sagt sie. «Ich werde bestimmt keine Dummheiten machen. Mich würde nur interessieren, welche guten Gründe Sie haben, sich keine Kugel in den Kopf zu jagen.»

Der Barkeeper stellt zwei frische Gin-Fizz auf den Tresen. Ich spüre nun zunehmend den Alkohol. Es ist ein wohliges Gefühl. Ganz so, als würde man vorsichtig in Watte eingepackt werden. Wie ein kostbarer Kunstgegenstand oder ein archäologisch bedeutendes Fundstück.

«Ich kenne sogar für uns beide einen guten Grund, um am Leben zu bleiben», sage ich und ernte einen interessierten Blick. «Ihre Enkelin ist Mutter geworden. Ich habe also einen Sohn. Und Sie haben jetzt einen Urenkel.»

Elisabeth hebt den Kopf. Sie wirkt leicht erschrocken. Aber auch zutiefst gerührt. Ich glaube, ich habe sie nie zuvor derart fassungslos gesehen.

«Meine Mailbox ist bis oben hin voll mit besorgten Anrufen meiner Familie», erwidert sie unwirsch. «Allen möglichen Quatsch hat man mir draufgesprochen, aber die wirklich wichtigen Dinge erfahre ich nicht.» Sie dreht sich ein wenig zur Seite, als suche sie etwas in ihrem Handtäschchen. Tatsächlich wischt sie sich verstohlen eine Träne aus dem Augenwinkel.

«Audrey wollte Sie überraschen», erkläre ich. «Ich hatte die Aufgabe, Sie in das Büro dieser Organisation zu bringen, für die Audrey Fotos machen sollte. Die haben nämlich Kontakt zu ihr und ...» Ich unterbreche mich, weil ich merke, dass ich mich verzettele. «Na ja. Ist ja jetzt auch egal», beende ich meine wirren Ausführungen.

Elisabeth hat sich wieder gefasst. «Genau», sagt sie, erhebt ihr Glas und wartet, bis ich das Gleiche tue.

«Also dann. Auf das neue Leben.» Sie freut sich sichtlich.

Wir prosten und trinken.

Sie stellt ihr Glas zurück auf den weißen Papieruntersetzer. «So. Und da wir auf diese Weise nun einen gemeinsamen Verwandten haben, werden wir uns ab jetzt duzen», ordnet sie zielsicher an.

«Gern», erwidere ich angeheitert. «Wie soll ich dich nennen? Oma, Omi oder doch lieber Großmutter?»

Sie straft mich mit einem bösen Blick.

«'tschuldigung», nuschele ich.

Sie winkt nachlässig ab, nippt an ihrem Drink. «Warum bist du eigentlich nicht bei Frau und Kind?», will sie wissen. «Du solltest diesen Abend nicht mit einer alten Dame verplempern, sondern bei deiner Familie verbringen. Wo sind die beiden überhaupt?»

«Im Kongo», erwidere ich.

Elisabeth führt überrascht die Hand zum Ohr, als hätte sie mich nicht richtig verstanden. Der Barkeeper versteht das als Zeichen, noch zwei Gin-Fizz zu mischen.

«Du hast richtig gehört. Ist eine lange Geschichte», höre ich mich sagen.

«Glücklicherweise habe ich ein bisschen Zeit», erwidert sie.

Zeit. Mein Stichwort. Wie spät mag es sein? Wenn Elisabeth mich schon zu Dutzenden Gin-Fizz einlädt, dann möchte ich ihr wenigstens pünktlich zum Geburtstag gratulieren.

Von ferne höre ich, wie der Pianist *You go to my head* anspielt. Im gleichen Moment stellt der Barkeeper zwei frische Drinks neben unsere noch nicht einmal zur Hälfte geleerten Gläser. Ich wende mich zum Piano und sehe, dass der greise Solist eine Uhr trägt. Leider könnte ich sie von hier aus selbst dann nicht entziffern, wenn er seine Hände still halten würde. Mein Blick wandert über das auf Hochglanz polierte Instrument. Der Flügel strahlt in einem satten und tiefen Schwarz. Für einen Moment befürchte ich, von diesem makellosen Schwarz derart magisch angezogen zu werden, dass ich auf der Stelle einschlafe. Der Alkohol rauscht durch meine Adern.

Ich hätte wenigstens eine Kleinigkeit essen sollen, denke

ich. Ich drehe mich wieder zur Theke und greife nach dem Knabberzeug. Gleich bin ich wieder voll da, nur rasch ein paar Cracker und einmal tief durchatmen.

Ich spüre, dass die Aktion, mich in Watte zu packen, Fortschritte macht. Mein Kopf wird gerade großzügig gepolstert. Die Geräusche werden leiser und klingen dumpfer. Gleichzeitig lässt jemand einen Schleier auf mein Gesicht fallen. Die Dinge um mich herum verwandeln sich in Schemen.

Der Barkeeper stellt ein weiteres Glas auf die Theke. Es ist ein rötlich schimmernder Longdrink. «Bitte sehr. Geht aufs Haus, Sir.»

Ich betrachte den Drink und will den Barkeeper fragen, was er mir da serviert hat. Doch der Kerl ist bereits wieder auf der anderen Seite der Theke beschäftigt.

«Das ist ein Pussy Foot», erklärt Elisabeth. «Alkoholfrei. Wird hier offenbar an Leute ausgeschenkt, die Gin nicht ganz so gut vertragen.»

«Erst will der Türsteher mich wegjagen, und dann serviert mir der Barkeeper Limonade. Die Leute hier haben wirklich Humor.»

Elisabeth nickt. «Britischen, obendrein.»

Wieder greife ich nach dem Knabberzeug. Okay, ich bin offenbar ein wenig angetrunken. Kein Problem. Ich muss nur kurz mal frische Luft schnappen. Vielleicht komme ich bei der Gelegenheit ja auch an einer Uhr vorbei.

«Entschuldige mich einen Moment», höre ich mich sagen.

Elisabeth nickt. «Klar. Alles in Ordnung mit dir?»

Ich nicke ebenfalls.

Als ich den Hinterhof des Hotels betrete, umfängt mich kühle Abendluft. Ich blicke in den Himmel und genieße die Stille und den Frieden. Das war knapp. Noch ein, zwei

Drinks und ein paar Minuten länger in dieser stickigen Bar, und ich wäre mit Sicherheit betrunken gewesen. Nur gut, dass ich mich sehr genau kenne und abschätzen kann, was ich vertrage.

«Hatten Sie vielleicht ein Taxi bestellt?», höre ich eine Stimme sagen.

«Nein», erwidere ich und drehe den Kopf, um zu sehen, wer mich da angesprochen hat. Es ist niemand da, außer einer Ratte, die auf einer Mülltonne steht und mich aufmerksam ansieht.

«Was soll das?», frage ich perplex.

«Was soll was?», erwidert die Ratte.

Ich stutze. «Reden wir hier gerade miteinander?»

«Sieht ganz so aus», sagt die Ratte.

«Und warum reden wir miteinander?»

«Weil du besoffen bist», erwidert die Ratte. «Voll wie ein Eimer. Jenseits von Gut und Böse. Kurz gesagt: hageldicht.»

«Aha», erwidere ich aufgeschmissen.

«Es ist im Grunde ganz einfach», sagt die Ratte. «Ich bin so eine Art tiefenpsychologischer Bote. Ein Hinweis von deinem Unterbewusstsein, dass dein Alkoholkonsum eine bestimmte Grenze überschritten hat. Man könnte auch sagen, ich bin die letzte Warnung. Also beherzige sie.» Die Ratte will sich abwenden.

«Warte!», sage ich. «Hast du mal 'ne Zigarette für mich?»

Als das Schwarz sich in ein Dunkelgrau verwandelt, brauche ich eine Weile, um zu verstehen, dass ich durch meine halbgeschlossenen Lider luge. Ich öffne die Augen ein weiteres Stück, und das Dunkelgrau hellt sich auf. Ein Fenster. Ein großes Fenster. Mit hellen Vorhängen. Ich höre gedämpften Straßenlärm. Wo bin ich?

Ich will meinen Kopf heben, aber der fühlt sich an wie ein mit Nadeln gefüllter Luftballon. Seltsamerweise hat der Ballon das Gewicht einer Bowlingkugel. Ich lasse meinen Kopf wieder ins Kissen sinken. Es scheint mir, als hätte ich ihn kaum einen Millimeter angehoben. Wo, zur Hölle, bin ich denn nur? Müde schließe ich wieder die Augen.

Plötzlich schießt ein Bild durch meinen Kopf. Ich stehe in der Hotelbar am Piano. Ich trage Sweatshirt und Jogginghose, habe ein Mikrophon in der Hand und scheine zu singen. Der greise Pianist begleitet mich. Leider ist das Bild stumm. Deshalb weiß ich nicht, was ich singe.

War das ein Traum? Oder habe ich gestern wirklich am Piano gestanden und irgendeinen Song vorgetragen? Das wäre mir ziemlich peinlich.

Ich muss den Ton zum Bild finden. In den Tiefen meines Gehirns suche ich die fehlende Tonspur und hoffe inständig, dass meine Gesangsdarbietung nur die Reste eines seltsamen Traumes sind.

Da ist er ja, der Ton. Ich schiebe den Regler hoch, und im gleichen Moment ist ein wahnsinnig schief singender Chor zu hören, der *Happy Birthday* intoniert. Man hört Klatschen und Johlen. Elisabeth sitzt lachend inmitten der Geschäftsleute, die mich anfeuern und nach Kräften gesanglich unterstützen. Der Kellner kommt nun mit einem großen Tablett Gläser und einer Magnumflasche Champagner ins Bild. Der Korken knallt.

Im gleichen Moment reiße ich die Augen auf. Filmriss! Das Blut pocht gegen meine Schläfen. Ich hatte gestern einen Filmriss! Jesus Christus! Der Albtraum jedes Quartalssäufers ist auch für mich wahr geworden. Verdammt! Hätte ich doch auf die Ratte gehört!

Okay. Nur die Ruhe. Ich habe Elisabeth in betrunkenem

Zustand ein Geburtstagsständchen gesungen. Das war vermutlich ein bisschen peinlich, aber angesichts der guten Absicht auch wieder irgendwie nett. Jedenfalls muss sie mir das nicht zwangsläufig übel nehmen. Die Frage ist, ob ich noch weiteren Unfug angestellt habe.

Angstvoll schließe ich erneut die Augen. Wieder stehe ich auf der Bühne, diesmal Arm in Arm mit dem Kerl, der wie Karl Marx aussieht. Die übrigen Gäste einschließlich Elisabeth umringen den Flügel. Überall stehen Drinks herum. Die Gesellschaft ist in Tabakqualm gehüllt. Karl Marx und ich sind sichtlich betrunken. Wir singen etwas, das entfernt an *Ain't no mountain high enough* erinnert. Ich habe eine Zigarette in der Hand.

Ich öffne die Augen und frage mich erstaunt, ob ich gestern tatsächlich geraucht habe. Ich versuche den Geschmack in meinen Mund zu identifizieren, aber ohne Erfolg. Ich atme tief ein, um zu prüfen, ob ich husten muss. Ich muss nicht husten, aber röcheln. Ich tippe deshalb auf eine bis eineinhalb Packungen. Was meine Nichtraucherpläne betrifft, kann ich also wieder ganz von vorne anfangen. Na toll.

Wo bin ich? Die Frage stellt sich weiterhin. Was auch immer gestern in der Bar noch so alles passiert sein mag – mindestens ebenso sehr interessiert mich, was danach noch so alles passiert ist.

Wieder hebe ich den Kopf ein paar Millimeter. Ich sehe einen Nachttisch. Darauf eine Lampe. Nichts Besonderes. Die Stofftapete ist hellgrau. Mein Blick fällt auf den Teppich. Er ist rot. Wo habe ich nur diesen Teppich schon einmal gesehen?

Ich überlege. Dabei schließe ich erneut die Augen. Wieder jagen Bilder der letzten Nacht durch meinen Kopf. Ich sehe den betrunkenen Kellner, der eine leere Magnumflasche in die Höhe reckt und damit eine Polonaise anführt. Die ebenfalls betrunkenen Gäste tippeln bester Laune dem Kellner hinterher, kreuz und quer durch die Bar. Angefeuert vom greisen Pianisten, für den diese Nacht ein Jungbrunnen zu sein scheint, grölen alle: «It's coming home, it's coming home, it's coming, football's coming home!» Der Alkohol fließt in Strömen, die Stimmung ist nun auf dem Siedepunkt. Ich wanke mit den übrigen Gästen durch die Bar und stoße versehentlich ein Tellerchen mit Knabberzeug um. Es fällt auf den roten Teppich.

Ich öffne die Augen. Vor mir sehe ich nun den gleichen roten Teppich. Ganz offensichtlich bin ich nicht mehr in der Bar. Meiner Vermutung nach bin ich aber sehr wohl noch im Caine Hotel, das seine Bar, seine Flure und seine Zimmer mit dem gleichen roten Teppich ausgestattet hat.

Stellt sich also die nächste Frage. Wessen Zimmer ist das hier? Ich ahne es, und diese Ahnung trägt nicht gerade zu meiner guten Laune bei. Habe ich etwa mit Elisabeth von Beuten das Zimmer geteilt? Vielleicht nicht nur das Zimmer, sondern auch das … Bett? Schlimmer noch, haben wir beide womöglich miteinander …? Mir bricht spontan der Schweiß aus. Kann das wirklich sein? Ist es denkbar, dass ich mit Elisabeth von Beuten geschlafen habe? Der Gedanke scheint mir absurd. Außerdem, wenn ich mich schon an die wilde Party in der Bar erinnern kann, dann müsste es mir doch auch einfallen, falls da was mit Elisabeth war.

Während ich noch darüber nachdenke, ob ich gestern besoffen eine Achtzigjährige abgeschleppt habe, fällt mir ein, dass meine Kleidung ein gutes Indiz für oder gegen diesen Tatverdacht ist. Ich war gestern derart betrunken, dass ich es vielleicht noch geschafft habe, mich meiner Klamotten zu entledigen. Wäre es aber zum Äußersten gekommen, hätte ich mich danach sicher nicht wieder angezogen. Falls ich also komplett angezogen bin, ist höchstwahrscheinlich nichts passiert, weil ich dann in genau diesem Zustand in den Schlaf gesunken bin.

Vorsichtig hebe ich die Bettdecke an. Ich bin splitterfasernackt.

Gut, das muss jetzt auch noch nichts heißen, aber ich sollte mich wohl langsam darauf gefasst machen, dass hier eine Tragödie attischen Ausmaßes stattgefunden hat. Da ich mit Elisabeth inzwischen praktisch verwandt bin, kann ich sogar Ödipus toppen, der ja bekanntlich nicht mit seiner Großmutter, sondern lediglich mit seiner Mutter geschlafen hat. Glücklicherweise muss man sich für solche Sachen heutzutage nicht mehr die Augen ausstechen. Allerdings rechne ich damit, zu einer Menge Talkshows eingeladen zu werden.

Ich seufze. Noch immer liege ich auf der Seite, in der gleichen Position, in der ich aufgewacht bin. Es wäre nun wohl an der Zeit, sich umzudrehen und den Tatsachen ins Auge zu sehen. Ich sollte auf ein fleischfarbenes Mieder und eine nicht mehr ganz so knackige Geliebte gefasst sein.

Langsam drehe ich mich auf die andere Seite. Die anstrengende Aktion ist der Beginn pochender Kopfschmerzen. Instinktiv schließe ich für einen Moment die Augen. Als ich sie wieder öffne, erblicke ich … niemanden.

Das Bett ist leer.

Ich atme auf. Ich habe ein eigenes Zimmer bekommen, denke ich erleichtert. Glück gehabt. Im gleichen Moment hört man eine Toilettenspülung, gefolgt vom Rauschen eines Wasserhahns. Dann öffnet sich langsam und leise knarrend eine Tür, und Elisabeth von Beuten erscheint. Sie trägt einen Morgenmantel mit floralem Muster, aus dem oben ein fleischfarbenes Mieder hervorschaut.

«Du bist schon wach», sagt sie erfreut. Bevor ich etwas erwidern kann, fügt sie hinzu: «Dann ist es ja gut, dass ich meine Zähne schon drin habe.»

Ich huste kurz und trocken.

«Alles in Ordnung?», fragt sie.

Ich nicke.

«Du hast gestern geraucht wie ein Schlot», sagt sie.

«Ich weiß», erwidere ich matt.

«Möchtest du was frühstücken?»

«Ja. Warum nicht?»

Elisabeth greift zum Hörer, zieht ihre Brille aus dem Morgenmantel, setzt sie auf und sucht nach dem Knopf für den Zimmerservice.

«Möchtest du lieber Tee oder Kaffee?», fragt sie.

Angesichts unseres Dialoges habe ich gerade für einen Moment die Befürchtung, ich könnte gestern nicht nur mit Elisabeth von Beuten geschlafen, sondern sie obendrein auch noch geheiratet haben.

«Was ist denn eigentlich passiert?», frage ich unbehaglich.

Sie will gerade wählen, hält jedoch inne. «Das weißt du nicht mehr?», fragt sie mit ernster Miene.

«Nein», erwidere ich und setze mich auf. Das hilft ein wenig gegen die Kopfschmerzen, stelle ich fest.

«Ich könnte jetzt sagen, dass ich mit dir den besten Sex meines Lebens hatte und dass du mir damit ein wundervolles Geburtstagsgeschenk gemacht hast», sagt Elisabeth mit ernster Miene. «Aber das wäre gelogen.»

Ich sinke wieder ein wenig in die Kissen. Was kommt denn jetzt? Haben wir etwa miteinander geschlafen, und ich war eine Enttäuschung? Bleibt mir denn überhaupt nichts erspart?

«Wie war es denn dann?», frage ich verunsichert.

Elisabeth lacht. «Ich hatte mir schon überlegt, dich eine Weile damit aufzuziehen. Aber dann dachte ich, du hast sicher genug Probleme. Da brauchst du nicht auch noch eine Affäre mit mir.»

Ich stehe immer noch auf dem Schlauch. Ist wohl der Restalkohol.

«Und das heißt?», frage ich und komme mir wie ein Dorftrottel vor.

«Das heißt, es ist rein gar nichts passiert», erwidert Elisabeth dezidiert.

«Ach? Nichts?», frage ich ebenso erleichtert wie verblüfft.

«Rein gar nichts», bestätigt Elisabeth. «Abgesehen vielleicht von einem unfreiwilligen Striptease. Du dachtest nämlich, ich wäre schon im Bad, als du dich ausgezogen hast.»

«Oh. Tut mir leid», nuschele ich schuldbewusst.

«Kein Problem. Du bist nicht der erste nackte Mann in meinem Leben. Außerdem habe ich mich sehr über dein Geburtstagsständchen gefreut. Danach hattest du quasi einen Ausrutscher frei.» Sie nimmt wieder den Hörer ans Ohr. «Also, Tee oder Kaffee?»

«Kaffee», erwidere ich bester Laune. Während Elisabeth die Bestellung aufgibt, freue ich mich wie ein Schneekönig, dass der Abend glimpflich verlaufen ist, und schwöre gleichzeitig, Alkohol künftig nur noch in Maßen zu trinken. Ich weiß selbst, dass ich diesen Schwur schon öfter getan habe, aber diesmal meine ich es ernst. Offenbar muss man mit fortschreitendem Alter entweder immer einen klaren Kopf bewahren oder sich bei Besäufnissen an der Bar festketten, damit man keinen Blödsinn anstellt. Glücklicherweise bekommt man ja in späteren Jahren Zivildienstleistende zugeteilt, die beim Saufen auf einen aufpassen können.

Elisabeth reißt mich aus meinen Überlegungen. «Paul, ich würde gerne noch etwas mit dir besprechen.» Sie setzt sich auf die Bettkante. «Ich finde es eigentlich überhaupt nicht schlimm, wenn zwei erwachsene Menschen sich zuerst betrinken und dann ein Zimmer teilen. Angesichts unseres familiären Verhältnisses ist es aber vielleicht eine gute Idee, wenn das hier unter uns bleibt. Auch wenn nichts passiert ist, was wir uns vorwerfen müssten.» Sie lächelt kurz. «Was hältst du davon?»

Was soll ich davon halten? Großartige Idee. Wenn Elisabeth sie nicht aufs Tapet gebracht hätte, hätte ich es getan.

«Ich finde auch, dass wir die Sache nicht an die große Glocke hängen sollten», gebe ich professionell zu Protokoll. «Außerdem gibt es in der Tat wichtigere Dinge.»

«Es freut mich, dass du das auch so siehst», erwidert Elisabeth erleichtert.

Es klopft.

«Oh! Das ging aber schnell», sagt sie verblüfft und ruft: «Herein!»

Man hört, dass sich die Tür öffnet, sie liegt hinterm Bad am Ende eines kleinen Flures. Gleich müsste ein Servierwagen mit dampfenden Getränken und frischen Backwaren um die Ecke kommen.

Zunächst hört man jedoch eine Stimme sagen: «Gott, ich hab mir solche Sorgen um dich gemacht. Du kannst dir gar nicht vorstellen …»

Dann verstummt die Stimme abrupt, und Melissa steht im Raum. Sie sieht mich mit nacktem Oberkörper im Bett ihrer Mutter, die gerade entspannt auf der Bettkante sitzt und augenscheinlich mit ihrem Geliebten plaudert.

Gleich hinter Melissa taucht nun auch der erwartete Servierwagen nebst einer sichtlich verunsicherten Hotelangestellten auf.

Ich erwäge so etwas zu sagen wie: Es ist nicht so, wie ihr denkt. Aber Melissa kommt mir zuvor. Sie sagt nur ein einziges Wort. Es ist ein ebenso empörter wie entsetzter Aufschrei: «Mutter!?»

ICH BIN NUR DER LAUFBURSCHE

«Geschlagene zwei Monate ist es jetzt her, dass ich mit Elisabeth versackt bin», ereifere ich mich. «Zwei Monate! Aber immer noch muss ich mir deshalb blöde Bemerkungen anhören.»

Ich drehe mich zu Schamski. Er hilft mir heute beim Zeitungen austragen. Während ich die Briefkästen abklappere, zieht Schamski den Bollerwagen mit den Zeitungspaketen. Letzte Nacht hat es wieder geschneit, was die Arbeit nicht gerade erleichtert. Stoisch wie ein Muli und leise schnaufend zerrt Schamski den Bollerwagen an mir vorbei.

«Und jetzt frage ich dich», rufe ich ihm hinterher. «Ist es fair, mich zwei geschlagene Monate lang wie einen Aussätzigen zu behandeln, weil ich ein einziges Mal zu viel getrunken habe?»

Schamski hält inne und atmet tief durch. «Wer behandelt dich denn wie einen Aussätzigen, Paul?»

«Alle», maule ich. «Alle hacken auf mir rum.» Ich öffne mit einem Knarren den Deckel eines kitschig bemalten Briefkastens und lasse eine Zeitung darin verschwinden.

«Und wer sind alle?», seufzt Schamski.

«Alle eben. Melissa hat mich gefeuert …»

«Moment!», unterbricht Schamski. «Sie hat dich gefeuert, weil du während deiner Arbeitszeit im Bett ihrer Mutter lagst. Das kann man Melissa beim besten Willen nicht verübeln. Außerdem hat sie dich ein paar Tage später wieder eingestellt. Wenn du jetzt aus Protest immer noch Zeitungen austrägst, dann ist das ganz allein deine Sache.»

«Siehst du? Genau das meine ich! Wer sagt denn, dass ich das hier nur aus Protest mache?»

«Etwa nicht?»

«Nein! Ich mache das hier für einen ehemaligen Kollegen, der krank geworden ist. Ich vertrete ihn nur ein paar Tage. Aber das ist der Punkt! Dass mir alle immer nur miese Absichten unterstellen.»

Wir schweigen. Schamski packt in Zeitlupe ein Kaugummi aus und schiebt es sich in den Mund. «Was unterstellt Iris dir denn beispielsweise?»

«Iris glaubt, dass ich für Elisabeths pessimistische Stimmung verantwortlich bin. Statt mit ihr zu saufen, hätte ich ihr die Leviten lesen und sie sofort nach Hause bringen müssen.»

Schamski sieht mich an. «Ehrlich gesagt, da ist was dran.»

«Was hättest du denn an meiner Stelle getan? Eine gestandene Frau und Unternehmerin an ihrem achtzigsten Geburtstag quasi entmündigt?»

«Schon klar, dass du deine Verlobte in Schutz nimmst», frotzelt Schamski.

«Hör auf!», erwidere ich. «Mir geht das alles ziemlich an die Nieren.»

Gerade will ich eine Zeitung in einen überdimensionalen, schmiedeeisernen Briefkasten werfen, da hört man eine Stimme rufen: «Nichts da! Nehmen Sie Ihr Drecksblatt wieder mit! Ich kündige!»

«Hallo, Mr Jenkins», erwidere ich locker.

Der alte Jenkins ist einer unserer speziellen Kunden. Etwa einmal pro Woche will er die Zeitung abbestellen.

Mal sind ihm die Artikel nicht kritisch genug, dann wieder viel zu kritisch. Mal regt er sich über Werbebeilagen auf, mal über die Einführung von Sudokus auf der Rätselseite. Ich habe mit Jenkins insgesamt schon viele Stunden diskutiert. Heute habe ich keine Lust dazu, außerdem ist mir kalt. Und ganz nebenbei bin ich ja sowieso nur die Vertretung.

«Okay, Mr Jenkins. Ich kann die Ausgabe von heute gern wieder mitnehmen. Aber eine Kündigung müssen Sie schriftlich einreichen. Und das geht leider nicht bei mir, sondern nur direkt beim Verlag.»

«Wieso das?», fragt Jenkins argwöhnisch und lugt durch einen Spalt seiner Haustür, als wäre ich eine Bedrohung für Leib und Leben.

Ich seufze. «Weil das eben so ist, Mr Jenkins. Ich habe Ihnen das doch schon ein paarmal erklärt.»

«Das stimmt doch nicht!», blafft Jenkins. «Das sagen Sie doch nur, weil Sie mit diesen Verbrechern unter einer Decke stecken!»

Ich stehe da und merke, dass in diesem Moment tief in mir drin etwas passiert, das an das Reißen einer Klaviersaite erinnert. Vielleicht habe ich in letzter Zeit zu viel einstecken müssen, vielleicht bin ich auch aus anderen Gründen abgekämpft, jedenfalls pfeffere ich nun eine zusammengerollte Zeitung durch Jenkins Vorgarten und versuche damit genau jene Lücke zu treffen, in der Jenkins Kopf zu sehen ist. Zum Glück verfehle ich ihn. Die Zeitung prallt von der Haustür ab und landet in den Rabatten.

«Was machen Sie da?», kräht Jenkins empört.

Im gleichen Moment saust eine zweite Zeitung nur knapp an ihm vorbei und trifft eine Blumenampel. Sie fällt zu Boden, der Topf zerbricht.

«Ähm, stopp mal, Paul …?», will Schamski intervenieren, aber ich höre ihn gar nicht.

Eine weitere Zeitung saust durch den Vorgarten, gefolgt von noch einer und noch einer und noch einer und noch einer.

«Ich rufe die Polizei!», brüllt Jenkins. «Ich bring euch alle ins Gefängnis!»

Ich werfe wie von Sinnen mit Zeitungen. Eine landet auf dem Dach, eine andere prallt gegen das Küchenfenster. Gott sei Dank bleibt es heil. Eine dritte schießt übers Haus hinweg, eine vierte trifft endlich genau die Lücke, die ich ursprünglich anvisiert habe. Jenkins hat jedoch einen winzigen Moment zuvor ruckartig die Tür zugezogen. Mit einem leisen und dumpfen Geräusch prallt nun die Zeitung gegen die geschlossene Haustür und fällt dann exakt mittig auf die Fußmatte. Ignoriert man die vielen Zeitungen, die drum herum liegen, dann sieht es so aus, als ob einem Zeitungsjungen ein perfekter Wurf gelungen wäre.

Ich atme ein paarmal durch und betrachte mein Werk. Ich spüre eine tiefe Zufriedenheit, aber auch eine große Irritation. Habe ich wirklich gerade einen alten Mann mit Zeitungen beworfen?

Schamski legt seine Hand auf meine Schulter. «Wir gehen jetzt mal irgendwo einen schönen Tee trinken, Paul.» Er klingt wie ein gutmütiger Altenpfleger, der einen aufmüpfigen Insassen zu beruhigen versucht.

Das Café ist heruntergekommen, der Tee schmeckt jedoch ganz hervorragend. Es scheint in diesem Land Tradition zu sein, dass man immer eine gute Tasse Tee bekommt, egal wie widrig die Umstände oder wie schlecht die Zeiten auch sind. Ich nehme an, selbst britische Obdachlose unterbrechen um Punkt fünf für ein Stündchen das Betteln und

Hausieren, um sich unter irgendeiner Brücke einem entspannten Nachmittagstee zu widmen.

«Wir hätten noch Weihnachtskuchen und Teekuchen», erklärt die müde wirkende Bedienung. «Der Teekuchen ist aber von vorgestern.»

«Und der Weihnachtskuchen?», fragt Schamski.

«Von heute», erwidert die Bedienung. «Weihnachten ist ja erst übermorgen.»

Schamski und ich sehen uns an. Die Logik, gemäß der in diesem Laden gebacken wird, leuchtet uns beiden nicht ganz ein. Wir wollen das Problem aber auch nicht weiter vertiefen und entscheiden uns gegen Gebäck.

Schamski sieht mich an. «Okay, Paul. Was ist los?»

Ich zucke mit den Schultern. «Was soll schon los sein? Ich bin Vater eines zweieinhalb Monate alten Sohnes, den ich praktisch nicht zu Gesicht bekomme. Seine Mutter findet zwar, dass er eine Beziehung zu seinem Vater aufbauen sollte. Tatsächlich wird das Kind aber von der Tante, der Großtante und der Urgroßmutter aufgezogen. Ich bin nur der Laufbursche.»

«Du übertreibst», sagt Schamski. «Außerdem wären andere Väter froh, wenn sie so viel Hilfe hätten.»

«Wer sagt das?», erwidere ich spöttisch. «Deine Melissa?»

«Nein», erwidert Schamski und ringt sichtlich um Fassung. Offenbar würde er mir jetzt sehr gerne eins auf die Mütze hauen. «Das sagt nicht … meine Melissa. Stell dir vor, das habe ich mir ganz allein überlegt.»

Er stützt die Ellbogen auf den Tisch und sieht mir nun direkt in die Augen. «Aber kann es sein, dass der große Paul Schuberth ein Problem damit hat, mal ausnahmsweise nicht die erste Geige zu spielen?»

Ich will sofort etwas einwenden, aber Schamski hebt die Hand, um mir zu bedeuten, dass er noch nicht fertig ist.

«Vielleicht hat ja der große Paul Schuberth so lange Leute herumkommandiert, dass er selbst ganz vergessen hat, wie das ist, wenn man fremdbestimmt wird. Obendrein von der eigenen Familie.»

Ich warte einen Moment. «Bist du fertig?», frage ich dann.

Schamski schüttelt den Kopf. «Nein, bin ich nicht. Ich glaube, dass der große Paul Schuberth lernen muss, Geduld zu haben. Nicht nur mit sich, sondern auch mit seiner Umwelt. Mag ja sein, dass er im Moment nichts zu melden hat. Aber erstens ist das okay, und zweitens ist es noch lange kein Grund, alte Leute mit Zeitungen zu bewerfen.»

Jetzt bin ich es, der sich beherrschen muss. Schamski sieht es mir an. Das scheint ihn jedoch nicht weiter zu stören. Er wirkt gelassen.

«Du musst übrigens nicht in der dritten Person von mir sprechen, wenn ich vor dir sitze», sage ich.

«Klang irgendwie gut», erwidert Schamski locker.

«Klang ziemlich gut», stimme ich zu. «Ging aber trotzdem inhaltlich komplett an der Realität vorbei.»

«Ach ja? Dann klär mich doch mal auf», erwidert Schamski, verschränkt die Arme und lehnt sich gemütlich zurück.

«Das Problem des großen Paul Schuberth ist jedenfalls nicht, dass er nichts zu melden hat», äffe ich Schamski nach.

«Sondern?», erwidert er.

«Tatsächlich ist mein Problem, dass ich praktisch nicht wahrgenommen werde», erkläre ich. «Ich koche, ich putze, ich kümmere mich um die Einkäufe. Obendrein versuche ich Geld zu verdienen. Ich mache mich nützlich, wo es nur geht. Trotzdem habe ich das Gefühl, alle kämen auch prima ohne mich zurecht.»

«Mir kullern gleich dicke Tränen die Wangen hinunter», höhnt Schamski. «Soll ich dir zum Trost vielleicht ein Stück Teekuchen spendieren? Ist allerdings von vorgestern. Ich erwähne das nur, damit du nicht denkst, die Teekuchenbäcker dieser Welt hätten sich auch noch gegen dich verschworen. So wie alle anderen.»

Wir sehen uns an, und ich bin kurz davor, wortlos aufzustehen und Schamski einfach sitzen zu lassen. Irgendetwas sagt mir jedoch, dass er nicht ganz unrecht hat. Das ärgert mich zwar, aber dieser Ärger macht den Kohl jetzt auch nicht mehr fett. Ich überlege also.

«So, so. Du findest, dass ich jammere», sage ich.

Schamski wiegt den Kopf hin und her. «Jammern ist eigentlich untertrieben», antwortet er. «Du zeterst wie ein altes Waschweib.»

«Wirklich?», frage ich unsicher. «So schlimm?»

Schamski nickt. «Paul, mir ist schon klar, dass du es gerade nicht ganz leicht hast. Aber wenn man dich so hört, dann scheint dein Leben eine einzige große Katastrophe zu sein. Deine Jobs unterfordern dich heillos und sind außerdem schlecht bezahlt. Deine Familie missbraucht dich als Laufburschen. Obendrein sind alle undankbar, und die Londoner Verkehrsbetriebe behandeln dich sowieso wie Dreck ...»

«Nur bestimmte Kontrolleure und manche Busfahrer», werfe ich ein.

«Jedenfalls frage ich mich schon seit einer Weile, warum du das hier alles auf dich nimmst. Offenbar gibt es rein gar nichts, für das sich die ganze Schinderei lohnt.»

«Das ist aber jetzt eine rhetorische Bemerkung, oder?», frage ich unsicher.

«Eigentlich nicht», erwidert Schamski mit einem Stirnrunzeln. «Ich weiß wirklich nicht, was dich hier hält.»

Ich sehe ihn ungläubig an. «Na. Jona, natürlich.»

«Jona?»

«Dragijonarah. Mein Sohn. Wenn wir beide allein sind, nenn ich ihn Jona, damit wir nicht zu viel Zeit mit der Anrede verplempern.»

«Jona», wiederholt Schamski verblüfft und nickt dann anerkennend. «Jona klingt gut. Klingt sogar sehr gut.»

«Danke. Aber sag niemanden was davon, sonst krieg ich gewaltigen Ärger. Audrey hat sich Dragijonarahs Vornamen sehr genau überlegt und ist in dieser Hinsicht äußerst empfindlich.»

«Jona», lächelt Schamski. «Und ich dachte schon, dein Sohn wäre dir zwar nicht völlig gleichgültig, aber auch nicht besonders wichtig.»

«Was redest du denn da?», rege ich mich auf. «Spinnst du? Er ist mir nicht nur wichtig. Jona ist das absolut Beste, was mir je passiert ist. Die Jobs, die ich mache, und das Leben, das ich führe, sind völlig okay, solange ich Zeit mit meinem Sohn verbringen kann. Leider passiert das nicht oft, weil ...» Ich unterbreche mich, denn ich merke gerade, dass ich schnurstracks auf das nächste Jammertal zusteuere. Schamski scheint recht zu haben.

«Egal», winke ich ab. «Mein Leben ist jedenfalls keineswegs eine einzige große Katastrophe. Es ist aber auch nicht so perfekt, dass ich ganz ausschließen kann, ab und zu Leute mit Zeitungen zu bewerfen.»

«Das leuchtet ein», erwidert Schamski nachdenklich und nimmt einen großen Schluck Tee. «Ist schon seltsam, dass man manchmal das Naheliegende nicht sieht. Mir ist gar nicht in den Sinn gekommen, dass du vielleicht einfach Angst haben könntest.»

«Angst wovor?», frage ich irritiert.

«Angst, deinen Sohn zu verlieren», erwidert Schamski mit ernster Miene.

Ich nehme meinen letzten Schluck Tee. «Da ist was dran», sage ich und bin verwundert, dass mir dieser Gedanke nicht gekommen ist.

«Man hat erst dann Angst, wenn man was zu verlieren hat», erklärt Schamski. «Und bisher hattest du nicht viel zu verlieren. Ich übrigens auch nicht.»

Ich stutze. «Soll das etwa heißen, du hast auch Angst? Wovor?»

«Noch zwei Tee?», fragt die Bedienung.

«Für mich 'n Schnaps», antworte ich prompt. «Mir ist kalt.»

«Zwei», ergänzt Schamski.

«Wir haben keinen Schnaps», erwidert die Bedienung.

«Braucht man denn keinen Schnaps, um einen ordentlichen englischen Weihnachtskuchen zu backen?», will Schamski wissen.

«Offiziell haben wir keinen Schnaps», präzisiert die Bedienung.

«Dann bringen Sie uns doch zwei inoffizielle», schlage ich vor.

«Dann nehme ich mir aber auch einen und setze den offiziell auf die Rechnung», kontert die Bedienung.

«Einverstanden», nickt Schamski. «Dann machen Sie uns aber gleich Doppelte. Wir haben jetzt schon genug Zeit mit Diskutieren vertan.»

Der Schnaps tut gut.

«Wir hätten den Tee gleich weglassen sollen», stellt Schamski fest.

«Lenk nicht ab», sage ich. «Wir wollten über deine Ängste sprechen.»

«Ist nicht spektakulär», winkt Schamski ab. «Ich hab mir kürzlich mal überlegt, dass ich schon mehrfach Vater sein könnte. Andere Leute heiraten nur ein einziges Mal und haben zwei oder drei Kinder. So gesehen könnte ich problemlos fünf- oder sechsfacher Vater sein.»

«Und macht dir das jetzt Angst, oder willst du nur angeben?», frage ich.

«Weder noch», erwidert Schamski. «Ich hab mir überlegt, dass ich vielleicht deshalb noch nicht Vater bin, weil ich bislang nicht die richtige Frau getroffen habe. Sonst hätte ja auch zumindest eine meiner Ehen gehalten.»

«Wenn das hier länger dauert, bestell ich mir noch 'n Schnaps», sage ich.

«Für mich auch einen», erwidert Schamski ungerührt. «Jedenfalls habe ich jetzt die richtige Frau getroffen. Wir lieben uns. Und wir wollen beide ein Kind. Eigentlich ist also alles bestens.»

«Aber?», frage ich. Ich habe keine Ahnung, worauf er hinauswill.

«Melissa ist deutlich über vierzig. Die Chancen, dass sie in ihrem Alter schwanger wird, sind nicht sehr hoch, sagen die Ärzte.»

«Wie hoch sind sie denn?», frage ich.

Schamski verzieht ein wenig das Gesicht. «Sagen wir, es ist wesentlich wahrscheinlicher, dass an Silvester Ufos über dem Eiffelturm kreisen.»

Die Bedienung stellt zwei Schnäpse auf den Tisch.

«Du hast also Angst davor, dass es zu spät sein könnte.»

Schamski wiegt skeptisch den Kopf hin und her. «Das auch. Ich habe aber fast noch mehr Angst davor, in zehn oder fünfzehn Jahren wehmütig zurückzuschauen und mir zu wünschen, ich hätte alles anders gemacht.»

Das klingt bedenklich. «Soll das etwa heißen, du hast überlegt, Melissa zu verlassen?», frage ich ungläubig.

Schamski sieht mich an. Dann nickt er langsam. «Ja, das habe ich wirklich.

Aber keine Sorge, es ist definitiv keine Option. Ich liebe Melissa. Ich glaube sogar, dass sie die Frau meines Lebens ist. Andererseits weiß ich inzwischen, dass ich gern Vater wäre. Und diesen Plan müsste ich begraben, falls Melissa keine Kinder mehr kriegen kann.» Er zuckt hilflos mit den Schultern und fügt hinzu: «Aber das wäre dann eben einfach so.»

«Bestimmt stellt sie die gleichen Überlegungen an», werfe ich ein.

«Sicher», erwidert Schamski. «Es gibt allerdings einen wesentlichen Unterschied. Melissa kann nicht wählen. Bei ihr wird die Biologie früher oder später einfach Fakten schaffen, während ich zumindest theoretisch mit einer anderen Frau Kinder haben könnte, und das wahrscheinlich auch noch in zehn oder fünfzehn Jahren.»

«Und davor hat Melissa wiederum Angst», vermute ich.

Schamski nickt. «Ich allerdings auch. Vielleicht denkt Melissa eines Tages, dass sie meinem Glück im Weg steht, weil wir keine Kinder bekommen können. Vielleicht verlässt sie mich dann sogar, um nicht der Grund meines Unglücks sein.»

«Wow», sage ich. «Und mit diesem ganzen Schwachsinn im Hinterkopf steigt ihr beide zusammen in die Kiste? Kein Wunder, dass sie nicht schwanger wird. Eigentlich sogar erstaunlich, dass zwischen euch beiden überhaupt irgendwas läuft.»

Schamski wirft mir einen ungnädigen Blick zu. «Du bist eine ziemlich unsensible Arschnase, Paul. Hat dir das eigentlich schon mal jemand gesagt?»

«Ja», erwidere ich prompt. «Schon öfter. Wenn es irgendwann mal einen Walk of Fame für unsensible Arschnasen gibt, dann werde wahrscheinlich ich meinen Hintern als Erster in den Zement drücken. Aber das ändert im Moment nichts daran, dass ich recht habe, Guido.»

Schamski sieht mich an, und ich kann in seinen Augen lesen, dass er mir sehr gern widersprechen würde. Doch ihm fehlen die Argumente.

«Was schlägst du vor?», fragt er nach einem kurzen Schweigen.

«Wenn du möchtest, dann kann ich mal mit Melissa schlafen», sage ich mit ernstem Gesichtsausdruck. «Danach wissen wir bestimmt mehr.»

Ein Grinsen huscht über Schamskis Gesicht. «So ganz abwegig ist der Vorschlag ja nicht, wenn man bedenkt, dass du schon mit Iris, Audrey und Großmutter im Bett warst.» Das Wort «Großmutter» betont er genüsslich.

Ich atme aus, schweige aber. Man muss auch mal einstecken können.

«Vielleicht solltet ihr das Thema Schwangerschaft einfach mal für einen Monat komplett ausblenden», sage ich nach einem kurzen Schweigen. «Sprecht nicht darüber, denkt nicht darüber nach, sucht nicht nach Möglichkeiten, um die Sache irgendwie zu beeinflussen. Seid einfach ein Paar, das sich liebt und irgendwann einmal gerne Kinder hätte.»

Schamski nickt amüsiert. «Das haben wir auf Anraten von

Melissas Yogalehrer genau so schon vor zwei Monaten versucht.»

«Gut. Das war zu erwarten», erwidere ich. «Ihr habt euch vermutlich ohnehin so umfassend mit dem Thema beschäftigt, dass es nicht viel gibt, was ihr noch nicht ausprobiert habt, oder?»

Wieder nickt Schamski. Er wirkt ein wenig gequält von der Tatsache, dass ihm und Melissa wohl langsam die Optionen ausgehen.

«Eine Sache müsst ihr auf jeden Fall noch erledigen», sage ich. «Ganz egal, ob das mit Melissas Schwangerschaft nun klappt oder nicht.»

Schamski sieht mich an. «Und die wäre?»

«Ihr müsst über eure Ängste reden. Und zwar ganz offen.»

«Wieso?», fragt Schamski. «Ich meine, sind die nicht offensichtlich?»

Ich schüttele den Kopf. «Momentan glaubt ihr doch beide, dass ein Kind die Lösung eurer Probleme wäre. Denn damit hängen eure Ängste ja zusammen. Oder habe ich das falsch verstanden?»

«Nein. Genau», erwidert Schamski irritiert.

«Ihr solltet dennoch wissen, wie eure Beziehung ohne Kind aussehen würde. Selbst wenn es mit dem Kind klappt.»

«Und wie soll das gehen?», fragt Schamski.

«Spielt einfach mal durch, was im schlimmsten Fall passieren würde. Stellt euch vor, genau heute wäre der Zeitpunkt erreicht, an dem Melissa keine Kinder mehr kriegen kann.»

Schamski sieht mich an. «Das ist ein grausamer Vorschlag, Paul.»

Ich nicke. «Aber noch viel grausamer wäre es, wenn du

Melissa in ein, zwei Jahren nur deshalb nicht verlässt, weil sie dir leidtut.»

Schamskis Miene verdüstert sich. «Ja», sagt er dann leise. «Darüber habe ich auch schon nachgedacht.»

«Das ist gut», erwidere ich. «Ganz nebenbei bemerkt, habe ich übrigens ein sehr gutes Gefühl bei euch beiden. Ich bin sogar überzeugt davon, dass es ein Happy End geben wird.»

«Du willst doch nur noch einen Schnaps rausschlagen.»

«Ja, das auch.»

«Übrigens ist mein Rat an dich derselbe», fährt Schamski fort und winkt der Bedienung. «Du musst unbedingt mit Audrey darüber reden, wie ihr künftig mit Jona verfahren wollt. Vielleicht hat Audrey sich auch noch nicht so viele Gedanken darüber gemacht, und du wirst erstaunt sein, zu welchen Zugeständnissen sie bereit ist.»

«Darüber denke ich auch schon eine ganze Weile nach. Aber bislang habe ich den Plan immer wieder aufgeschoben.»

«Ich glaube, wir sollten mal reden», sage ich knapp zwei Stunden später zu Audrey. Ich habe meine Zeitungsrunde mit Schamskis Hilfe beendet und treffe Audrey zufällig am Eingang des Cottage. Sie hat mit Jona einen Spaziergang gemacht. Er liegt im Kinderwagen und schläft.

«Das trifft sich gut», erwidert Audrey. «Ich wollte auch noch mit dir reden. Wann passt es dir denn? Heute Abend?»

«Gern», antworte ich. «Vielleicht nach dem Essen?»

Sie nickt und öffnet die Tür. Iris kommt uns entgegen.

Ich will nach dem Autoschlüssel greifen, der im Eingangsbereich auf einem Schränkchen liegt, doch Iris schnappt ihn mir weg.

«Ich wollte jetzt einkaufen gehen», erkläre ich.

«Aber nicht mit dem Auto», erwidert Iris. «Ich muss Timothy vom Flughafen abholen.»

«Aber ich müsste heute einen Großeinkauf machen. Wir haben fast nichts mehr im Haus. Außerdem ist übermorgen Weihnachten.»

Iris sieht mich an, als hätte mein Problem rein gar nichts mit ihren Plänen zu tun. «Ja. Und?»

«Kann Timothy nicht die Bahn nehmen? Oder ein Taxi?», frage ich.

Iris lacht kurz, als hätte ich nicht mehr alle Tassen im Schrank.

«Warum nimmst du nicht einfach die Bahn?», fragt sie mit herablassender Miene. «Timothy war lange weg und hat hart gearbeitet. Ich finde es schon allein deshalb angebracht, ihn vom Flughafen abzuholen. Außerdem tut er das alles, um unserer Familie zu helfen.»

Verstehe. Der strahlende Held kehrt heim, und seine Prinzessin möchte, dass es ihm an nichts fehlt. Wen kümmern da schon die Probleme des Lakaien? Aber da ich mir heute Nachmittag vorgenommen habe, nicht mehr zu jammern, beschließe ich, die Dinge einfach so zu nehmen, wie sie sind.

«Okay», sage ich. «Kein Problem. Ich gehe einfach zu Fuß zum Supermarkt und nehme meinen Bollerwagen mit. Sind ja nur knapp zehn Kilometer. Und so hoch liegt der Schnee nun auch wieder nicht.»

Iris mustert mich. Sie scheint zu überlegen, ob sie da einen leicht ironischen Unterton gehört hat. «Fein. Dann haben wir ja eine Lösung.»

Sie will sich abwenden, dreht sich aber nochmal kurz zu mir um. «Außerdem riechst du wie eine Eckkneipe. Ist teuer, wenn sie dir hier den Lappen abnehmen. Sei also froh, dass du den Bollerwagen nehmen musst.»

«Bin ich auch», erwidere ich sonnig. «Der Spaziergang wird mir guttun.»

Der Spaziergang kostet mich sämtliche Nerven und fast das Leben. Auf dem Hinweg werde ich von Jugendlichen als Penner beschimpft und mit steinharten Schneebällen beworfen. Im Supermarkt droht mir ein korpulenter Kerl Prügel an, weil ich ihm den letzten Truthahn vor der Nase wegschnappe. Und genau in dem Moment, als ich mit meinem vollbepackten Bollerwagen den Laden verlasse, beginnt es zu schneien. Immerhin lässt der Schneefall nach etwa zehn Minuten etwas nach. Ich schöpfe schon Hoffnung, dass ich doch noch einigermaßen trocken und warm zu Hause eintreffe, da höre ich hinter mir mehrstimmige Fanfaren.

Hinter dem Steuer eines schweren Geländewagens erblicke ich das ebenso rote wie entschlossene Gesicht des Dicken, den ich eben um seinen Truthahn gebracht habe. Sein Gefährt rast geradewegs auf mich zu.

Ich höre das infernalisch laute Hupen und sehe den sich in Windeseile nähernden Truck. Instinktiv überlasse ich meinen Bollerwagen seinem Schicksal und hechte in den Straßengraben. Fast im gleichen Moment dreht der Truck ab, und für den Bruchteil einer Sekunde kann ich das feiste Gesicht des dreckig grinsenden Dicken aufblitzen sehen. Mit röhrendem Motor und drei Fanfarenstößen zum Abschied verschwindet der Geländewagen im Dunkeln.

Ich sehe, dass mein Bollerwagen umgekippt ist. Ein Teil meiner Einkäufe liegt im Schnee. Ich selbst knie in einem eiskalten Abwasserkanal. Den habe ich zuvor nicht gesehen, weil er zugefroren und mit Schnee bedeckt war. Die dünne Eisschicht, die sich bereits auf dem Wasser gebildet hatte, habe ich bei meinem Hechtsprung mühelos durchbrochen.

Von den Oberschenkeln abwärts dürfte ich nun binnen der nächsten zehn Minuten ein Temperaturproblem bekommen. Also zögere ich nicht lange und raffe meine Lebensmittel zusammen. Je eher ich zu Hause bin, desto schneller werde ich mir einen Drink und eine warme Dusche gönnen können.

Es dauert eine Weile, bis ich im Dunkeln sämtliche Einkäufe gefunden habe. Als ich mich erneut auf den Weg mache, wird zum einen der Schneefall wieder heftiger, zum anderen beginnt meine Hose zu gefrieren.

Ich stapfe die schlechtbeleuchtete Ausfallstraße entlang und versuche abzuschätzen, ob ich eine Chance habe, an einer Erkältung vorbeizukommen. Vierzig Minuten später bin ich überzeugt davon, dass ich nicht nur eine Lungenentzündung erleiden, sondern auch für den Rest meines Lebens ein Taubheitsgefühl in den Beinen haben werde.

Etwa zum gleichen Zeitpunkt treffe ich auf die jugendlichen Hooligans, die mir schon auf dem Hinweg übel mitgespielt haben. Erneut kassiere ich ein paar schmerzhafte Schneebälle, schaffe es aber mit Ach und Krach durch die feindlichen Linien.

Als ich in unsere Straße einbiege, hat es aufgehört zu schneien. Das ist insofern beruhigend, als ich nun nicht erst im Frühjahr gefunden würde, wenn ich ohnmächtig zusammenbräche. Ein Dackel kommt mir entgegen. Es ist der alte Teddy, der den Learys von nebenan gehört. Vielleicht sehe ich inzwischen aus wie der kleine Bruder vom Yeti, jedenfalls erkennt der Nachbarshund mich nicht. Er kläfft und knurrt wütend. Dann greift er mich an.

«Teddy! Lass ab!», rufe ich, doch es ist bereits zu spät.

Teddy beißt zu, man hört ein knirschendes Geräusch und ein lautes Knacken. Meine gefrorene Hose hat keinen Millimeter nachgegeben. Teddy sieht mich irritiert an, jault dann erstaunt auf und spuckt einen blutigen Zahn in den Schnee. Wimmernd sucht der arme Hund das Weite.

«Aber was ist denn los? Was hat mein lieber Schatz denn nur?», höre ich Mrs Leary fragen. Kurz danach taucht sie im matten Schein einer Straßenlaterne auf.

«Guten Abend, Mrs Leary», sage ich und ziehe meinen Bollerwagen vorbei, als sei nichts geschehen.

Sie mustert mich argwöhnisch, grüßt aber ebenfalls. Dann wendet sie sich ihrem noch immer wimmernden Hund zu.

Als ich die Tür zum Cottage öffne, komme ich mir wie ein Fallensteller vor, der sich monatelang durch die verschneite Wildnis gekämpft hat und nun endlich das rettende Fort erreicht. Ich bin nicht nur tiefgefroren, sondern auch völlig geschafft. Immerhin habe ich allen Gefahren erfolgreich getrotzt. Als ich das Wohnzimmer betrete, verspüre ich deshalb sogar ein gewisses Hochgefühl. Ich rechne nicht damit, dass die Anwesenden meinen Triumph mit mir teilen werden. Sie könnten aber immerhin zur Kenntnis nehmen, dass ich das Haus betreten habe und ganz nebenbei dem Tode näher bin als dem Leben.

Doch die ungeteilte Aufmerksamkeit gehört gerade Timothy. Er sitzt im Ohrensessel am Kamin, hat Mary-Ann auf dem Schoß und einen Drink in Reichweite. Elisabeth, Iris und Audrey umringen ihn. Etwas abseits steht der Kinderwagen mit Jona, der selig schläft.

Timothy genießt es sichtlich, im Mittelpunkt zu stehen. Er sieht aus, als würde er sich gleich bedächtig eine Pfeife stopfen und dann mit ernstem Gesicht von seinen gefahrvollen Reisen in die entlegensten Winkel der Welt berichten. Unterbrochen würde sein ebenso abwechslungsreicher wie packender Vortrag nur von gelegentlichen Seufzern und überraschten Ausrufen der begeisterten Zuhörerinnen. Ich betrachte das viktorianische Idyll und warte darauf, dass ich langsam zu tauen beginne.

Iris bemerkt mich. «Paul, da bist du ja endlich! Wo warst du denn bloß so lange? Und was ist mit deinen Klamotten passiert?»

«Tag zusammen», bringe ich mühsam hervor.

«Hallo, Sportsfreund», erwidert Timothy. «Was ist los? Du siehst aus, als wärst du unter ein Räumfahrzeug geraten.»

Und du siehst aus, als müsstest du noch mit Oscar Wilde ins Ballett, denke ich und erwidere: «Ich hatte Ärger.» Ich versuche zu lächeln, um die Situation herunterzuspielen. Das gelingt mir aber nicht, weil meine Gesichtszüge noch festgefroren sind. «Immerhin hab ich den letzten Truthahn für Weihnachten ergattert», setze ich nach.

«Aha. Und wo sind die Einkäufe?», fragt Audrey.

«Genau. Ich bin schon halb verhungert», fügt Elisabeth hinzu und wirkt ein wenig angeschickert.

«Ist alles auf dem Bollerwagen. Und der steht auf der Veranda», erkläre ich. «Ich kann euch auch gleich helfen, ich muss nur erst ein Bad nehmen.»

«Oh! Timothy wollte gerade baden», wirft Iris ein. «Er ist ganz verspannt nach dem Flug. Das Wasser ist schon eingelassen.»

Ich blicke zu Timothy und hoffe, dass meine blaugefrorenen Lippen und mein leichenblasses Gesicht ihn auf die Idee bringen, mir sein Bad abzutreten. Doch Timothy erhebt sich behände und ohne geringste Anzeichen einer Verspannung, zuckt bedauernd mit den Schultern und antwortet: «Tut mir leid, Sportsfreund. Aber so ist das Leben.» Er schlendert in Richtung Badezimmer und fügt hinzu: «In einer Stunde bist du dran. Versprochen.»

«Dann kannst du ja in der Zwischenzeit den Bollerwagen ausladen», sagt Iris ohne einen Funken Mitleid.

«Klar», erwidere ich matt. «Ich zieh mir nur schnell eine Hose an, mit der ich mich bücken kann.»

Als ich wenig später die Vorratskammer befülle, muss ich feststellen, dass meine Einkaufsaktion große Opfer gefordert hat. Viele Lebensmittel haben den langen Weg nicht überlebt. Salz, Zucker und Mehl sind feucht und damit unbrauchbar geworden. Lediglich die eingeschweißten Waren haben den Transport unbeschadet überstanden. Außerdem ist ein besonders bitterer Verlust zu beklagen. Mein Truthahn ist weg.

ICH WERDE EINE WEILE VERREISEN

Ich habe vorgestern nicht mehr mit Audrey sprechen können. Gestern waren wir alle mit den Vorbereitungen für Weihnachten beschäftigt. Und heute möchte die Familie einen harmonischen Heiligabend verbringen. Unser Gespräch wird also noch einen weiteren Tag warten müssen.

Den Truthahn habe ich nicht wieder auftreiben können. Ich vermute, dass er vom Bollerwagen gepurzelt und in den Abwassergraben gerollt ist. Über Nacht haben Eis und Schnee die Spuren verwischt. Sein Grab dürfte also für immer unauffindbar sein.

Die Suche nach einem Ersatzbraten für Heiligabend gestaltete sich schwierig. Alles, was einen Tag vor Weihnachten noch in den Regalen lag, machte keinen besonders festlichen Eindruck. Tom, der Feinkosthändler, der seinem Vater beharrlich verschweigt, dass das Familienunternehmen kurz vor der Pleite steht, half mir aus der Bredouille. Jetzt haben wir zwei Enten aus dem französischen Challans, die sich nicht nur vorbildlich ernährt, sondern auch viel Sport getrieben haben. Wenn man Tom reden hört, kann man sogar den Eindruck gewinnen, seine Enten hätten regelrecht auf das Weihnachtsfest hingefiebert und wären sehr dankbar dafür, noch in letzter Minute nominiert worden zu sein. Irgendwie muss Tom ja auch seine exorbitanten Preise rechtfertigen. Glücklicherweise kann ich die Enten bis zum Sommer bei ihm abstottern.

Um die Zubereitung der exquisiten Vögel kümmere ich mich persönlich. Seit Stunden bin ich mit den Vorbereitungen beschäftigt, während Timothy am Kamin im Wohnzimmer den Rest der Familie unterhält. Ab und zu höre ich Gelächter und Gläserklirren, untermalt von leiser Weihnachtsmusik. Schamski wollte mir in der Küche Gesellschaft leisten, aber ich habe ihn wieder zu den anderen geschickt. Er soll den Abend mit Melissa verbringen. Außerdem werde ich ja gleich ebenfalls dazukommen.

Die Tür öffnet sich, und Audrey erscheint.

«Stör ich?», fragt sie. «Oder hast du ein paar Minuten?»

Ich bin erfreut. «Nein, du störst nicht. Komm rein! Setz dich.»

Sie lehnt sich gegen die Anrichte, stellt ihr halbvolles Sektglas neben sich und stützt die Hände auf. «Danke, ich hab die ganze Zeit gesessen.»

«Okay», erwidere ich. «Was kann ich für dich tun?»

Sie wirkt irritiert. «Du wolltest doch mit mir reden. Wenn ich das richtig im Kopf habe, schon vorgestern.»

«Stimmt», sage ich. «Aber das muss ja nicht jetzt sein. Ich wollte das in Ruhe machen. Ist vielleicht gerade heute ein bisschen schlecht.»

«Wieso das?», fragt sie verdutzt. «Die anderen unterhalten sich. Und bis zum Essen haben wir noch etwas Zeit. Oder?»

Ich sehe sie an und überlege. Ich habe kein gutes Gefühl bei der Vorstellung, jetzt ein Krisengespräch zu führen. Außerdem ist fraglich, ob die knappe Viertelstunde, die der Braten noch braucht, auch nur ansatzweise ausreicht, um unsere Probleme zu erörtern.

«Lass uns morgen darüber reden», schlage ich vor und versuche möglichst locker zu klingen. «Vielleicht machen wir einen Spaziergang. Nur wir beide mit Jona.» Ich beiße mir auf die Unterlippe. Der inoffizielle Name meines Sohnes ist mir so rausgerutscht. Hoffentlich hat Audrey das überhört.

«Jona? Du nennst unseren Sohn Jona?» Sie klingt alarmiert.

«Das ist doch nur eine Kurzform», spiele ich die Sache herunter. «Dragijonarah ist manchmal ein bisschen lang. Deswegen dachte ich ...» Ich spare mir weitere Ausführungen, weil ich Audrey ansehen kann, dass ihr meine Erklärungen sowieso gleichgültig sind.

«Paul, was soll das?» Sie hat nun einen entschlossenen, fast harten Gesichtsausdruck. «Warum stellst du dich ständig gegen mich?»

«Ich tue ... was?», frage ich entgeistert. «Ich habe unserem Sohn einen Kosenamen gegeben. Mehr nicht. Das wird ihm später noch öfter passieren.»

Sie sieht mich unbeweglich an. Ich kann nicht einschätzen, ob sie nachdenkt oder ob ihr meine Reaktion missfällt. Ich befürchte Letzteres.

«Gut», sagt sie nach kurzem Überlegen und nimmt ihr Glas. «Wenn du nicht über unsere Probleme reden willst, dann müssen wir uns eben etwas anderes einfallen lassen.» Sie setzt sich an den Tisch und wählt den Platz mir direkt gegenüber. «Hast du einen Vorschlag, wie es weitergehen soll?»

Sie wartet. Ich weiß nicht, ob mich ihr Ton abschreckt oder ob ich ausgerechnet heute ein besonders ausgeprägtes Harmoniebedürfnis habe. Jedenfalls sträubt sich alles in mir dagegen, ausgerechnet am Heiligabend prekäre Familienfragen zu diskutieren. Ich sehe sie schweigend an.

«Du willst also nicht reden», stellt sie sichtlich pikiert fest.

«Doch!», erwidere ich nachdrücklich. «Ich möchte sehr

gerne mit dir reden. Wirklich. Ich finde nur, dass wir vielleicht heute Abend keine Probleme wälzen sollten. Immerhin ist Weihnachten.» Ich versuche ein weihnachtliches Gesicht zu machen, um meine friedlichen Absichten zu unterstreichen.

«Du hast also Probleme mit mir», stellt Audrey messerscharf fest.

So eine ähnliche Reaktion habe ich erwartet. Kein Mann kann einer Frau ausweichen, die Streit sucht.

Ich überlege noch, ob ich auf Angriff oder Verteidigung setzen soll, da eröffnet Audrey bereits das Feuer: «Paul, ich möchte, dass wir uns nach den Feiertagen eine Weile nicht sehen. Um Abstand zu gewinnen.»

«Ach? Noch mehr Abstand?», rutscht es mir heraus.

Audrey fixiert mich. «Willst du etwa behaupten, dass ich dich absichtlich auf Abstand halte?»

«Nein! Nicht du!», lenke ich rasch ein. «Also, nicht du allein. Es ist nur so, dass ich leider sehr wenig Zeit mit unserem Sohn verbringen kann, weil er doch ziemlich von Iris, Melissa und Elisabeth vereinnahmt wird.»

«Vereinnahmt», wiederholt Audrey spöttisch. «Das ist ein toller Begriff dafür, dass meine Familie sich um unser Kind kümmert.»

«Ich hab deine Familie nie darum gebeten», erwidere ich. So langsam bin ich dann auch in Streitlaune.

«Musstest du ja auch nicht», retourniert Audrey scharf. «Es reicht ja völlig, wenn ICH meine Familie darum bitte.»

«Schon klar», erwidere ich. «Du hast hier das absolute Sagen. Dann kommt deine Familie. Dann kommt eine ganze Weile nichts. Und dann komme ich. Vielleicht. Aber ich bin ja auch nur der Vater.»

Ihrem Gesichtsausdruck nach zu urteilen, ist sie einem

Wutausbruch nahe. Im letzten Moment beherrscht sie sich jedoch. «Weißt du was, Paul? Du hast völlig recht. Ich kann ganz allein über die Zukunft unseres Kindes entscheiden. So ist das Gesetz …»

«Die Zukunft unseres Kindes, aha. Warum sprichst du nicht gleich von der Zukunft deines Kindes? Offenbar gehört es ja dir ganz allein.»

«Spar dir deinen Zynismus! Du weißt, dass ich dir Dragijonarah …»

«Jona!», unterbreche ich barsch. «Ich nenne meinen Sohn Jona!»

«… dass ich dir Dragijonarah nicht vorenthalten will», fährt Audrey ungerührt fort.

«Dann tu es auch nicht!», herrsche ich sie an.

«Schrei mich gefälligst nicht an!», schreit Audrey.

«Ich schreie nicht!», schreie ich zurück.

«Alles okay mit euch?», will Iris wissen. Sie steht in der halbgeöffneten Tür und hat vermutlich den letzten Teil des Wortwechsels mitbekommen.

Audrey springt genervt auf. «Gar nichts ist okay. Paul fühlt sich von uns allen schlecht behandelt.»

Sie hat die Küche verlassen, bevor ich einwenden kann, dass das derart pauschal formuliert nun auch wieder nur die halbe Wahrheit ist.

Iris steht da und sieht mich an. Wahrscheinlich erwartet sie, dass ich mich für die Szene mit Audrey entschuldige. Da ich den Streit nicht vom Zaun gebrochen habe, sehe ich das aber überhaupt nicht ein.

Ich erhebe mich und schaue nach meinem Entenbraten. Sieht sehr gut aus. Fast perfekt.

«In fünf Minuten können wir anfangen», verkünde ich. «Dann ist die Brust noch rosa. Die Keulen brauchen sowieso länger. Deswegen fängt man immer mit der Brust an. Das ist der Trick bei Ente. Wusstest du das?»

Iris steht immer noch im Türrahmen. Sie hat die Arme verschränkt. Ihr Schweigen ist so eisig, dass ich wohl doch nicht darum herumkommen werde, nach den Gründen dafür zu fragen.

«Okay. Was willst du mir sagen?»

«Was vermutest du denn, was ich dir sagen will?», fragt sie schnippisch.

Ich verschränke ebenfalls die Arme. «Kann es eigentlich sein, dass du es dir in letzter Zeit angewöhnt hast, Fragen mit Gegenfragen zu beantworten?»

«Und wenn das so wäre, was würde das beweisen?»

«Da! Siehst du? Jetzt hast du es gerade wieder getan!»

Iris sieht mich mitleidig an, dann lässt sie die Arme sinken. «Paul, warum sind Männer eigentlich manchmal solche Idioten?»

«Keine Ahnung», erwidere ich. «Aber wenn wir uns wie Idioten benehmen, dann hat das auffallend häufig mit Frauen zu tun.»

Iris wirft mir einen abfälligen Blick zu. Dann dreht sie sich wortlos um und schließt die Tür. Ich befürchte, das war gerade der Beginn eines Abends, der deutlich unentspannter werden wird als ursprünglich geplant. Bevor ich mich der Entenbrust zuwende, gönne ich mir einen kleinen Scotch.

Als ich wenig später mit einem großen Tablett das Wohnzimmer betrete, interessiert sich niemand für meine Entenbruststreifen auf Couscous mit Tomaten, denn alle sind damit beschäftigt, die in Tränen aufgelöste Audrey zu beruhigen. Ihr Schluchzen mischt sich mit der kitschigen Weihnachtsmusik, die aus den kleinen Lautsprechern einer Kompaktanlage plätschert und meine Geduld schon seit Stunden auf die Probe stellt.

Ich ernte vorwurfsvolle Blicke und verständnisloses Kopfschütteln.

Da stehe ich nun mit meinen Vorspeisen und fühle mich ohnmächtiger als mancher Kleinaktionär. Was soll ich jetzt tun? Mich wortreich bei Audrey entschuldigen? Ihr versichern, dass ich mich selbstverständlich ganz nach ihren Wünschen richten werde? Das wäre klug, aber es würde mir auch gegen den Strich gehen. Andererseits kann ich nicht einfach die Vorspeisen auftragen und so tun, als sei dies ein ganz normales Abendessen.

Derweil ich überlege, stelle ich einen Teller nach dem anderen an seinen Platz, bis ich an meinem eigenen angelangt bin. Ich zögere, den Teller auf den Tisch zu stellen. Dann fasse ich spontan einen Entschluss.

«Ihr solltet die Vorspeise einfach mal probieren», sage ich. «Ich esse in der Küche, ich muss mich sowieso noch um den Hauptgang kümmern. Tut mir leid, wenn ich was Falsches gesagt habe, Audrey. Ich wollte uns allen bestimmt nicht die Weihnachtsstimmung verderben. Aber vielleicht ist es ja noch nicht zu spät für einen netten Abend. Guten Appetit, erst mal.»

Während ich meine Vorspeise zurück in die Küche trage, registriere ich, dass das Schluchzen aufgehört hat. Ob meine Worte auf Audrey versöhnlich gewirkt haben oder ob sie fassungslos verstummt ist, weil ich wieder nicht den richtigen Ton oder wahlweise das richtige Thema getroffen habe, wage ich jedoch nicht zu beurteilen.

Als ich gerade höchst zufrieden die zartrosafarbene Entenbrust mit einem eiskalten Chablis vernascht habe, öffnet sich die Küchentür. Es ist Audrey.

«Ich finde es nicht richtig, dass du hier mutterseelenallein sitzt. Die anderen übrigens auch nicht. Wir möchten deshalb, dass du mit uns isst.»

«Sehr gern», erwidere ich.

Es ist eine glatte Lüge, denn ich würde viel lieber in der Küche bleiben. Ich bräuchte mich an keinen Gesprächen zu beteiligen, wäre in der Nähe der Weinvorräte und könnte mir obendrein die narkotisierende Weihnachtsmusik ersparen. Andererseits will ich auf keinen Fall einem harmonischen Abend im Weg stehen.

«Kann ich dir was helfen?», fragt Audrey.

«Im Moment nicht», entgegne ich und öffne den Ofen. «Ich muss zuerst die Ente vorbereiten.»

«Fein», sagt Audrey. «Und beim Essen reden wir dann in Ruhe über alles.»

Die Tür fällt ins Schloss.

Ich stehe immer noch gebeugt am offenen Backofen und brauche einem Moment, um zu verstehen, was Audrey da zuletzt gesagt hat. Das heißt, eigentlich kann von Verstehen keine Rede sein. Möchte Audrey etwa, dass wir unsere Probleme in großer Runde diskutieren? Findet vielleicht nach unserem Disput eine Abstimmung statt? Und klärt damit das Familiengericht, wer von uns beiden im Recht ist?

Während ich die Enten tranchiere, sage ich mir, dass ich Audreys Bemerkung einfach falsch interpretiert habe. Sie wollte wohl nur ihrer Vorfreude auf anregende Gespräche Ausdruck verleihen und hat sicher nicht gemeint, dass wir beim Hauptgang unsere persönlichen Probleme vor der versammelten Familie ausbreiten werden.

Doch genau das hat sie gemeint, stelle ich wenig später fest. Als ich mit dem Entenbraten ins Wohnzimmer komme, sehe ich in ernste Gesichter und ernte einige reservierte Blicke. Ich gehe davon aus, dass Audrey meine Bemerkung über ihre weibliche Verwandtschaft brühwarm weitergegeben hat, weshalb die anwesenden Damen nicht gut auf mich zu sprechen sind. Die dazugehörigen Männer werden sich ihren Frauen wahrscheinlich anschließen. Timothy orientiert sich als Opportunist ohnehin an Iris, alternativ an Elisabeth oder aber an der Mehrheit. In diesem Fall muss er also nicht lange überlegen. Vielleicht ist immerhin Schamski auf meiner Seite. Ich würde es ihm aber auch nicht verübeln, wenn er zu Melissa hielte. Die beiden wollen heute sicher noch Sex haben, da stört ein Streit ja nur. Immerhin habe ich das Glück, Konstantin heute nicht ertragen zu müssen. Iris' und Audreys Vater ist mit seinem Jüngsten, dem kleinen Alphons, in Kanada. Heftige Schneefälle sorgen dafür, dass die beiden dort auch noch eine Weile bleiben werden. Konstantin redet grundsätzlich seiner Mutter nach dem Mund und lässt auch sonst nichts unversucht, um Elisabeths Gunst zu erringen. Damit geht er mir noch mehr auf die Nerven als die Hintergrundmusik.

Während ich das Geflügel unter die Leute bringe, stelle ich mir vor, wie die nächsten ein, zwei Stunden verlaufen werden. Ich würde die ganze Sache gerne abkürzen. Ich koste zuvor nur rasch ein Stück Ente. Sie ist gut, vielleicht sogar perfekt. Dann nehme ich einen Schluck Wein. Auch damit bin ich zufrieden.

«Gut. Worüber wollen wir reden?», frage ich.

Niemand reagiert. Eine Weile ist nur *Jingle Bells* in einer bescheuerten Swingversion zu hören. Dann räuspert sich Elisabeth.

«Paul, ich denke, wir sind uns einig, dass niemandem damit geholfen ist, wenn du dich hier nicht wohlfühlst. Früher oder später bedeutet das Streit. Und im schlimmsten Fall gehen dabei Dinge zu Bruch, die man nicht wieder kitten kann.»

Ich nicke. «Sehe ich genauso.»

«Gut», erwidert Elisabeth. «Dann solltest du Audrey aber auch unterstützen. Sie möchte mit eurem Kind allein sein, um über einige Dinge nachzudenken. Vielleicht ein paar Tage, vielleicht ein paar Wochen.»

«Ich weiß», sage ich und schaue in die Runde. Die Stimmung ist merklich angespannt. Bislang hat niemand das Essen angerührt.

«Ihr müsst anfangen!», sage ich. «Sonst wird es kalt. Ich habe mir ziemlich viel Mühe damit gegeben.»

Zögerlich wenden sich alle dem Braten zu.

Ich schaue zu Audrey. «Und was unsere Probleme betrifft, da habe ich schon über eine Lösung nachgedacht.»

Ich sehe ihr an, dass sie skeptisch ist, ob meine Lösung unserer Probleme auch ihren Wünschen entsprechen wird. Aber sie kann ganz beruhigt sein. Ich hatte bei der Vorspeise genug Zeit, um eine Entscheidung zu fällen. Schon seit dem Gespräch mit Schamski habe ich das Gefühl, dass es sinnlos ist, hier noch länger die Stellung zu halten, um ein Familienleben zu fingieren, das bei genauem Hinsehen eine Ansammlung von faulen Kompromissen ist. Vielleicht ist es da besser, einen Gang runterzuschalten.

«Ich werde eine Weile verreisen», sage ich. «Und zwar sobald es sich mit meinem Job bei Melissa vereinbaren lässt.»

Ich spüre Überraschung, aber auch Erleichterung am Tisch.

«Wohin?», fragt Schamski.

«Ich hab noch ein paar Dinge in Deutschland zu erledigen. Behördengänge. Papierkram. Außerdem muss ich aus meiner Wohnung raus. Dem Vermieter passt es irgendwie nicht, dass ich keine Miete zahle. Nebenbei würde ich gerne wissen, ob mein Hund mich nach all den Monaten noch wiedererkennt.»

«Brauchst du Geld?», fragt Elisabeth, ganz Pragmatikerin.

Ich schüttele den Kopf. «Ich hab zuletzt auf dem Großmarkt gejobbt. Das kann ich bestimmt wieder tun. Die suchen dauernd Leute.»

«Du könntest dich auch im Verlag nützlich machen», schlägt Schamski vor. «Einerseits kennst du dich aus. Und andererseits sind wir für jede Hilfe dankbar. Was meinst du, Tim?»

«Klar», erwidert Timothy, scheint aber von Schamskis Vorschlag nicht sonderlich begeistert zu sein. «Allerdings haben wir ja eigentlich alles im Griff. Du bist inzwischen auch bestens mit der Materie vertraut. Und ich denke, dass wir sowieso bis Ende Januar fertig sind. Für ein paar Wochen ist der Aufwand vielleicht ein bisschen groß, finde ich.»

Schamski erwidert nichts, aber unausgesprochen steht im Raum, dass er gänzlich anderer Meinung ist. Vermutlich möchte er mir helfen, innerfamiliär Pluspunkte zu sammeln. Das ist zwar nett, aber nicht nötig. Außerdem befürchte ich, dass Timothy nichts unversucht lassen würde, mich zu diskreditieren. Am Ende wäre ich für alle Misserfolge verantwortlich, während sämtliche Heldentaten auf Timothys Seite verbucht würden. Gut möglich also, dass Schamski mir einen Bärendienst erwiesen hätte.

«Timothy hat recht», sage ich und spüre erneut, dass sich die Atmosphäre merklich entspannt. «Ihr habt eure Arbeit offensichtlich bis jetzt gut gemacht. Es spricht also nichts dagegen, dass ihr die Sache auch zu einem ordentlichen Ende bringt. Wüsste nicht, wozu ihr mich da noch braucht.»

«Tja. Wenn du das so siehst …», brummt Schamski und schiebt sich ein Stück Ente in den Mund.

Timothy macht ein sehr zufriedenes Gesicht, und auch die anderen wirken nun gelöst und sogar ein bisschen heiter.

Elisabeth erhebt ihr Glas. «Dann lasst uns jetzt anstoßen auf ein schönes und gemütliches Weihnachtsfest. Die Ente ist übrigens ganz hervorragend, Paul.» Sie lächelt, und alle nicken zustimmend.

«Bei mir war es alles andere als gemütlich», sagt Tom knapp zwei Wochen später. Wir sitzen am Tresen im Studio und plaudern. Janet raucht ihre Feierabendzigarette und legt mir zum Jahresanfang die Karten. Das erfordert offenbar eine hohe Konzentration, denn seit ein paar Minuten hat sie sich nicht mehr am Gespräch beteiligt.

«Ich habe Heiligabend meinem Vater angedeutet, dass unser Geschäft wirtschaftliche Probleme hat», fährt Tom fort.

«Mutig», werfe ich ein.

«Oder extrem schwachsinnig. Er hat zuerst einen Tobsuchtsanfall bekommen und dann eine Herzattacke. Wir haben die Feiertage deshalb größtenteils im Krankenhaus verbracht.»

«Oh. Das tut mir sehr leid», erwidere ich.

Tom winkt ab. «Es geht ihm schon wieder besser. Die Ärzte meinen, er könnte problemlos hundert werden. Das wären noch fast zwanzig Jahre. Deshalb bin ich sehr froh, dass ich es ihm gesagt habe. Ich möchte keine zwanzig Jahre so weitermachen. Nicht mal fünf. Außerdem könnte ich mir das auch gar nicht leisten.»

«Du wirst eine Reise unternehmen», konstatiert Janet unvermittelt.

«Ja. Das hab ich doch eben erzählt», erwidere ich.

«Aber es liegt auch in deinen Karten», rechtfertigt sich Janet. Sie zeigt auf den Tresen. «Hier. Das Schiff steht für eine Reise.»

«Und liegen da auch Sachen, die ich noch nicht weiß?»

«Glaubst du an die Macht der Karten?», wirft Tom ein.

Ich zucke mit den Schultern.

«Solltest du», fährt Tom fort. «Janet hat mir auch schon die Karten gelegt, und es stimmte fast alles.»

«Na, wenn das so ist», erwidere ich. «Dann lass mal hören.»

«Also», beginnt Janet. «Zunächst einmal liegt hier ein Sarg.»

«Das klingt doch schon mal sehr beruhigend», stelle ich fest.

«Keine Sorge», erwidert Janet. «Der Sarg steht für Transformation und Neuanfang. Das kann in der Liebe sein oder im Beruf. Oder dein ganzes Leben ändert sich. Du musst jedenfalls Mut haben, dich dem Transformationsprozess zu stellen.»

«Eigentlich habe ich langsam die Nase voll von dauernden Transformationsprozessen. Kann ich nicht einfach mal irgendwo ankommen? Muss ich denn ständig von vorne anfangen?»

«Vielleicht», erwidert Janet. «Ich sehe hier auch einen Berg. Der steht für schwierige berufliche Aufgaben. Und es gibt einen Fuchs. Das ist ein Nebenbuhler, der dich in Gefahr bringen wird. Vielleicht auch ein Nebenbuhler in Liebesdingen, das kann ich nicht so genau sagen. Du musst jedenfalls einen Kampf mit ihm ausfechten. Und der Ausgang ist ungewiss.»

«Aber ich soll trotzdem kämpfen?»

«Auf jeden Fall. Der Kampf hat ganz entscheidend mit deinem Transformationsprozess zu tun.»

«Aha», sage ich. Keine Ahnung, worauf Janet anspielen könnte.

«In der Liebe versuchst du etwas zu erzwingen, das sich nicht erzwingen lässt», fährt sie fort.

«Ach komm, Janet!», grätsche ich dazwischen. «Das weißt du längst. Ich hab euch beiden eben lang und breit von mir und Audrey erzählt. Deswegen mache ich ja die Reise.»

«Es ist aber doch trotzdem interessant, dass ich das alles in den Karten sehe, oder?», erwidert Janet ungerührt.

Tom nickt zustimmend. «Da hat sie recht. Das ist erstaunlich!»

Seltsame Logik, finde ich. Aber egal.

«Wie geht die Sache denn aus?», will ich wissen. «Bekomme ich am Schluss die Traumfrau, den Traumjob und das Schloss samt Schatzkammer?»

«Keine Ahnung», erwidert Janet. «Das wird sehr stark davon abhängen, ob du diesmal deinen Gefühlen traust oder nur deinem Verstand.»

Tom sieht mich an und nickt anerkennend.

«So revolutionär ist das jetzt auch nicht», sage ich in Toms Richtung.

«Für dich schon», erwidert Janet, die gar nicht von den Karten hochgesehen hat. «Nach dem, was hier liegt, bist du ein reiner Kopfmensch.»

Das Telefon klingelt.

«Wenn ich dir einen Flug spendiere, kannst du dann schon morgen kommen?», fragt Schamski.

«Was ist los?», erwidere ich launig. «Hört sich an, als ginge es um Leben und Tod.»

«Das nicht. Aber vielleicht geht es um ein paar Jahre Knast.»

«Für wen? Für dich?», frage ich erstaunt.

«Ja. Vielleicht.»

«Klar kann ich morgen kommen. Ich muss nur erst mit Melissa reden.»

«Das mach ich schon. Du hast morgen bestimmt noch ein paar Dinge zu erledigen. Ruf mich danach an. Am besten am späten Nachmittag. Ich sag dir dann, wo wir uns treffen.»

Bevor ich etwas erwidern kann, hat Schamski aufgelegt. Nachdenklich lasse ich den Hörer sinken. Janet beobachtet mich dabei.

«Schlechte Nachrichten?», fragt sie.

«Keine Ahnung», erwidere ich. «Vielleicht beginnt ja jetzt mein Transformationsprozess.»

«Das ist gut möglich», erwidert Janet.

«Dann wünsche ich dir viel Glück dafür», sagt Tom.

«Genau. Und ich bau dir noch 'ne Sigille», fügt Janet hinzu.

«Danke», sage ich. Was auch immer eine Sigille sein mag.

Als ich vierundzwanzig Stunden später von einem mürrischen Taxifahrer durch jene Stadt chauffiert werde, die viele Jahre meine Heimat war, spüre ich eine eigenartige Melancholie. Ich könnte die winterliche Kulisse dafür verantwortlich machen oder meine wehmütigen Erinnerungen an vergangene Zeiten. In Wahrheit aber vermisse ich meinen Sohn. Es ist nur ein paar Stunden her, dass ich Jona zum Abschied einen Kuss auf die Stirn gegeben habe. Die Vorstellung, dass ich ihn nun einige Wochen nicht oder nur sehr selten sehen werde, macht mir das Herz schwer.

«Soll ich durch die Stadt fahren oder lieber über den Ring?», will der Fahrer wissen. «Durch die Stadt ist kürzer.»

Diese Frage geht mir schon seit Jahren auf den Senkel. Es ist die Lieblingsfangfrage sadistischer Taxifahrer. In der Stadt ist nämlich Stau, und zwar praktisch zu jeder Tages- und Nachtzeit.

«Ist mir egal», erwidere ich.

«Sie sind der Gast. Ich fahre dahin, wo Sie mir sagen», erklärt der Fahrer hinterlistig. Ich kann sein Pokerface im Rückspiegel sehen.

«Dann fahren wir durch die Stadt», sage ich.

«Da ist aber um diese Zeit Stau», erwidert der Fahrer prompt. Er hat das letzte Wort genüsslich betont. Ich sehe seinen triumphierenden Blick im Rückspiegel. Vermutlich möchte er sich an meiner Ratlosigkeit weiden. Wähle ich die kürzere Strecke mit Staugefahr? Oder nehme ich einen größeren Umweg in Kauf?

Ich habe gerade nicht die geringste Lust auf seine Spielchen.

«Entscheiden Sie das einfach», erwidere ich locker. Und einer plötzlichen Eingebung folgend, füge ich hinzu: «Hauptsache, wir erreichen unser Ziel, bevor ich in einen Zuckerschock falle.»

Aus den Augenwinkeln nehme ich sein verstörtes Gesicht im Rückspiegel wahr. Eine Weile geschieht nichts. Er scheint zu überlegen.

«Wann könnte das denn passieren?», tastet er sich hörbar unwohl vor.

Ich schaue umständlich auf meine Uhr. «So in acht bis neun Minuten?»

In dieser Zeit schafft es nämlich kein Mensch, mit dem

Auto ans andere Ende der Stadt zu kommen. Jetzt hast du ein Problem, König der Taxifahrer.

Wieder Schweigen. Erneut überlegt er. «Soll ich denn dann nicht lieber an einem Krankenhaus vorbeifahren?»

War mir klar, dass dieser Vorschlag kommen würde. Ich bin vorbereitet. «Das bringt nichts», erwidere ich mit ernstem Gesicht. «Ich brauche spezielles Insulin. Das gibt es nur da, wo sie mich jetzt hinfahren.» Ich massiere mir mit den Fingerspitzen die Stirn, als würde das Gespräch mich über Gebühr anstrengen. «Entschuldigung, was sagte ich gerade?»

Er wirkt nun panisch und scheint fieberhaft zu überlegen, was wohl die beste Lösung wäre. Ist doch schön, finde ich. So ähnlich geht es nämlich seinen weniger gut betuchten Fahrgästen, wenn sie sich für die richtige Strecke entscheiden müssen.

Abrupt reißt der Mann das Steuer herum und dirigiert den Wagen in eine winzige Gasse. «Wir fahren eine ganz andere Strecke», verkündet der Fahrer, während er aufs Gaspedal tritt.

Ich bin erstaunt, dass man doch binnen acht Minuten durch die Stadt kommen kann. Vielleicht lasse ich mir meine Lügengeschichte patentieren.

«Das sieht aber hier nicht aus wie eine Arztpraxis», motzt der Fahrer, als wir bei Schamski anhalten.

«Ich bin ja auch kein Diabetiker», erwidere ich freundlich und lasse die Wagentür ins Schloss fallen.

«Nanu? Wo ist Fred?», fragt Schamski, als ich sein Apartment betrete.

«Mein Hund ist sauer auf mich, weil ich ihn zu lange allein gelassen habe», erwidere ich. «Er wollte lieber bei Kostas bleiben.»

«Interessant. Wie geht es ihm?»

«Gut. Hat ein bisschen zugenommen.»

«Kommt wahrscheinlich davon, dass er den ganzen Tag in diesem Laden vor der Heizung liegt», vermutet Schamski.

«Nicht Fred. Kostas hat zugenommen», sage ich. «Seit seine Frau wieder schwanger ist, kocht sie griechische Eintöpfe, die er aus Gründen der Solidarität mitessen muss.»

«Apropos. Wollen wir was essen gehen?», fragt Schamski. «Wie du siehst, lebe ich hier sehr bescheiden. Ich bin nicht mal sicher, ob wir beide zusammen in die Küche passen.»

Schamskis Domizil besteht aus einem winzigen Zimmer, das man durch einen winzigen Flur erreicht, von dem ein Küchelchen und ein Bädlein abgehen. Ich werfe einen Blick ins Küchenkämmerchen und teile Schamskis Befürchtungen. «Bist du sicher, dass das hier eine Wohnung ist und nicht nur das Mauseloch in einer größeren Wohnung?»

«Aber wo wäre dann die Maus?», fragt Schamski ungerührt.

«Vielleicht ist sie gerade in psychiatrischer Behandlung. Wegen Klaustrophobie.»

«Du brauchst nicht nur was zu essen», stellt Schamski fest. «Du brauchst auch ein schönes Glas Rotwein.»

SAG MAL, HAT DER SIE NOCH ALLE?

Ich befürchte, mich in der Adresse geirrt zu haben. Das Haus ist ein aufwendig sanierter Altbau, mitten in der City. Die meisten Klingeln sind unbeschriftet, was auf prominente Bewohner schließen lässt. Der Pförtner versichert mir, dass ich mich im richtigen Haus befinde. Ich werde zum Fahrstuhl geleitet, der mich in die oberste Etage bringt.

Als die Türen sich öffnen, traue ich meinen Augen nicht. In einem geräumigen Treppenhaus mit Marmorboden erwartet mich Bronko. Allerdings erinnert kaum etwas an jenen Bronko, den ich zuletzt vor sechs oder sieben Monaten gesehen habe. Das war, bevor er auf Einladung eines Kunstliebhabers in die Schweiz zog, um dort ein Jahr ungestört zu malen.

«Was ist mit dir passiert?», frage ich völlig verdutzt.

«Was meinst du?», fragt er. «Ach, meine Augen? Oder was?»

«Zum Beispiel», erwidere ich.

Bronko schielt nicht mehr. Dabei schielte er so schlimm, dass es anstrengend war, ihm längere Zeit dabei zuzusehen. Nun trägt er eine schlichte schwarze Brille, hat einen minimalen Silberblick und schaut mir geradewegs ins Gesicht. Früher musste ich mich immer auf sein linkes Auge konzentrieren, um festzustellen, ob er mich ansah. Ich habe es deshalb sein Zielauge getauft. Mit der Zeit konnte ich einschätzen, wen oder was Bronko gerade ins Visier nahm. Bei unserer ersten Begegnung war ich nicht einmal sicher, ob er mich meinte, als er ein Gespräch eröffnete. Es sah nämlich so aus, als hätte er Leute, die mehrere Meter von uns entfernt standen, angesehen. Jetzt wohnt er im nobelsten Viertel der Stadt und könnte ein entfernter Verwandter von Christopher Lambert sein. Respekt.

«Lange Geschichte», erwidert Bronko und schließt mich zur Begrüßung in die Arme. «Komm rein, dann erzähl ich dir alles.»

Wir betreten den geräumigen Eingangsbereich eines imposanten Lofts. Ich glaube zu erkennen, dass sich hinter der Fensterfront ein Balkon über die gesamte Breite der Wohnung erstreckt. Der Raum ist mehr ein Saal. Fünf, vielleicht sogar sechs Meter hoch und lichtdurchflutet. Ein entweder sehr sauber aufgeräumter oder selten genutzter Küchenbereich mit einer langen Tafel dominiert eine Seite des Zimmers. Auf der anderen ist ein Kamin mit einer Sitzecke in puristischem Weiß zu sehen. Wenige großformatige Bilder schmücken die Wände.

«Sind die von dir?», frage ich und vermute, dass Bronko nun doch noch der internationale Durchbruch als Künstler gelungen ist.

Bronko schüttelt den Kopf. «Die gehören dem Besitzer. Er ist viel auf Reisen und vermietet die Wohnung dann möbliert.»

«Ich will ja nicht indiskret sein …», beginne ich, unterbreche mich aber sofort selbst. «Doch, eigentlich schon. Eigentlich möchte ich alle schmutzigen Details deiner Geschichte hören.»

Bronko lächelt. «Dieses Loft gehört dem Schweizer Augenarzt, der mich operiert hat. Er ist wiederum ein Freund des Galeristen, der mich eingeladen hat. Der Galerist ist mit einem Diplomaten befreundet, und mit dessen Frau habe ich eine Affäre. Deshalb die Operation, das Loft, die Klamotten, die Reisen und überhaupt alles.»

«Du bist 'n Toyboy», stelle ich amüsiert fest. «Ein Jüngling, der mit einer reichen, älteren Dame schläft und dafür von ihr ausgehalten wird.»

«Man geht schon lange nicht mehr als Jüngling durch, wenn man um die vierzig ist», antwortet Bronko. «Außerdem ist Michelle nur ein paar Jahre älter als ich und nebenbei sehr attraktiv. Ich würde also auch mit ihr schlafen, wenn sie kein Geld hätte. Was aber definitiv stimmt, ist, dass ich von ihr ausgehalten werde.»

«Das ist unmoralisch und zutiefst verwerflich», sage ich.

«Ganz meine Meinung», erwidert Bronko. «Aber als Künstler werde ich es bestimmt nicht mehr zu einem solchen Luxusleben bringen. Also danke ich dem Schicksal auf Knien und denke nicht weiter drüber nach.»

«Hast du keine Angst, dass ihr Mann euch auf die Schliche kommt? Er könnte dich in eine Bananenrepublik verschleppen lassen. Diplomaten haben da bestimmt gewisse Möglichkeiten.»

«Überhaupt nicht», erwidert Bronko und macht sich daran, Espresso zu kochen. «Ich bin Teil eines Arrangements. Die beiden sind eigentlich getrennt. Sie leben nur deshalb noch zusammen, weil Michelle durch ihren Mann interessante Leute kennenlernt und er durch sie finanziell abgesichert ist. Sie kommt aus einer sehr vermögenden Familie. Jedenfalls hat er Affären und sie hat … mich.»

Er drückt einen Knopf. Im nächsten Moment beginnt die monströse Espressomaschine fauchend pechschwarzen Kaffee in winzige Designertässchen zu pusten.

«Solange ich hier wohnen kann, ist es mir sowieso völlig

gleichgültig, mit welchen zweifelhaften Methoden du deinen Lebensunterhalt verdienst», sage ich. «Hat die Hütte eigentlich ein Schwimmbad?»

«Sauna, Dampfbad, Whirlpool und Pool», erwidert Bronko. «Jetzt kann ich mich zumindest teilweise dafür revanchieren, dass du mir geholfen hast, über die Runden zu kommen. Damals.»

«Wenn ich gewusst hätte, dass du als Casanova derart Karriere machst, dann hätte ich mich von dir ausbilden lassen. Vielleicht wäre ich jetzt mit einer reichen Witwe liiert und könnte mich auf Kreuzfahrtschiffen ganz bequem zu Tode saufen.»

«So schlimm?», fragt Bronko und stellt zwei Espresso auf den Tisch.

«Hm», erwidere ich nicht eben wortgewaltig.

«Immer noch unglücklich wegen Iris?», setzt er nach, nippt an seiner Tasse und scheint in kulinarischer Hinsicht zufrieden.

Ich winke ab. «Das auch. Aber lass uns jetzt nicht darüber reden. Zumal es wichtigere Dinge gibt.»

Bronko nickt bedächtig. «Schamski hat dir alles erzählt?»

«Ja. Und ich hab ihm empfohlen, noch ein Ticket zu investieren und Günther aus Mallorca einfliegen zu lassen. Er kommt übermorgen. Ich dachte, dass wir uns alle am Abend hier treffen. Natürlich nur, wenn du nichts dagegen hast.»

«Gern», erwidert Bronko. «Übrigens, falls ihr mich braucht ...»

«Ich dachte, du bist sowieso dabei», sage ich erstaunt.

«Ach ja?» Bronko wirkt erfreut.

«Also, natürlich nur, wenn du willst», füge ich hinzu. «Ich weiß zwar noch nicht genau, was uns erwartet, aber es könnte eine Menge Scherereien geben.»

«Kein Problem», erwidert Bronko, ohne zu zögern. «Ob du es glaubst oder nicht: In meinem Leben als Liebhaber einer Schweizer Diplomatengattin ist tatsächlich noch Platz für Abenteuer.»

Bis zur Ankunft von Günther bleibt mir viel Zeit, um meine wenigen Habseligkeiten in Bronkos Loft zu verfrachten. Zudem statte ich meiner Exfrau Lisa einen Besuch ab. Obwohl wir uns gut verstehen, tue ich das nicht aus rein persönlichen Gründen, sondern auch weil ich Lisa um einen kleinen Gefallen bitten möchte.

«Wo ist Fred?», fragt sie, während wir das Haus betreten.

«Mein Hund will nichts mehr mit mir zu tun haben. Seiner Meinung nach war ich zu lange weg», erwidere ich und stelle im gleichen Moment fest, dass sich im Flur Umzugskartons bis zur Decke stapeln.

«Was ist los? Zieht ihr aus?», frage ich.

«Hier lang», erwidert Lisa. «In der Küche habe ich noch nicht alles eingepackt. Ich kann uns also immerhin noch Tee machen.»

Ich ahne, dass die Umzugskisten Teil einer mittleren Katastrophe sind. Lisa hat sich zwar bei der Begrüßung nichts anmerken lassen, aber das ist so ihre Art. Sie hat schon immer persönliche Probleme mit sich allein ausgemacht. Ein Grund dafür, dass wir uns damals getrennt haben. Vielleicht sollte ich deshalb jetzt auch nicht weiter nachfragen, ich tue es aber trotzdem. Denn das ist wiederum meine Art. Und ein weiterer Grund dafür, dass unsere Ehe gescheitert ist.

«Wo ist Tommi?», frage ich.

Sie ist mit der Zubereitung des Tees beschäftigt und wendet mir dabei gerade den Rücken zu. Wir schweigen eine Weile.

«Weg», sagt sie dann, dreht sich zu mir um und hat Tränen in den Augen.

Ich erhebe mich und nehme sie in die Arme. «Tut mir leid, Lisa.»

Sie schluchzt ein paarmal. «Schon gut», sagt sie, wischt die Tränen weg und löst sich aus meiner Umarmung. Sie will nicht in den Arm genommen werden. Sie will nicht weinen. Sie will nicht schwach sein.

«Wahrscheinlich Midlife-Crisis», sagt sie, als der Tee auf dem Tisch steht und wir uns gegenübersitzen. «Tommi hat das zwar nie so gesagt, aber es klingt sehr danach. Erinnerst du dich noch an Gordon? Den Bandleader?»

Ich nicke.

«Er hat mit Tommi ein paar Songs eingespielt und ihm danach einen Vertrag als Tourmusiker angeboten. Und Tommi hat sich nicht nur darauf eingelassen, er ist Gordon praktisch mit fliegenden Fahnen gefolgt. All meinen Einwänden und Bedenken zum Trotz. Die Band ist jetzt gerade für ein paar Monate in Kanada.»

Ich bin verwundert. Tommi wollte eigentlich nie wieder tingeln. Nachdem er als Tourmusiker vor einer halben Ewigkeit fast an einer Überdosis gestorben wäre, nahm er nur noch Studiojobs an und wurde ein wahnsinnig nerviger Gesundheitsapostel. Wenn er nun auf Tour geht, dann nimmt er einen Rückfall in Kauf, oder er hält sich schlicht für immun. Entweder hat er also genug vom Leben, oder aber er befürchtet, dass er vom Leben noch nicht genug bekommen hat. Die Variante mit der Midlife-Crisis wäre also in dieser Hinsicht fast wünschenswert. Aber das muss ich Lisa ja nicht auf die Nase binden.

«Ein paar Monate sind schnell vorbei. Ich meine, vielleicht ist das ja seine ganz persönliche Abschiedstournee.

Vielleicht will er sich beweisen, dass ihn dieses Wanderleben definitiv nicht mehr interessiert. Und wer weiß? Am Ende könnte eine vorübergehende Trennung sogar gut für euch beide sein.»

Eigentlich käme ich nie auf die Idee, Tommi zu verteidigen. Dafür ist er mir zu sehr mit seiner harten Lebensmoral und seinen weichen Dinkelfrikadellen auf die Nerven gegangen. Aber jetzt gerade tut Lisa mir wahnsinnig leid. Sie wirkt so verloren, wie sie in diesem großen Haus auf gepackten Koffern sitzt und nicht ganz zu verstehen scheint, was passiert ist.

«Er hat fast genau dasselbe gesagt», erwidert sie und nimmt einen Schluck Tee. «Es scheint euch Männern ein dringendes Bedürfnis zu sein, den Dingen immer auf den Grund zu gehen. Warum eigentlich?»

Ich zucke mit den Schultern. «Keine Ahnung. Aber ist das so falsch?»

Lisa zieht die Stirn kraus. «Ich weiß nicht, ob ich es falsch nennen würde. Aber vielleicht ist es … ungesund. Im Meer leben ja auch nicht alle Tiere am Boden. Das schaffen nur ein paar Würmer oder Seegurken. Flundern, zum Beispiel, leben an der Oberfläche oder im flachen Gewässer.»

«Aha. Und ist Tommi jetzt eine abenteuerlustige Flunder oder eine unglückliche Seegurke?», frage ich. Ihr Vergleich leuchtet mir nur bedingt ein.

«Ich will eigentlich nur sagen, dass man im Leben nicht alle Geheimnisse lüften sollte», erwidert Lisa. «Eine einzige Antwort kann manchmal mehr Schaden anrichten als ein Dutzend offener Fragen.»

«Verstehe. Du hast Angst davor, dass er nicht wieder zu dir zurückkehren will», vermute ich. «Deshalb hast du ihm ein Ultimatum gestellt. Er wiederum will sich nicht von dir unter Druck setzen lassen. Also hast du die Konsequenzen gezogen und dich von ihm getrennt.»

Lisa lacht müde. «Nein. Das wäre dann doch ein bisschen sehr einfach. Ich war vor zwei Wochen in Montreal, um mit Tommi zu reden. Und da habe ich festgestellt, dass es sinnlos ist, auf ihn zu warten. Die Antworten, die er sucht, die hat er längst bekommen.»

«Aha. Und was macht dich da so sicher?», frage ich.

«Eine leere Schnapsflasche unterm Bett. Kokainreste auf dem Toilettendeckel. Der Geruch eines fremden Parfums an seinen Klamotten.»

«Das könnten Zufälle sein. Die Flasche und das Koks sind nicht von ihm. Ein weiblicher Fan hat ihn umarmt. Vielleicht ist alles ganz harmlos.»

Lisa lächelt matt. «Ich hab in seinen Augen gelesen, dass er genau dieses Leben führen will. Ich glaube sogar, er würde lieber in einem schrottigen Tourbus den Löffel abgeben, als an meiner Seite alt zu werden.»

«Das klingt sehr hart. Wahrscheinlich tust du ihm damit unrecht.»

Sie nickt. «Schon möglich. Das ändert aber nichts daran, dass Tommi offenbar nie glücklich mit mir war. Und das ist auch hart.»

Ich mochte Tommi noch nie besonders. Da er Lisa nun mit Karacho das Herz gebrochen hat, mag ich ihn noch weniger. Ich respektiere aber, dass er den Mut aufgebracht hat, sich für ein Leben als drogensüchtiger, drittklassiger Rockmusiker zu entscheiden. Er hätte das nur schon vor vielen Jahren machen müssen. Dann wären Lisa und nebenbei auch mir viele Rohkostsalate und Weltverbesserungsvorschläge erspart geblieben.

«Was hast du jetzt vor?», frage ich.

«Ich bin von Montreal nach Detroit geflogen und habe Sophie besucht. Ich werde eine Weile bei ihr leben, wenn ich hier fertig bin.»

«Wie geht es ihr?», will ich wissen.

«Gut. Sie lässt dich grüßen. Wenn du in Detroit bist, sollst du unbedingt vorbeikommen. Sie hat sich sehr verändert. Sieht jetzt nicht mehr aus wie ein Mädchen, sondern wie eine junge Frau. Und sie hat einen Typen kennengelernt. Robin. Netter Kerl.»

«Sie ist mit einem Mann zusammen?», wundere ich mich.

Lisa nickt. «Dass sie auf Frauen stand, war wohl nur eine Phase. Im Moment ist sie jedenfalls heterosexuell.»

Ich muss lächeln. Sophie, die zwar nicht mein leibliches Kind ist, mir aber trotzdem genauso nahesteht, hat mich vor einer ganzen Weile einmal zu den Themen Liebe und Sex ausgefragt. Sinngemäß habe ich ihr damals zu erklären versucht, dass man mit Überraschungen rechnen sollte, vorausgesetzt, man sei bereit dafür, sich auch überraschen zu lassen. Scheint so, als wäre ihr das nun passiert. Und scheint auch so, als wären meine Antworten dann doch nicht völlig für die Katz gewesen. Das freut mich.

Lisa und ich schweigen eine Weile, nippen an unseren Tassen und hängen unseren Gedanken nach.

«Hör mal, wenn ich irgendetwas für dich tun kann ...», beginne ich.

«Ich weiß», unterbricht Lisa. «Das ist wirklich nett von dir. Aber mach dir keine Sorgen, ich komme schon zurecht.» Sie sieht mich an und stutzt. «Aber wo wir gerade davon reden: Du hast am Telefon gesagt, du bräuchtest meine Hilfe. Bist du nicht deshalb hier?»

«Auch», erwidere ich. «Ich hab ein paar juristische Fragen. Aber das muss nicht unbedingt heute sein.»

«Worum geht es denn?»

«Um eine Firmeninsolvenz.»

«Nicht mein Fachgebiet», erwidert Lisa. «Aber schieß los!»

«Wie gesagt, es geht auch ein anderes Mal …»

«Nun mach schon», unterbricht Lisa. «Ich bin nicht krank oder gebrechlich. Man hat mich nur verlassen. Das ist alles.»

Sie lächelt. Eine Mischung aus Wut und Tapferkeit spiegelt sich in ihrem Gesicht. Das sieht ziemlich attraktiv aus. Ich krame einen vorbereiteten Zettel aus der Tasche, der auf beiden Seiten eng beschrieben ist.

«Oh. Ich sehe, das könnte länger dauern», sagt Lisa. «Dann mach ich uns aber zuerst noch einen Tee.»

Eine Stunde später haben sich die meisten meiner Fragen erledigt, allerdings sind im Gespräch mit Lisa auch neue Fragen aufgetaucht.

Gedankenverloren spaziere ich durch die Straßen und erblicke in einem Schaufenster einen Hund, der meinem Hund zum Verwechseln ähnlich sieht. In der nächsten Sekunde wird mir klar, dass es sich tatsächlich um Fred handelt. Ich bin, ohne es zu merken, bei Kostas' Zeitschriftenladen angekommen.

«Wie läuft's?», will ich wissen.

Kostas thront wie üblich hinter seinem Tresen, umringt von Süßigkeiten, Tabakwaren, Ansichtskarten und Krimskrams.

«Ganz gut», erwidert er. «Im Vergleich zu dir sind die meisten Leute anständig und zahlen ihre Schulden. Und seitdem du weg bist, werde ich auch nur noch ganz selten um Kaffee angeschnorrt.»

«Gute Idee», sage ich. «Bitte mit viel Milch und Zucker.»

Kostas erhebt sich leise seufzend und schenkt mir Kaffee ein.

«Ich kann übrigens ein paar Tage auf dem Großmarkt arbeiten. Nächste Woche kriegst du also deine fünfzig Mäuse zurück.»

Er stellt mir die Tasse hin. «Ich werde dem heiligen Antonius erst dann dafür danken, wenn die Kohle hier auf dem Tisch liegt. Okay?»

«Erstens musst du keinem Heiligen danken, sondern mir. Und zweitens bist du der unentspannteste Südländer, der mir je über den Weg gelaufen ist», sage ich und nippe an meinem Kaffee. Wie üblich ist er zu dünn.

«Ich bin kein Südländer», erwidert Kostas. «Ich bin hier geboren».

«Gut, dann bist du eben der unentspannteste Deutsche mit griechischen Wurzeln, der mir je über den Weg gelaufen ist», korrigiere ich.

«Jetzt hörst du dich langsam wie meine Frau an», sagt Kostas.

Ein leises Hundegähnen ist zu hören. Kostas und ich sehen fast gleichzeitig zum Schaufenster, wo Fred es sich bequem gemacht hat. Ob ihn die angenehmen Temperaturen und das süße Nichtstun oder aber das Gespräch ermüdet haben, bleibt offen. Fest steht, dass Fred mich offenbar weiterhin mit Missachtung strafen will. Bislang hat er jedenfalls keine Anstalten gemacht, mich zu begrüßen. Man könnte auch denken, er würde mich überhaupt nicht kennen.

«Wenn du willst, kannst du ihn übrigens auch noch hierlassen», sagt Kostas. «Er ist ein guter Wachhund. Das heißt, er bewacht meinen Laden zwar nicht, aber sein Aussehen flößt jedem Respekt ein. Wenn ich abends mit ihm noch eine Runde um den Block drehe, dann kann ich sicher sein, dass mich niemand blöd von der Seite anquatscht.»

Ich muss lächeln. Fred ist tatsächlich unter den ohnehin nicht hübsch anzusehenden Kampfhunden eines der am wenigsten ansehnlichen Exemplare. Eigentlich ist er kein reinrassiger Kampfhund, sondern eine brisante Mischung aus Jagdhund und Bullterrier. Im Grunde sieht er aus wie ein Werwolf, der gerade dabei ist, sich in einen Kampfhund zu verwandeln. Dass Fred nach einer Prügelei mit zwei Rottweilern nur noch im Besitz von eineinhalb Ohren ist, unterstreicht seine diabolische Erscheinung. Immerhin hält das Leute davon ab, ihn zu tätscheln oder zu streicheln. Da Fred praktisch nichts und niemanden auf der Welt leiden kann, trifft es sich gut, dass er das auch ausstrahlt.

«Willst du lieber hier bei Kostas bleiben?», frage ich.

Fred sieht mich ausdruckslos an.

«Ich bin heute schon zum dritten Mal hier», fahre ich fort. «Ich kann ja verstehen, dass du sauer bist, weil ich so lange weg war. Andererseits hab ich dir auch schon ein paar Sachen durchgehen lassen.»

Fred zeigt immer noch keine Regung.

«Denk zum Beispiel mal an Mallorca. Die Sache mit dem Markt.»

«Was war denn mit dem Markt?», will Kostas wissen.

«Das weiß er sehr genau», sage ich und schaue Fred direkt in die Augen.

«Glaubst du, er versteht dich?», fragt Kostas.

«Vielleicht nicht im Detail», erwidere ich. «Aber er weiß sehr genau, was ich meine.»

«Dann scheint er aber gerade ziemlich unbeeindruckt zu sein», frotzelt Kostas.

«Ja. Das sehe ich auch», sage ich. «Deshalb werden wir jetzt auch andere Saiten aufziehen.»

«Dann sei aber vorsichtig», erwidert Kostas. «Er ist leicht reizbar.»

«Was dachtest du denn, was ich vorhabe?», frage ich erstaunt.

«Ihn zwingen mitzukommen?»

Ich muss lachen. Wenn es einen Hund auf der Welt gibt, den man zu nichts zwingen kann, dann ist es Fred. Allein der Versuch, ihm gegen seinen Willen das Halsband anzulegen, würde wahrscheinlich eine Verwüstung des Ladens nach sich ziehen. Mit roher Gewalt ist Fred also nicht beizukommen. Damit kennt er sich nämlich einfach zu gut aus.

«Ich werde jetzt meinen Kaffee in Ruhe austrinken, und dann werde ich deinen Laden verlassen», sage ich zu Kostas. «Sollte Fred dann immer noch nicht mitkommen wollen, gehört er dir.»

Kostas stutzt. Aus den Augenwinkeln glaube ich zu beobachten, dass auch Fred fast unmerklich zusammenzuckt.

«Du meinst, für immer?», fragt Kostas und wirkt verunsichert.

«Ja, für immer», sage ich. «Natürlich nur, wenn du ihn willst.»

Kostas streicht sich mit Daumen und Zeigefinger über seinen Walrossbart und überlegt. «Gut. Wenn Fred will, dann kann er bleiben.»

«Abgemacht», sage ich nickend und leere meine Tasse mit einem großen Schluck. Dann gehe ich langsam zur Tür und öffne sie. «Danke für den Kaffee.»

Kostas winkt ab. Gespannt wartet er auf Freds Reaktion.

«Was ist? Kommst du mit?», frage ich.

Fred liegt weiterhin an seinem Platz und tut so, als würde ihn die ganze Sache nichts angehen.

«Tja, dann ...» Entschlossen trete ich auf die Straße und bleibe einen Moment unweit des Schaufensters stehen, in dem Fred liegt. Er macht nicht die geringsten Anstalten, mir zu folgen. Offenbar hat er sich entschieden.

«Mach es mal gut», sage ich und gehe zügig los. Ich sehe mich nicht noch einmal um, denn ich habe mich nun ebenfalls entschieden. Fred ist ein freier Hund. Ich habe ihn nie als mein Eigentum betrachtet. Deshalb werde ich jetzt auch akzeptieren, wenn er bei Kostas bleiben will. Vielleicht ist das sogar besser, weil es bestimmt nicht einfach sein wird, in London einen Hund zu halten. Das ist ein kleiner Trost. Es ändert aber nichts daran, dass ich Fred vermissen werde.

Das ohrenbetäubend laute Bersten von Glas, gefolgt von einem Klirren und Krachen, unterbricht meine Überlegungen. Ich wirbele erschrocken herum und sehe Fred, der lässig auf mich zugetrabt kommt. Den Sprung durch Kostas' Schaufenster hat mein Hund offenbar unbeschadet überstanden. Die Ladentür öffnet sich, und das puterrote Gesicht von Kostas erscheint.

«Sag mal, hat der sie noch alle?», brüllt der kleine Grieche quer über die Straße und betrachtet fassungslos sein demoliertes Schaufenster.

«Reg dich nicht so auf! Du bekommst sonst noch einen Herzinfarkt! Außerdem bist du doch bestimmt gut versichert, oder?», rufe ich.

«Gegen was?», brüllt Kostas. «Gegen bekloppte Hunde? Bestimmt nicht! Wenn hier jemand versichert sein sollte, dann du. Damit das klar ist: Die Scheibe geht auf deine Kappe.»

Ich seufze leise. «Schon okay. Setz sie einfach mit auf die Rechnung.»

Kostas schnaubt missmutig und verschwindet wieder in seinem Laden.

Ich überschlage kurz, dass mich die neueste Aktion meines Hundes wahrscheinlich ein paar Hunderter kosten wird. Also höchstens drei, vier Wochen Schufterei auf dem Großmarkt. Herzlichen Dank auch.

«Das hast du doch absichtlich gemacht», sage ich zu Fred. «Du willst mir nur zeigen, wer hier der Boss ist.»

Fred sieht mich an, als könnte er kein Wässerchen trüben.

«Damit eins klar ist», sage ich und mache mich wieder auf den Weg. «Ich lasse mich von dir nicht länger schikanieren. Entweder du hältst dich an meine Regeln, oder wir beide bekommen gewaltigen … Fred?» Ich schaue mich um und sehe, dass mein Hund auf eine Baustelle gelaufen ist, um sich dort ein wenig umzusehen. Er hat es nicht mal für nötig befunden, mir auch nur zehn Sekunden zuzuhören. «Fred! Verdammt! Komm her!»

Er hält kurz inne und schaut sich zu mir um. Dann trabt er weiter.

Zu unserem konspirativen Treffen hat Bronko Wein und Wasser aufgetischt. Das ist toll, ich hatte nur zudem auf ein paar Snacks spekuliert.

«Hast du vielleicht Cracker oder so?», frage ich. «Ich habe seit heute Morgen nichts mehr gegessen. Der Wein haut mich sonst sofort um.»

«Essen kommt gleich», antwortet Bronko.

«Das ist gut», sagt Günther und stellt sein Gepäck in eine Ecke. Er ist gerade erst angekommen, weil sein Flug mehrere Stunden Verspätung hatte.

Günther macht trotzdem einen frischen und erholten Eindruck. Das Leben auf Mallorca bekommt ihm offensichtlich gut. Er hat ein paar Kilo abgenommen, seine Haut ist leicht gebräunt, und er wirkt sportlicher als noch vor ein paar Monaten.

«Man könnte denken, du hättest eine Surfschule aufgemacht», sage ich.

«Ich geh fast jeden Tag schwimmen», erklärt Günther. «Überhaupt geht es uns prima. Iggy ist glücklich mit ihrer Bar. Ich bin glücklich mit Iggy. Dass es toll ist, am Meer zu sein und meistens schönes Wetter zu haben, brauche ich euch ja nicht zu sagen.»

«Gehörst du inzwischen auch zu den nervigen Leuten, die immer mit dem mallorquinischen Wetter angeben?», frage ich.

«Bietet sich ja an», erwidert Günther sonnig.

«Kommt! Setzt euch!», bittet Bronko. Er gießt Wein ein und verteilt die Gläser. «Trinken wir auf Mallorca, auf unser Wiedersehen und natürlich auch darauf, dass Schamski nicht allzu lange ins Gefängnis muss.»

Leicht panisch wendet Schamski sich an mich: «Verdammt, Paul! Was hast du rausgefunden?»

Bronko muss lachen. «Guido, das sollte ein Witz sein.»

«Ach so», murmelt Schamski und bemüht sich um ein entspanntes Lächeln. Er kann dennoch nur mühsam verbergen, dass seine Nerven blankliegen.

Es klingelt. Fred bellt kurz, als hätten wir es überhört.

«Das ist das Essen!», sagt Bronko und springt auf, um ein paar junge Damen mit freundlichen Mienen und identischen grauen Kostümen in die Wohnung zu lassen.

Wenig später sind wir wieder allein und umringt von silbernen Platten mit kleinen Köstlichkeiten.

«Lasst es euch schmecken», sagt Bronko. «Mit besten Grüßen von der Schweizer Botschaft. Die haben da heute einen

Empfang. Deshalb konnte ich es arrangieren, dass auch wir einen Gruß aus der Küche bekommen.» Lächelnd wirft er ein Lachshäppchen ein.

Ich greife ebenfalls zu und bin angetan von dem umwerfenden Geschmack eines kleinen Pumpernickels mit drei Krabben und einem Tropfen Chilisoße. Trifft sich gut, dass Diplomaten meistens Feinschmecker sind.

«Also dann. Erzähl doch mal, was los ist!», sagt Günther zu Schamski und nimmt sich eine Toastecke mit Wildpastete.

Schamski überlegt einen Moment. «Der Witz, den Bronko eben gemacht hat, ist gar nicht so weit hergeholt. Ich habe die Befürchtung, dass ich reingelegt werden soll. Und zwar auf ganzer Linie.»

«Und wer will dich reinlegen?», fragt Bronko.

«Timothy», erwidert Schamski.

«Und das ist sicher», hakt Günther nach.

«Nein», sagt Schamski. «Überhaupt nicht. Es gibt nur Indizien, mehr nicht. Aber die häufen sich. Ich wäre wirklich froh, wenn ich mit meinem Verdacht falschläge.»

«Und was sind das für Indizien?», will Bronko wissen.

«Timothy lässt sich um keinen Preis in die Karten gucken. Für mich sieht das so aus, als würde er was vor mir verbergen. Richtig klargeworden ist mir diese Geheimnistuerei, als ich vorgeschlagen habe, Paul in den Verlag zu holen. In dem Moment wirkte Timothy regelrecht panisch.»

«Ein Geschäftsführer hat nun mal Geheimnisse vor seinen Leuten», wirft Bronko ein. «Das ist ja nicht ungewöhnlich.»

«Das schon», erwidert Schamski. «Nur bin ich schon seit ein paar Monaten ebenfalls Geschäftsführer. Timothy hat mich höchstpersönlich zu seinem Stellvertreter ernannt.»

«Und jetzt könnte es sein, dass Timothy keinen Stellvertreter gesucht hat, sondern nur jemanden, dem er bestimmte Entscheidungen in die Schuhe schieben kann», kürze ich Schamskis Erläuterungen ab und schnappe mir noch ein Pumpernickel mit Krabben.

«Genau das ist auch meine Befürchtung», sagt Schamski zerknirscht.

«Ich habe eben nochmal mit Lisa gesprochen», fahre ich fort. «Der Verlag ist nicht insolvent, er soll liquidiert werden. Das ist ein feiner Unterschied. Es hat also nicht ein vom Gericht bestellter Insolvenzverwalter das Sagen in der Firma, sondern ein von den Eigentümern bestimmter Liquidator. Und das ist Timothy.»

«Moment, Moment», geht Günther dazwischen und sichert sich das vorletzte Häppchen mit Wildpastete. «Was hat das jetzt mit Schamski zu tun?»

«Bei der Liquidation stellt das Unternehmen seinen Geschäftsbetrieb freiwillig ein», erkläre ich. «Im Idealfall werden alle, die noch Geld zu kriegen haben, bezahlt. Was übrig bleibt, teilen sich die Eigentümer. Bleibt nichts übrig, ist das Pech. Fehlt Geld, dann kommt es nach einem Jahr doch noch zur Insolvenz der Firma.»

Ich sehe förmlich, wie Schamski ein Licht aufgeht. «Und in diesem Fall braucht der Liquidator einen Geschäftsführer, dem er die Insolvenz in die Schuhe schieben kann.»

«In etwa», antworte ich. «Wichtig ist, dass der Geschäftsführer sich strafbar macht, falls das Unternehmen während der Liquidation schon längere Zeit zahlungsunfähig war.»

«Und du befürchtest, das ist der Fall?», fragt Schamski.

Ich zucke mit den Schultern. «Kann schon sein.»

«Wenn Schamski stellvertretender Geschäftsführer ist, dann ist Timothy doch genauso verantwortlich», folgert Bronko. «Das verstehe ich nicht.»

Schamski sieht mich erwartungsvoll an.

«Timothy ist nur leider überhaupt nicht Geschäftsführer», sage ich und sehe, wie Schamski die Gesichtszüge entgleisen. «Der einzige im Handelsregister eingetragene Geschäftsführer ist Guido Schamski. Und diese Eintragung ist juristisch bindend.»

«Aber er ist dann ja quasi nur ein Strohmann. Das kann man einem Gericht doch erklären», wendet Günther ein.

«Lisa hat mir erklärt, dass auch ein Strohmann verantwortlich ist. Man darf sich eben nicht leichtfertig zum Boss einer GmbH machen lassen.»

Schamski streicht sich ratlos über seinen kahlen Schädel.

«Warum hast du bis jetzt gewartet?», fragt Bronko. «Du hättest die relevanten Informationen einfach anfordern können. Als Geschäftsführer kannst du das doch alles verlangen.»

«Na ja», druckst Schamski herum. «Ich bin in diesen Sachen kein Fachmann. Eigentlich habe ich nur unterschrieben, weil ich dachte, ich würde Timothy und der Familie damit helfen. Ich wusste ja nicht ...»

«Du kannst keine Bilanzen lesen», stellt Günther sachlich fest und hält nach einem Pastetenhäppchen Ausschau. Ich stutze. Meines Wissens ist Günther ebenfalls kein Wirtschaftsfachmann.

«Das sowieso nicht», winkt Schamski locker ab. «Deshalb hab ich ja Paul um Hilfe gebeten.»

«Der allerdings auch kein Diplom in Ökonomie hat», füge ich hinzu.

«Der aber immerhin ein Trickser ist», ergänzt Schamski.

«Danke für die Blumen, Guido.»

Bronko lässt die Weinflasche herumgehen und entkorkt

nebenbei eine neue. «Man müsste also wissen, wie Timothy Geld vom Verlag abgezwackt hat», überlegt er laut. «Vorausgesetzt, er hat überhaupt Geld abgezwackt.»

«Davon kann man aber wohl ausgehen», wirft Schamski ein.

Ich nicke. «Und da kommst du ins Spiel», sage ich zu Günther. «Kannst du den Server im Verlag hacken? Wir brauchen sämtliche Rechnungen der vergangenen Monate. Und wenn es geht, auch alle Verträge, die im Zusammenhang mit der Liquidation gemacht worden sind.»

Günther verschränkt die Arme. «Prinzipiell schon. Ist nur die Frage, ob es nicht einfacher wäre, sich die Daten vor Ort zu besorgen.»

Ich sehe ihn an und weiß nicht, worauf er hinauswill. Schamski und Bronko scheint es ähnlich zu gehen.

«Da der Verlag dichtgemacht wird, gibt es da schon jetzt eine Menge Rechner, die ausgeschaltet und damit physisch vom Netz genommen worden sind», erklärt Günther. «An die komme ich nur ran, wenn ich vor Ort bin. Und wer weiß, ob nicht auf genau einem dieser Rechner die Informationen liegen, die wir brauchen.»

Das leuchtet ein. Unser aller Augen richten sich auf Schamski. Der überlegt und schüttelt dann langsam den Kopf. «Ich wüsste nicht, wie das gehen soll. Timothy ist krankhaft misstrauisch. Und im Moment sorgen Fremde im Verlag grundsätzlich für Aufregung. Jeder denkt dann, das Finanzamt oder irgendwelche Gläubiger schnüffeln herum.»

Wir überlegen und lassen uns dabei den ausgezeichneten Wein schmecken.

«Ist der eigentlich auch von der Botschaft?», will ich wissen.

Bronko nickt abwesend. «Und was ist mit nachts?», fragt er.

«Ideal», erwidert Günther prompt. «Wir gehen alle zusammen rein. Wenn ihr mir helft, dann schaffen wir es vielleicht in zwei oder drei Stunden, sämtliche Daten einzusammeln.»

«Wie können wir dir denn helfen?», will ich wissen.

«Ich schnappe mir den Server. Ihr kümmert euch um die Rechner, die schon vom Netz genommen worden sind. Wenn wir das logistisch geschickt angehen, dann sparen wir ganz viel Zeit.»

Ich überlege, welche Spurenelemente im mallorquinischen Wasser für Günthers Pragmatismus und Entscheidungsfreude verantwortlich sein könnten. Bisher war mein ältester Freund nämlich eher eine Trantüte.

Schamski nickt bedächtig. «Keine schlechte Idee. Allerdings gibt es da noch ein kleines Problem. Timothy hat einen Wachservice engagiert. Zwei verschnarchte Rentner, die sich im Pförtnerhäuschen die Nacht mit Schach vertreiben. Ich bin nicht mal sicher, ob die Rundgänge durch den Verlag machen. Aber sie haben zwei Dobermänner, die sich auf dem Verlagsgelände herumtreiben. An denen müssen wir irgendwie vorbei.»

Wieder überlegen wir.

«In Filmen sieht man ja immer, dass Wachhunde mit einem präparierten Stück Fleisch betäubt werden», sinniert Günther.

«Stimmt! Du könntest ja mal …», beginnt Schamski, unterbricht sich aber sofort selbst. «Vergiss es! Keine gute Idee.»

«Was denn?» Jetzt hat er mich neugierig gemacht.

«Ich dachte nur, Iris würde sicher wissen, wie man einen Hund betäubt. Weil sie doch eigentlich Tierärztin ist, meine ich.»

«Du hast recht», sage ich. «Vergiss es einfach.»

«Wahrscheinlich nimmt man ein ganz normales Schlafmittel», schaltet sich Bronko ein. «Die Frage ist nur, wie hoch man es dosieren muss, um einen kräftigen und schweren Hund damit zu betäuben.»

Während ich über die Frage nachdenke, wandert mein Blick zu Fred.

Er sieht mich an. Seine Augen scheinen zu sagen: Denk nicht mal dran.

«Dann müssen wir wohl ein paar Testläufe machen», erwidere ich und schenke meinem Hund ein freundliches Lächeln.

OVER AND OUT

Um für alle Eventualitäten gewappnet zu sein, haben wir beschlossen, genügend Zeit für die Vorbereitungen unseres Coups einzuplanen. Bronko und Schamski waren zwei Nächte unterwegs, um den Wachdienst auszukundschaften. Wie von Schamski vermutet, drehen die Wachmänner tatsächlich keine nächtlichen Runden im Verlag, weil sie zu sehr mit ihrem Schachspiel beschäftigt sind. Das vereinfacht unser Vorhaben ungemein. Sobald wir die Hunde passiert haben, ist der Weg zum Verlagsgebäude und damit zum Datenpool des Unternehmens frei.

Wir werden die Dobermänner mit präparierten Filetsteaks betäuben. Günther hat eine Rezeptur für K.-o.-Tropfen aus dem Internet gezogen. Die Wirkung bei Fred war durchschlagend. Während er auf normale Schlaftabletten oft erst nach mehr als einer halben Stunde mit moderater Müdigkeit reagierte, trat der Effekt von Günthers K.-o.-Cocktail blitzschnell ein. Fred schlang das Steak herunter und fiel fast im gleichen Moment wie ein nasser Sack auf die Seite, wo er ziemlich genau eine Stunde reglos verharrte. Als er aufwachte, sah er noch eine Weile so aus, als hätte er tagelang psychodelische Musik gehört und dazu LSD genommen. Danach war er aber wieder ganz der Alte.

Schamski hat einen Plan des Verlags erstellt. Wir hatten gehofft, er könnte uns skizzieren, in welchen Räumen Computer zu finden sind, aber nach diversen Umstrukturierungen weiß das keiner so genau. Alle Räume zu überprüfen wäre wiederum zu aufwendig, außerdem bestünde die Gefahr, dass Schamski dabei erwischt wird. Wir müssen also ein wenig improvisieren. Während Günther den Server inspiziert, werden Bronko, Schamski und ich uns jene Rechner vornehmen, die bereits ausgemustert worden sind. Unser Plan erfordert einiges an Equipment, weil die Daten parallel geladen werden sollen. Jeder von uns muss also ein halbes Dutzend Kabel und Festplatten mitnehmen, zudem noch Werkzeug und Verpflegung. Ich habe uns deshalb preiswerte Rucksäcke, dunkle Trainingsanzüge und Skimasken gekauft. Die Masken hätte man sich eigentlich auch sparen können. Bei der Arbeit sind sie lästig, weil sie das Sichtfeld einschränken. Auf dem Gelände sind sie unnötig, weil uns sowieso niemand begegnen wird. Ich habe sie trotzdem gekauft, denn der Einbruch in den Verlag könnte die erste und letzte Möglichkeit sein, sich wie ein echter Krimineller zu fühlen. Und diese Gelegenheit wollte ich nicht verpassen.

Die Trainingsanzüge habe ich gerade in Bronkos Loft auf dem Boden ausgebreitet. An den Kopfenden liegen die Skimasken, an den Fußenden stehen die Rucksäcke. Sobald Günther von seiner Shoppingtour im Elektronikmarkt zurückgekehrt ist, werden wir die Rucksäcke packen, und dann steht unserer Mission nichts mehr im Wege.

Ich überlege gerade, ob ich mir einen Espresso gönnen soll, während ich auf Günther warte, als es klingelt. Der Doorman fragt, ob ich eine junge Dame empfangen möchte. Sie heißt Audrey. Ich bin baff. Audrey ist hier?

«Schicken Sie sie bitte hoch», sage ich und beeile mich dann, Skimasken, Trainingsanzüge und Rucksäcke in meinem Schlafzimmer zu verstauen.

Audrey soll ja nicht denken, dass wir ein krummes Ding vorhaben.

Wieder klingelt es, diesmal an der Tür.

Ich laufe hin, öffne und sage mit einem strahlenden Lächeln: «Hey! …» Eigentlich will ich noch so Sätze anfügen wie: Schön, dich zu sehen. Gut schaust du aus. Oder: Das ist ja eine tolle Überraschung! Aber Audreys Blick lässt mich verstummen. Sie sieht aus, als müsste sie jeden Moment in Tränen ausbrechen.

Dann sehe ich, dass sie nicht nur den Kinderwagen und unseren Sohn bei sich hat, sondern auch eine Menge Gepäck. Ratlos schaue ich sie an.

«Darf ich reinkommen, Paul?», bringt sie mühsam hervor.

«Klar», sage ich. «Warte, ich helf dir mit dem ganzen Zeug.»

Wenig später sitzen wir am Küchentisch. Ich habe Kaffee gemacht, meinen schlafenden Sohn mit einem sanften Kuss auf die Stirn begrüßt und warte nun darauf, dass Audrey erzählt, warum sie hier ist.

Sie braucht eine Weile, bis sie sich gesammelt hat.

«Also», beginnt sie, sieht mir in die Augen und versucht die Tränen zurückzuhalten. Es gelingt ihr nicht.

Ich setze mich neben sie, lege einen Arm um ihre Schulter und frage mich mit leichter Besorgnis, was wohl in London vorgefallen sein mag, das sie derart aus der Bahn geworfen hat.

Sie lässt ihren Kopf an meine Schulter sinken und wartet, bis der Weinkrampf nachgelassen hat. Dann setzt sie sich wieder auf, reißt sich innerlich zusammen, schnäuzt sich und sieht mir erneut in die Augen.

«Also», beginnt sie ein weiteres Mal, holt tief Luft und sammelt sich. Dann bricht sie wieder in Tränen aus.

«Ist jemandem was passiert?», frage ich unbehaglich. Ich merke, dass ich nun ebenfalls verkrampfe. Das liegt an Audreys nicht abreißendem Tränenfluss. Frauen weinen manchmal so haltlos, dass Männer nicht wissen, wie sie damit umgehen sollen. Wir hätten auch gerne einen Mechanismus, um die Seele durchzuspülen, aber die meisten von uns haben nie gelernt, Rotz und Wasser zu heulen. Deswegen sind wir ebenso ratlos wie fasziniert, wenn Frauen das machen.

Audrey sieht mich an und ist offenbar unfähig zu antworten. Die Tränen fließen, ihr Gesicht ist inzwischen leicht gerötet.

«Ist jemand gestorben?», bricht es aus mir heraus. Langsam, aber sicher befürchte ich das Schlimmste.

Abrupt versiegt Audreys Tränenstrom.

«Nein», antwortet sie bass erstaunt. «Wie kommst du denn darauf?»

Für einen kurzen Moment denke ich darüber nach, meine Theorie der weiblichen Tränen zu verwerfen. Dann sage ich: «Egal. Aber was ist denn nun passiert?»

Sie schnäuzt sich umständlich, zieht die Tasse zu sich heran und seufzt.

«Ich habe einen Job», sagt sie dann.

«Aha», antworte ich und kann auf Anhieb nichts Tragisches an dieser Nachricht entdecken.

«Fünf Monate Australien. Könnten auch sechs oder sieben werden.»

Ich überlege einen Moment, werfe dann einen Blick zu Jona und ahne nun, was Audreys Besuch zu bedeuten hat. Ich soll meinen Sohn für ein halbes Jahr zu mir nehmen. Deshalb die vielen Koffer. Es handelt sich also nicht um Audreys, sondern um Jonas Gepäck.

Sie sieht mir offenbar an, dass ich den Grund ihres Kommens erraten habe, denn sie nickt sachte. «Könntest du, würdest du … ihn nehmen?»

Ich weiß nicht, ob ich in wilde Panik ausbrechen oder einen Freudentanz veranstalten soll. Klar möchte ich meinen Sohn zu mir nehmen. Ich wünsche mir schließlich schon seit Monaten, mehr Zeit mit ihm verbringen zu können. Andererseits habe ich großen Respekt davor, ein mittelloser, alleinerziehender Vater zu sein. Und nebenbei muss ich schon sehr bald einen Einbruch begehen und einen Freund vor dem Knast bewahren. Auch dabei könnte ein Säugling hinderlich werden. Trotzdem …

«Ich hab mir das Gehirn zermartert, was ich tun soll», erklärt Audrey, bevor ich ihre Frage beantworten kann. «Aber wahrscheinlich werde ich beruflich nie wieder so eine Chance bekommen wie diese. Die größte Agentur der Welt hat mich angefragt. Die Bilder werden später in allen wichtigen Museen gezeigt, und ich arbeite mit den besten Fotografen, die es gibt.» Sie hält inne und sieht nun unendlich traurig aus. «Ich könnte es mir nie verzeihen, wenn ich diese Chance vertun würde.»

«Du möchtest, dass ich ihn jetzt sofort nehme?», vermute ich.

Sie nickt. «Ich wollte uns beiden keine lange Bedenkzeit geben. Das Taxi wartet. Mein Flug geht in drei Stunden. Wenn du jetzt ablehnst, dann werde ich den Job canceln und nach London zurückkehren. Das hier ist also gewissermaßen ein … Gottesurteil.» Sie versucht ein Lächeln.

«Warum nicht Elisabeth oder Melissa?», frage ich. «Oder auch Iris.»

«Verschiedene Gründe», antwortet Audrey. «Letztlich sind aber alle der Ansicht, dass er bei seinem Vater sein sollte, wenn schon seine Mutter nicht da ist.» Offenbar ist es Elisabeths traditionellem Familienverständnis zu verdanken, dass ich diesmal ausnahmsweise in der Hierarchie nicht ganz unten stehe. Audrey schluchzt, reißt sich aber sofort wieder zusammen. «Melissa würde dir helfen. Zumindest in der ersten Zeit. Sie kommt morgen oder übermorgen.»

Wir sehen uns an. Audrey erwartet meine Entscheidung.

«Eins noch», sagt sie und nippt an ihrem Kaffee. «Ich nehme es dir nicht übel, wenn du ablehnst. Ich möchte nicht, dass du denkst, ich würde …»

«Ich bin einverstanden», unterbreche ich. Da ich schon zu Beginn des Gesprächs einverstanden war, erübrigt es sich, dass Audrey noch länger Überzeugungsarbeit leistet. Sie verpasst sonst noch ihren Flieger.

Wieder fließen die Tränen, sie springt auf und drückt mir einen feuchten Kuss auf den Mund. «Ich weiß, dass er bei dir gut aufgehoben ist.»

Sie schnappt sich ihre Umhängetasche vom Gepäckstapel, wirft dabei einen Blick zum Kinderwagen und reißt sich von dem Anblick los.

«Ich verabschiede mich schon seit zwei Tagen von ihm», sagt sie, während ihre Tränen aufs Parkett tropfen. «Ich werde jetzt nicht noch einmal nach ihm sehen, sonst schaffe ich das alles hier vielleicht nicht.»

Entschlossen geht sie zur Tür, wendet sich aber noch einmal um.

«Er wird es ganz sicher gut bei mir haben», sage ich. «Mach dir also keine Sorgen. Und viel Glück für den Job.»

«Danke», haucht sie unter Tränen. Dann fällt die Tür ins Schloss.

Ich könnte schwören: Es dauert exakt jene zwei Minuten, die Audrey benötigt, um mit dem Fahrstuhl ins Erdgeschoss zu gelangen, das Haus zu verlassen und im Taxi davonzubrausen, bis Jona zu schreien anfängt.

Weder eine neue Windel noch ein Fläschchen können ihn beruhigen. Selbst eine Loftrundfahrt mit dem Kinderwagen hilft nichts.

Vielleicht hat er Schmerzen, mutmaße ich und beginne mit einer Hand in den diversen Taschen und Koffern nach einem Fieberthermometer zu wühlen, während ich mit der anderen meinen brüllenden Sohn halte.

«Was ist los?», fragt Günther und stellt seine Einkaufstaschen ab.

Ich habe ihn nicht kommen gehört, weil Jona mir direkt ins Ohr brüllt.

«Gut, dass du da bist», sage ich.

«Wem gehört denn das Baby?», will Günther verblüfft wissen.

«Das ist mein Sohn», erwidere ich. «Halt mal!» Mit diesen Worten drücke ich ihm Jona an die Brust, um endlich beide Hände für die Suche nach dem Fieberthermometer frei zu haben. Erst mit einer Verzögerung von mehreren Sekunden stelle ich fest, dass Jona plötzlich verstummt ist.

Erstaunt erhebe ich mich und mustere Günther, der das zufrieden dreinblickende Baby auf dem Arm hat.

«Was war das?», frage ich.

Günther zuckt mit den Schultern. «Keine Ahnung.»

Ich strecke die Arme aus, Günther reicht mir Jona, und im nächsten Moment schreit dieser wieder wie am Spieß.

Rasch gebe ich ihn Günther zurück, und Jona verstummt.

Jetzt wundert sich auch Günther.

«Nochmal», sage ich fasziniert, nehme mein Baby und gebe den im nächsten Moment brüllenden Säugling wieder an Günther zurück, was Jona abrupt verstummen lässt.

«Du bist ein Babyflüsterer», stelle ich perplex fest.

«Kann schon sein», erwidert Günther, nicht ohne Stolz. Er lächelt zufrieden, dann geht ihm plötzlich ein Licht auf. «Moment mal! Von wegen Babyflüsterer! Wenn du glaubst, dass ich jetzt andauernd auf deinen Sohn …»

Günther verstummt, weil Jona ihm nun ein zahnloses Lächeln schenkt. Das könnte einen Stein erweichen. Ich sehe, wie Günther dahinschmilzt.

«Na ja. Ich kann ihn ja jetzt erst mal nehmen, damit Ruhe ist», nuschelt Günther und schielt fast verlegen zu meinem immer noch lächelnden Sohn.

«Super!», sage ich schnell. «Wir haben bestimmt auch hier irgendwo so ein Trageding. Dann hast du die Hände frei.»

Wenig später hat Günther sich Jona vor die Brust geschnallt.

«Perfekt», stelle ich fest. «So kannst du schon mal üben. Iggy ist doch bestimmt auch bald schwanger.»

«Möglich», sagt Günther zufrieden. «Und? Wie steht mir ein Baby?»

«Ganz gut», sage ich. «Die Größenverhältnisse sind witzig. Du siehst aus wie ein Bär, der von einem Eichhörnchen als Kletterwand benutzt wird.»

Günther überlegt kurz, dann grinst er zufrieden. «Frauen finden das bestimmt süß.»

«Ja. Gut möglich.»

Frauen finden Männer mit Babys sowieso süß, stelle ich am übernächsten Tag fest. Wir haben unseren Einbruch verschieben müssen, weil Melissa inzwischen eingetroffen ist und Schamski nun eine gute Erklärung dafür braucht, dass er eine ganze Nacht lang nicht zu Hause sein wird. Deshalb nutze ich die Zeit für meinen Sohn. Ich mache mit Jona ausgedehnte Spaziergänge und tausche mich mit anderen Eltern über spezielle Fragen der Säuglingspflege und -ernährung aus. Meistens spreche ich mit Müttern, die mir unterwegs begegnen und mich entweder für einen sensiblen Akademiker in Elternteilzeit oder für alleinerziehend halten.

«Und? Was stimmt nun? Elternteilzeit oder alleinerziehend?», will Hilde wissen. Sie ist Ende dreißig, trägt Jeans, Boots, einen groben Strickpulli und eine modische Kurzhaarfrisur. Vor geschätzten zwei Minuten hat sie sich zu mir auf die Bank gesetzt und dann keine Minute gebraucht, um zu dieser Frage überzuleiten.

«Alleinerziehend», antworte ich. «Zumindest momentan.»

Sie mustert mich erstaunt. «Was soll das heißen? Momentan?»

«Manchmal hat die Mutter das Kind, manchmal ich», erkläre ich.

Hilde schürzt ihre schönen, vollen Lippen. «Ihr seid aber nicht zusammen, oder?»

Das geht dich eigentlich nichts an, liebe Hilde, denke ich, sage aber: «Nein. Wir sind nicht zusammen.»

«Siehst du, hab ich gleich gewusst», erwidert Hilde. Dann springt sie auf und ruft: «Annika-Lena! Wenn du dich jetzt noch ein einziges Mal bei der Rutsche vordrängelst, dann gehen wir beide sofort nach Hause! Ist das klar, verdammt!?»

Ein Mädchen von vielleicht drei Jahren in einem etwas zu großen Anorak dreht sich zu uns, fuchtelt empört mit den Armen und schreit: «Aber ich hab mich doch gar nicht vorgedrängelt!»

«Ich hoffe, wir haben uns verstanden, junge Dame», erwidert Hilde und lässt sich wieder auf die Bank sinken.

«Wieso wussten Sie, dass ich alleinerziehend bin?», frage ich.

«Na ja. Männer kommen mit ihren Kindern eigentlich

erst dann auf den Spielplatz, wenn die Kinder alt genug sind.» Hilde wirft einen Blick in meinen Kinderwagen. «Wie alt ist … er?»

Ich nicke. «Vier Monate.»

Sie nickt ebenfalls und sieht mich an. Dann lächelt sie und flirtet ein wenig. Ich bin zwar aus der Übung, aber ein Lächeln und einen kleinen Flirt bekomme ich dann doch noch einigermaßen hin.

«Vielleicht ist es auch nur so, dass Alleinerziehende automatisch einen Blick für andere Alleinerziehende haben», vermutet Hilde listig.

Ich verstehe. Wir beide könnten so eine Art Schicksalsgemeinschaft bilden. Alleinerziehende, die sich gegenseitig helfen, weil sie glauben, dass nur andere Alleinerziehende deren Probleme verstehen. Darauf habe ich überhaupt keine Lust, weshalb ich überlege, wie ich mich mit einer freundlichen Bemerkung aus dem Staub machen kann. Zu spät.

«Ich habe zu Hause einen Herd», beginnt Hilde. «Bei dem funktionieren nur noch zweieinhalb Platten. Das reicht immerhin für eine Pasta. Hier ist also mein Vorschlag. Ich koche uns was, wir trinken ein paar Gläser Wein, und danach schlafen wir miteinander. Vielleicht auch nicht, aber höchstwahrscheinlich doch. Wenn es uns gefällt, treffen wir uns wieder, sonst geht jeder seiner Wege, und falls wir uns danach hier begegnen, dann grüßen wir uns freundlich und behandeln einander mit Respekt.»

Sie hat während des kurzen Monologs eine Visitenkarte aus ihrer Tasche gezogen und eine Telefonnummer darauf notiert. Nun reicht sie mir die Karte und amüsiert sich dabei über mein erstauntes Gesicht.

«Die Antworten auf deine Fragen lauten: Erstens, weil ich

auch ab und zu einen netten Abend und ein bisschen Sex brauche. Zweitens, weil ich sonst kaum Gelegenheit habe, Männer kennenzulernen, die nicht wahlweise verheiratet oder verbockt sind. Drittens, weil ich klare Verhältnisse mag. Und viertens, weil du mich nicht im Entferntesten an den blöden Arsch erinnerst, der mich und meine Tochter hat sitzenlassen.»

Sie reicht mir ihre Visitenkarte. «Würde mich freuen.»

Bevor ich etwas erwidern kann, ist sie aufgesprungen und strebt mit großen Schritten auf die Rutsche zu, wo Annika-Lena sich gerade vordrängelt.

Ich schaue auf die Visitenkarte. Dr. Hildegard Zweppner-Rausch, Ernährungsberaterin. Darunter ist die Adresse eines Instituts für ganzheitliche Körpertherapien zu lesen.

Als ich wieder aufschaue, ist Dr. Zweppner-Rausch mitsamt ihrer Tochter Annika-Lena verschwunden.

Ich stecke die Karte ein. Ich wäre nie auf die Idee gekommen, einen Kinderspielplatz anzusteuern, wenn Fred sich heute nicht geweigert hätte, mich zu begleiten. Momentan scheint er wegen der Betäubungsmitteltests, die wir an ihm vorgenommen haben, sauer zu sein. Egal, Freds Verweigerung hat mir die Begegnung mit Hilde beschert. Und die wiederum hat mich daran erinnert, dass ich schon länger keinen Sex mehr hatte. Kommt mit auf die Liste jener Dinge, die ich gut gebrauchen könnte. Liebe, Glück, Geld und ein Zuhause stehen auch schon drauf.

Auf dem Weg zu unserem nächtlichen Einsatz nehme ich mir vor, Hildes Angebot anzunehmen, sobald die Sache mit dem Verlag geklärt ist. Ob wir tatsächlich im Bett landen, sei dahingestellt, aber ich hätte gerne auch mal wieder ein Date. Der Gedanke an eine Affäre mit Hilde kommt mir allerdings irgendwie seltsam vor. Vielleicht bin ich gerade in zu vielen Leben unterwegs und muss erst einmal herausfinden, welches meins ist.

Melissa ist inzwischen über unsere nächtliche Einbruchsaktion umfassend informiert. Schamski wollte sie nicht belügen, hat ihr deshalb gesagt, dass es spät werden könnte, und sie zugleich darum gebeten, nicht weiter nachzufragen.

«Hast du das eigentlich so formuliert?», will ich wissen. «Schatz, bitte frag nicht weiter nach?»

Schamski überlegt kurz, dann fällt ihm der genaue Wortlaut ein. «Ich hab gesagt: Vertrau mir einfach und frag nicht weiter nach.»

Ich muss lachen. «Guido, wenn eine Frau ein Geheimnis wittert, dann gibt sie keine Ruhe, bis sie es gelüftet hat. Das weiß man doch spätestens, wenn man mal verheiratet war, oder?»

«Ich dachte eben, Melissa wäre anders», erwidert Schamski.

«Keine Frau will, dass ein Mann Geheimnisse vor ihr hat. Das ist wahrscheinlich evolutionär so festgelegt. Wie der Beißreflex von Haien oder so. Und Frauen beißen sich erst recht fest, wenn ein Mann von sich aus die Sprache auf ein Geheimnis bringt. Dann läuten alle Alarmglocken.»

«Ja. Das weiß ich jetzt auch», erwidert Schamski. «Aber Melissa hat ja immerhin versprochen, niemandem etwas zu sagen und sich nicht einzumischen. Außerdem kümmert sie sich ja um deinen Sohn, damit du mit uns unbesorgt auf Raubzug gehen kannst.»

«Wofür ich ihr auch wirklich dankbar bin», sage ich und lenke den Wagen auf einen einsamen Parkplatz am Rande eines kleinen Waldstücks.

Schamski streift sich die Skimaske über. «Müssen wir diese Dinger eigentlich tragen?»

«Nein, aber ich dachte, das wäre ganz passend», erwidere ich locker.

«Und du hast keine Bedenken, dass wir zufällig einer Polizeistreife oder ein paar Jägern über den Weg laufen und sofort abgeknallt werden, weil man uns für schwerbewaffnete Terroristen hält?», fragt Schamski.

Ich überlege. Im Rückspiegel sehe ich, dass Günther und Bronko zögern, ihre Skimasken überzustreifen.

«Da hat er nicht ganz unrecht», sagt Günther kleinlaut.

Daran habe ich beim Kauf natürlich nicht gedacht.

«Damit leuchten unsere Gesichter nicht so im Dunkeln», versuche ich die überflüssige Anschaffung zu rechtfertigen.

«Könnte ich sehr gut verstehen, wenn wir Elitesoldaten im brasilianischen Busch wären», erwidert Schamski ungerührt.

«Dann lassen wir die Dinger doch einfach hier», sage ich und pfeffere meine Skimaske in den Fußraum. Die Lust darauf, mich nur einmal im Leben wie ein Krimineller zu fühlen, ist mir inzwischen sowieso vergangen.

Nachdem Fred durch Kostas' Schaufenster gesprungen ist, habe ich Bedenken, ihn allein im Wagen zu lassen. Ich traue meinem Hund ohne weiteres zu, dass er auch durch die Heckscheibe hechtet. Sicherheitshalber binde ich ihn deshalb mit einer extrastarken Lederleine an einen Baum unweit des Autos und stelle Futter und Wasser in Reichweite.

Eine Viertelstunde später gelangen wir an den Zaun, der das Verlagsgelände vor unliebsamen Besuchern schützen soll. Mir ist die Aufgabe zugefallen, die Dobermänner anzulocken und mit unseren präparierten Steaks außer Gefecht zu setzen. Während Schamski, Günther und Bronko im Gebüsch warten, robbe ich zum Maschendraht und rüttele vorsichtig daran. Die Dobermänner sollen zwar alarmiert werden, dürfen jedoch nicht anschlagen. Darin besteht die Kunst. Ich warte, doch nichts geschieht.

Wieder rüttele ich vorsichtig am Zaun und horche in die nächtliche Stille.

Nun hört man in einiger Entfernung den leisen Galopp von Hundepfoten, die sich rasch über Waldboden bewegen.

Im fahlen Mondlicht versuche ich die Konturen der Dobermänner auszumachen. Dem rasch näher kommenden Geräusch nach zu urteilen, müssten die Hunde jeden Moment zu sehen sein.

Ich warte und halte den Atem an. Im nächsten Moment kracht neben mir Fred in den Zaun und erschreckt mich damit fast zu Tode. Ich höre ein leises Jaulen. Er hat sich offenbar ebenfalls erschrocken, scheint aber nicht verletzt zu sein. Ich sehe, dass er seine Leine durchgebissen hat. Den Zaun hat er offenbar nicht bemerkt, aber so ähnlich geht es ihm ja neuerdings auch mit Schaufenstern.

Völlig perplex starre ich meinen Hund an und merke im nächsten Moment, dass sein Blick auf die präparierten Filetsteaks in meinen Händen gefallen ist. Sofort will ich die Beute aus seinem Blickfeld ziehen. Das ist jedoch ein aussichtsloses Unterfangen. Im Vergleich zu Fred ist meine Reaktionsgeschwindigkeit erbärmlich. Obwohl ich meine Hände so schnell wie möglich zur Seite bewege, hat Fred mir zuvor eines der beiden Steaks entrissen und obendrein mit einem einzigen Happen verschlungen.

Er sieht mich an, verdreht die Augen und macht ein Geräusch, das an ein leises Seufzen erinnert. Dann kippt er bewusstlos auf die Seite.

Im nächsten Moment höre ich unmittelbar neben meinem Kopf ein Dobermanngebiss zuschnappen. Ich wirbele herum. Der Wachhund hat versucht, mich durch den Maschendraht zu erwischen. Um ein Haar wäre ihm das auch gelungen. Sein furchterregendes Gebiss ist nur wenige Zentimeter von meinem Gesicht entfernt. Vor Schreck lasse ich das verbliebene Steak auf den Boden fallen, wo der Dobermann es sofort durch den Spalt unterhalb des Zaunes zu erreichen versucht. Es gelingt ihm nicht ganz, weshalb ich mit dem Griff der Taschenlampe nachhelfe. Gierig verschlingt der Hund das Stück Fleisch. Wieder braucht es nur wenige Sekunden, bis das Betäubungsmittel wirkt. Ich frage mich, wo der zweite Dobermann steckt. Das Getümmel hier müsste ihn längst alarmiert haben. Oder aber Schamskis Informationen waren falsch, und es gibt nur einen Wachhund. Ich spähe durch den Maschendraht und suche gleichzeitig in meinem Rucksack nach der Tüte mit den Steaks. Zur Sicherheit haben wir vier Stücke präpariert.

Fast im gleichen Moment höre ich ein wütendes Knurren. Ein dunkler Schatten springt geradewegs auf mich zu. Ich pralle zurück und sehe noch, wie der zweite Dobermann mit voller Wucht gegen den Zaun prallt. Zu meinem Entsetzen löst sich dabei ein Stück des Maschendrahtes. Der leicht benommene Hund rappelt sich auf und versucht nun, sich mit dem Kopf voran durch das enstandende Loch zu zwängen. Er knurrt wütend, seine Augen funkeln gefährlich. Panisch bewerfe ich ihn mit den Steaks. Zufällig öffnet der Hund genau in diesem Moment sein Maul. Und zufällig treffe ich ins Schwarze. Ein Fleischstück landet punktgenau in der Gurgel des Hundes. Der blickt mich bass erstaunt an, dann schluckt er heftig. Im nächsten Moment verdreht er die Augen und wird ohnmächtig.

Ich lasse mich auf den Rücken rollen und atme ein paar Mal tief durch.

Über mir erscheint das Gesicht von Schamski. «Du

scheinst ein Faible für verrückte und gemeingefährliche Hunde zu haben.»

Ich nicke matt. Schamski macht sich daran, das Loch im Maschendraht mit Werkzeug zu vergrößern, damit wir hindurchschlüpfen können.

«Paul, das war sehr, sehr cool!», höre ich Bronko sagen. «Außerdem habe ich gerade zwanzig Mäuse verdient, weil du nicht gebissen worden bist. Besten Dank dafür.»

Ich richte mich auf. «Wer hat denn gegen mich gewettet?»

«Ich», sagt Schamski und drückt den Maschendraht zur Seite.

«Und ich auch», erwidert Günther und schiebt sich durch den Spalt.

«Ihr seid echte Freunde», sage ich und krabbele ebenfalls durch den Zaun.

Im Verlag brennt die Nachtbeleuchtung, vermutlich um Diebe abzuschrecken. Die Wachleute sind von der Wirkung dieser Maßnahme offenbar völlig überzeugt, sonst würden sie ja wenigstens gelegentlich einen Blick in das Gebäude werfen. Uns kommt es sehr entgegen, dass man sich in allen Räumen auch ohne den Einsatz von Taschenlampen orientieren kann. Das erleichtert nicht nur die Arbeit, es verringert auch die Gefahr, dass wir entdeckt werden.

Der Server steht in einem der fensterlosen Kellerräume, wo wir ohne Probleme sämtliche Lichter einschalten können.

«Alles klar», sagt Günther, während er seinen Laptop auspackt. «Ich sehe schon, der Server ist kein Problem.» Er wuchtet sich hinter den schrankartigen Rechner und betrachtet das Kabelgewirr auf der Rückseite. «Hier sind ein paar Strippen falsch gezogen. Soll ich das ändern?»

«Bloß nicht!», erwidere ich prompt.

Günthers grinsendes Gesicht erscheint. «War auch nur ein Witz.»

«Okay. Legen wir los!», sagt Schamski. «Je eher wir hier fertig sind, desto früher spendiere ich eine Kiste Wein.»

Ich bin in der obersten Etage eingesetzt. Eine Weile war hier mein Büro, ich müsste mich also eigentlich ganz gut auskennen. Inzwischen sind jedoch die meisten Arbeitsplätze abgewickelt worden. Viele Räume sind leer, in manchen stehen verwaiste Möbel. Computer finde ich nur wenige. Das Büro von Timothy ist eines der wenigen, die noch vollständig eingerichtet sind. Sieht allerdings nicht so aus, als würde hier jemand in Arbeit ersticken. In den Schränken stehen vereinzelte Akten, auf dem Schreibtisch liegen ein paar Unterlagen. Ich stelle fest, dass der Rechner Verbindung zum Netz hat. Günther wird sich also um die Daten kümmern.

Da auf dieser Etage nicht viel zu tun ist, könnte ich einen Blick in Timothys Akten werfen. Ich überlege.

Mein Walkie-Talkie knistert. Dann höre ich Bronko fragen: «Sind eigentlich bei euch auch so viele Räume leer? Ich hab hier höchstens eine Handvoll Rechner. Dürfte keine halbe Stunde dauern, die zu kopieren.»

«Sieht hier ganz ähnlich aus», antworte ich.

Wieder ein Knistern. «Gut. Wenn ihr fertig seid, könnt ihr mir helfen», sagt Schamski. «Hier unten ist genug zu tun.»

«Alles klar», erwidert Bronko.

«Ich komm später nach», sage ich. «Ich will mir nur noch ein paar Unterlagen ansehen.»

«Okay», erwidert Schamski.

Eine Stunde später grübele ich über einem Schriftwechsel, den der Verlag mit diversen Druckereien geführt hat.

Sämtliche Briefe tragen Schamskis Unterschrift, ich würde aber darauf wetten, dass er sie nicht verfasst hat.

«Paul? Was treibst du denn da noch? Wir warten auf dich», tönt Günthers Stimme aus dem Walkie-Talkie.

Kurz entschlossen raffe ich die Blätter zusammen und stecke sie in meinen Rucksack. «Bin schon unterwegs», verkünde ich.

Rasch stelle ich die Ordner ins Regal zurück, verlasse das Büro und husche den Gang entlang. Ich will gerade das Treppenhaus betreten, da höre ich Schamski flüstern: «Paul! Bist du da? Paul!» Er klingt leicht panisch.

«Was ist denn?», frage ich.

«Bleib oben und versteck dich», erwidert Schamski. «Timothy und Konstantin sind im Anmarsch. Zusammen mit den Wachleuten.»

«Aber wieso …?», erwidere ich hilflos.

«Keine Ahnung, was die hier wollen», unterbricht Schamski. «Wir verschwinden durch die Hintertür und warten am Auto auf dich.»

«Sind wir aufgeflogen, oder was ist los?», frage ich.

«Glaube ich nicht», erwidert Schamski. «Aber das wirst du ja gleich merken. Wenn sie die Bude auf den Kopf stellen, dann sind wir wahrscheinlich aufgeflogen.»

«Warum sollten die sonst mitten in der Nacht hier auftauchen?»

«Hör zu, Paul», erwidert Schamski leicht ungehalten. «Ich würde sehr gern noch mit dir plaudern, aber ich bin gerade zusammen mit ein paar anderen Leuten auf der Flucht. Also, wie gesagt: Wir warten am Auto. Lass dich nach Möglichkeit nicht erwischen. Viel Glück! Over and out!»

Während des Gesprächs bin ich ans Ende des Flures gegangen, wo ich nun auf den Archivraum zusteuere. Da die

Büros praktisch leergefegt sind, würde man mich dort mit Leichtigkeit finden. Ich hoffe deshalb, dass ich im Archiv untertauchen kann, wo sich gewöhnlich Kram stapelt, den keiner mehr braucht und für dessen Entsorgung sich niemand verantwortlich fühlt. Vorausgesetzt, Timothy hatte noch keine Gelegenheit, einen Entrümpler zu beauftragen.

Ich habe Glück. Während ich das «Pling» des Fahrstuhls höre, zwänge ich mich hinter einen Stapel Kartons mit alten Zeitungsausgaben. Hier bin ich zwar nicht völlig in Sicherheit, aber einigermaßen.

«... ist jetzt nicht wichtig. Ich meine ja nur, wir hätten ihn auch am späten Nachmittag anrufen können», sagt Timothy, während das leise Rumoren der Fahrstuhltür zu hören ist, gefolgt von Schritten im Flur.

«Mein lieber Schwiegersohn, da bin ich aber ganz anderer Meinung», erwidert Konstantin. Er klingt äußerst pikiert.

Mit Unbehagen stelle ich fest, dass die Tür zum Flur nicht richtig geschlossen ist. Durch den Spalt kann ich Konstantin erkennen, der nun abrupt stehen bleibt. Ich ducke mich instinktiv.

«Wenn in einer halben Stunde in Tokio der Tag beginnt, dann möchte ich einer der ersten Geschäftsfreunde sein, die Mr Kayama zum Geburtstag gratulieren», fährt Konstantin fort. «Das ist eine Frage der Wertschätzung. Außerdem wollen wir Geld von den Asiaten und nicht umgekehrt.»

Ich muss grinsen. Konstantins Faible für gehobene Umgangsformen scheint inzwischen seltsame Blüten zu treiben. Damit hat er auch schon mich auf die Palme gebracht.

«Ich fürchte, angesichts der neuesten Entwicklungen sind wir sowieso nicht länger attraktiv für Mr Kayama», erwidert Timothy leise.

«Was soll das heißen?», fragt Konstantin.

Gespannt warte ich auf Timothys Reaktion, aber der schweigt.

Ich wage einen Blick in Richtung Türspalt, um zu sehen, was draußen vor sich geht, kann aber nur Timothys Rücken sehen.

«Danke für Ihre Hilfe. Aber ich glaube, Sie können jetzt wieder gehen. Falls noch etwas sein sollte, melden wir uns», höre ich nun Konstantin sagen.

Ich stutze. Wen meint er denn?

«Gern. Wir wollten sowieso gerade mit unserer Runde beginnen», höre ich nun eine fremde Stimme sagen, und eine andere, mir ebenfalls unbekannte Stimme fügt hinzu: «Genau. Wollten wir sowieso gerade.»

Während Schritte zu hören sind, wird mir klar, dass Konstantin die Wachleute freundlich hinauskomplimentiert hat, um mit Timothy ungestört reden zu können. Ein leises Quietschen verrät, dass die Tür zum Treppenhaus geöffnet und gleich danach wieder geschlossen wird.

«Was ist denn passiert?», will Konstantin wissen.

«Die Druckerei hat kurz vor Weihnachten eingelenkt. Ich hab das Geld schon transferiert», erwidert Timothy. «Knapp eine Million Euro. Damit dürften wir eine Insolvenz abgewendet haben. Andererseits bleibt von der Firma kaum etwas übrig, was für Kayama interessant sein könnte.»

«Warum hast du mir das nicht gesagt?», fragt Konstantin.

«Du warst im kanadischen Schneesturm ein bisschen schlecht zu erreichen. Außerdem hatten wir ja längst beschlossen, dass wir zahlen würden, wenn sich die Forderung der Druckerei auf nicht mehr als drei Prozent des Vertragsvolumens beschränkt. Du erinnerst dich?»

«Ja, ich erinnere mich», erwidert Konstantin zerknirscht.

«Ich dachte eigentlich, das wäre eine gute Nachricht», bemerkt Timothy.

Schweigen. Timothy bewegt sich ein wenig zur Seite, und durch den Türspalt kann ich für einen Moment Konstantins ebenso nachdenkliches wie besorgtes Gesicht sehen. «Was bleibt uns am Ende?»

«Nicht viel», antwortet Timothy. «Dreißig-, vielleicht vierzigtausend. Aber das Cottage in London muss nicht verkauft werden. Und obendrein behält Elisabeth ihre Rente.»

«Siebenhundert Euro», bemerkt Konstantin, und es klingt fast spöttisch.

«Ich weiß, dass das eine Katastrophe ist. Mir geht es nicht anders. Ich habe auch alles verloren», erwidert Timothy. «Diese Krise hat einfach niemand kommen sehen. Wir können froh sein, dass überhaupt noch Geld da ist. Andererseits weiß ich, wenn die Familie zusammenhält, dann schaffen wir auch einen Neuanfang.»

Was für ein elender Heuchler, denke ich und sehe, dass Konstantin nach kurzem Zögern nickt und dann seinem Schwiegersohn anerkennend auf die Schulter klopft.

«Wir werden Mr Kayama jetzt reinen Wein einschenken», entscheidet Konstantin. «Wenn er danach immer noch investieren will, gut. Wenn nicht, auch gut.»

Die beiden setzen sich in Bewegung. Wenig später ist das Öffnen und Schließen einer Tür zu hören, dann herrscht Stille.

Ich muss ein Niesen unterdrücken. Die Kartons sind staubig. Ewig kann das hier ja nicht dauern, denke ich. Mit etwas Glück werde ich in einer halben Stunde am Auto sein.

VIEL GLÜCK IN LONDON, PAUL

«Danke, ihr Arschgeigen!», sage ich, als ich geschlagene vier Stunden später in Bronkos Loft eintreffe, wo meine Freunde bei Wein und Botschaftshäppchen den erfolgreichen Abschluss unserer Einbruchsaktion feiern.

«Warum kommst du denn jetzt erst?», will Bronko wissen und stellt mir ein Glas und einen Teller hin.

«Ich hab mich zuerst fast eine Stunde im Verlag verstecken müssen. Dann hat es mich noch mehrere Stunden gekostet, zu Fuß hierherzukommen, weil meine allerbesten Kumpel mich einfach im Stich gelassen haben.»

«Die Wachleute waren uns auf den Fersen», erwidert Schamski. «Also haben wir deinen bewusstlosen Hund eingepackt und uns vom Acker gemacht.»

«Wir dachten, du würdest ein Taxi nehmen», ergänzt Günther, der nebenbei mit seinem Laptop beschäftigt ist.

«Ich habe das für keine gute Idee gehalten, weil der Taxifahrer mich später vielleicht wiedererkennen könnte.»

«Das war aber ein bisschen übervorsichtig», erwidert Schamski. «Offiziell gibt es weder einen Einbruch noch einen Diebstahl.»

«Das stimmt nicht ganz», sage ich und werfe die Unterlagen, die ich in Timothys Büro mitgenommen habe, auf den Tisch.

Bronko verzieht das Gesicht. «Wenn das mal eine gute Idee war, Paul.»

«Ging nicht anders. Ich ahne, wie Timothy sich die Kohle unter den Nagel gerissen hat. Aber ich hatte nicht genug Zeit, mir alles in Ruhe anzusehen.» An Schamski gewandt, frage ich: «Habt ihr eigentlich vor einer Weile die Druckerei gewechselt?»

Der nickt. «Ja. Stimmt. Wir hatten ein außergewöhnlich preiswertes Angebot von einer Firma aus Belgien. Gedruckt werden sollte in Polen.»

«Aber dazu ist es nie gekommen», vermute ich.

«Genau. Woher weißt du das?», fragt Schamski verblüfft.

«Erkläre ich euch später», sage ich und schaue zu Günther. «Dauert es eigentlich noch lange, bis die Daten aufbereitet sind?»

Günther blickt von seinem Laptop hoch und sieht mich stoisch an. «Hast du eigentlich irgendeine Ahnung davon, was ich hier gerade mache?»

«Nicht die geringste.»

«Eben», erwidert Günther. «Nimm dir ein Glas Wein und iss einen Happen. Ich bin gleich fertig. Und Paul? Bitte entspann dich!»

Ich setze mich und gieße mir Wein ein.

Um Timothys Betrug beweisen zu können, brauche ich Lisas Hilfe. Wir sind ohnehin für morgen Abend zum Essen verabredet. Ein Abschiedsessen, weil sie übermorgen nach Detroit fliegt. Ihre Möbel sind bereits abtransportiert, deshalb lebt sie einige Tage im Hotel. Als ich dort eintreffe, ist sie gerade beim Packen.

«Habe ich mich im Datum geirrt?», frage ich verblüfft.

Sie schüttelt den Kopf. «Nein. Ich muss dir nur leider für morgen absagen. Ich fliege noch heute Abend nach Kuba.»

Ich warte, doch sie macht keine Anstalten, mir zu erklären, was sie so plötzlich auf Kuba will.

«Du hast eine Zuckerrohrplantage geerbt», witzele ich.

Keine Reaktion.

«Du willst dich auf Hemingways Spuren durch Havanna saufen», setze ich nach.

Sie sieht mich mit ernster Miene an. «Ich treffe mich mit Tommi. Er hat eine Konzertpause und möchte, dass wir nochmal in Ruhe über alles reden.»

«Auf Kuba», stelle ich fest.

Lisa zuckt mit den Schultern. «Ja. Für ihn ist das nicht so weit, und für mich liegt es sowieso fast auf dem Weg nach Detroit.»

«Glücklich scheinst du darüber aber nicht zu sein.»

Sie hält inne, dann setzt sie sich auf die Bettkante. «Stimmt. Ich habe ein bisschen Angst davor, dass Tommi mich überreden könnte, mit ihm zu gehen. Ich liebe ihn immer noch. Aber ich weiß nicht, ob ich ein Leben als Groupie ertragen könnte.»

Ich ziehe den Schreibtischstuhl zu mir heran und setze mich ebenfalls. «Ist doch toll, dass du in deinem Alter noch als Groupie arbeiten kannst. Wenn das mit Tommi nicht klappt, dann gehst du einfach zu den *Flippers*.»

Sie verzieht keine Miene.

«Oder …» Ich überlege. «Lebt Chris de Burgh eigentlich noch?»

Ein kaum messbares Lächeln huscht nun über ihr Gesicht. Das war knapp. Ich hatte schon damit gerechnet, dass sie mich gleich rauswerfen würde.

«So wie ich dich kenne, meinst du das auch noch ernst», erwidert Lisa.

Ich nicke. «Zumindest das mit Chris de Burgh.»

Sie seufzt. «Tommi hat wieder mit Alkohol und Drogen angefangen. Soll ich ab jetzt jeden Abend in irgendeinem

Hotel sitzen und darauf warten, dass er eines Tages Vernunft annimmt?»

Ich zucke mit den Schultern. «Wenn du absolut sicher bist, dass du das alles nicht willst, warum fliegst du dann überhaupt?»

Sie sieht mich an und überlegt. «Wahrscheinlich hoffe ich, dass ich ihn umstimmen kann.» Sie wartet auf meine Reaktion, aber ich schweige.

«Du könntest mir sagen, dass das Quatsch ist», sagt sie nach einer Weile.

«Den Teufel werde ich tun. In der Liebe macht sich jeder so zum Affen, wie er muss. Dabei sollte man niemandem reinreden.»

«Das meinst du auch ernst, oder?», fragt Lisa und lächelt schmal.

Ich nicke bedächtig. «Was erwartest du von einem Mann, der in Liebesdingen so ziemlich alle Fehler gemacht hat, die überhaupt machbar sind?»

Lisa runzelt die Stirn. «Aber vielleicht kannst du mir wenigstens eine ganz allgemeine Frage beantworten.»

Ich zucke mit den Schultern. «Ich werd es versuchen. Schieß los!»

«Würdest du sagen, dass man in der Liebe schlimme Fehler riskieren oder lieber auf Nummer sicher gehen sollte?»

«Ich will nicht philosophisch werden», antworte ich. «Aber meine Vermutung ist, dass die schlimmsten Fehler in der Liebe immer dann passieren, wenn man auf Nummer sicher geht.»

Sie erhebt sich lächelnd und drückt mir einen Kuss auf den Mund. «Ich bin froh, dass es mit uns beiden nicht geklappt hat. Als Exmann bist du wirklich Weltklasse.»

«Danke», sage ich. «Ich habe noch nie ein so lecker vergiftetes Lob bekommen. Lieber wäre mir allerdings, du würdest mir noch wegen dieser Sache mit Schamski helfen.»

Sie zieht eine Visitenkarte aus ihrer Jeans. «Ein Kollege von mir. Er kennt sich mit Wirtschafts- und Insolvenzrecht bestens aus. Ich habe ihm schon gesagt, dass du ihn anrufst.»

«Danke», sage ich und nehme die Karte entgegen. «Das ist wirklich toll, ich hab nur leider gerade … ähm … ein kleines finanzielles …»

«Kein Problem», unterbricht sie. «Er schuldet mir noch was.»

«Grüß Tommi bitte nicht von mir», sage ich zum Abschied.

Sie lächelt.

Lisas Kollege heißt Professor Brosch. Er macht am Telefon einen derart behäbigen Eindruck, dass ich ihn mir als Tattergreis mit schlohweißem Haar und einem Hörrohr vorstelle. Entgegen meiner Befürchtung, dass seine Recherche Monate in Anspruch nehmen könnte, ruft er nach zwei Stunden zurück. «Ihre Vermutung ist richtig. Mr Huntington hat definitiv Geld veruntreut. Ob Sie es allerdings schaffen werden, ihn juristisch zu belangen, halte ich für äußerst fraglich. Und ich würde auch nicht darauf wetten, dass Sie das Geld je wiedersehen werden.» Im Vergleich zu unserem ersten Telefonat wirkt Brosch jetzt regelrecht aufgekratzt.

«Hört sich an, als würden Sie einen Fanclub für ihn gründen wollen», erwidere ich.

Brosch lacht. «Mr Huntington ist ein sehr elegantes Schlitzohr. Als Wirtschaftsanwalt habe ich naturgemäß ein Faible für solche Leute.» Er macht eine Kunstpause. «Ich wollte Ihnen eigentlich nur sagen, dass Sie sehr genau überlegen sollten, wie Sie weiter vorgehen. Ich halte Huntingon für ungewöhnlich clever. Gut möglich, dass Sie noch den Kürzeren ziehen, obwohl Sie gerade das bessere Blatt haben.»

Broschs Bemerkung beschäftigt mich dermaßen, dass ich noch Stunden später darüber grübele, wie ich Schamski aus der Patsche helfen, gleichzeitig aber auch Timothy das gestohlene Geld wieder abjagen kann. Sosehr ich mir auch das Gehirn zermartere, mir fällt keine schlagende Lösung ein.

Meine Spielplatzbekanntschaft Hilde liegt neben mir und raucht. Sie hält mir die Zigarette hin. «Magst du?»

Ich schüttele den Kopf. «Danke. Ich will es mir abgewöhnen.»

Hilde und ich haben heute Abend ein paar Gläser Wein getrunken, Pasta gegessen und sind dann quasi vereinbarungsgemäß im Bett gelandet. Da unser Sex rein pragmatische Gründe hatte, haben wir sicher beide kein erotisches Topevent erwartet. Unser Schäferstündchen verlief dann auch erwartungsgemäß unspektakulär. Allerdings kann selbst pragmatischer Sex ansprechender sein als jener, den Hilde und ich gerade veranstaltet haben. Ich weiß nicht, woran es gelegen hat, und beschließe, die Sache einfach auf sich beruhen zu lassen.

«Ich glaube, ich weiß, woran es gelegen hat», sagt Hilde plötzlich. «Wenn beim Sex nur einer an einen anderen denkt, dann klappt die Sache meistens noch ohne Probleme. Wenn aber beide mit ihren Gedanken woanders sind, dann …» Sie sucht nach einer guten Formulierung.

«Bei wem warst du denn mit deinen Gedanken?», frage ich.

Sie rollt sich auf die Seite, stützt ihren Kopf in eine Hand und lächelt. «Von mir ist schon die Theorie. Also fängst du mit den Bekenntnissen an.»

Ich greife nach ihrer Zigarette, nehme einen tiefen Zug

und überlege. War ich nicht bei der Sache, weil Timothys Betrug mir nicht aus dem Kopf geht? Oder beschäftigt mich in diesem Zusammenhang etwas ganz anderes?

In meinem Alter sollte man versuchen, sich möglichst selten selbst zu belügen. «Sie heißt Iris», sage ich. «Sie ist verheiratet, lebt in London, und wir hatten kurz vor ihrer Hochzeit eine sehr kurze Affäre.»

«Du bist also ausgestochen worden», stellt Hilde erbarmungslos fest.

«Ja. Im Prinzip schon», bestätige ich.

Ich gebe ihr die Zigarette zurück. Hilde benutzt sie, um zwei neue anzuzünden, und reicht mir eine davon.

«Wie würdest du deine Chancen einschätzen, sie zurückzuerobern?»

«Solide null Prozent, würde ich sagen.»

«Aha. Und könnte man diese traumhafte Quote irgendwie verbessern?»

«Keine Ahnung. Momentan versuche ich, ihren Mann ins Gefängnis zu bringen. Vielleicht hilft mir das ja weiter.» Ich ziehe an meiner Zigarette. Schmeckt scheußlich. Ich ziehe erneut, um sie mir schönzurauchen.

«Hat er es denn verdient, hinter Gittern zu landen?», fragt Hilde.

«Hundertprozentig.»

«Und weiß sie es?»

«Was?»

«Weiß sie von seinen krummen Dingern?»

«Nein. Ich glaube nicht.»

«Und weiß sie davon, dass du ihm auf den Fersen bist?»

«Nein. Das ganz bestimmt nicht.»

Abrupt setzt Hilde sich auf. «Dann musst du es ihr sagen.»

«Was … sagen?», frage ich verwirrt.

«Du musst dieser Iris sagen, dass ihr Mann kriminell ist und dass du ihn dafür in den Knast bringen wirst. Wenn du es ihr nicht sagst, steht dieser Vertrauensbruch ewig zwischen euch.»

«Was denn für ein Vertrauensbruch?», will ich wissen.

Hilde sieht mich an, als wäre ich enorm schwer von Begriff. «Na, sie wird doch später denken, dass du geglaubt hast, sie würde mit ihrem Mann unter einer Decke stecken.»

Ich setze mich ebenfalls auf. «Weil ich ihr nichts erzählt habe.»

«Genau.»

Ich überlege angestrengt. «Das stimmt. Aber was, wenn Timothy sie doch eingeweiht hat? Vielleicht steckt sie ja sogar mit ihm unter einer Decke.»

Hilde mustert mich. «Ja. Schon möglich. Aber das glaubst du ja nicht.» Sie hält ihre Zigarette zwischen uns. Im Schein der Glut sieht sie mir direkt in die Augen. «Oder etwa doch?»

«Nein. Eigentlich nicht.»

«Wenn du sie wirklich noch liebst, dann solltest du an dieser Stelle einfach mal vertrauen.»

«Auf was? Auf Iris?»

«Auf Iris. Auf die Situation. Einfach darauf, dass sich schon alles zum Guten wenden wird», lächelt Hilde. «Ich weiß, dass Männer mehr Angst vor Vertrauen haben als Frauen vor Bindegewebsschwäche, aber …»

«Allein das Wort ist ja auch schon schlimm», werfe ich ein.

«Was jetzt? Bindegewebsschwäche?»

«Nein. Vertrauen», erwidere ich. «Das klingt so nach kompletter Selbstaufgabe. Nach völliger Auslieferung. Nach bedingungsloser Kapitulation.»

«Aber auch nur, wenn man ein völlig verkorkster Kontrollfreak ist», erwidert Hilde. Ihr Gesichtsausdruck lässt keinen Zweifel darüber, dass sie mich für genauso einen völlig verkorksten Kontrollfreak hält.

Ich rauche und überlege. Mir fällt gerade auf, dass mich schon eine ganze Weile beschäftigt, was wohl aus Iris und Mary-Ann werden wird, wenn die Sache mit Timothy vorbei ist. Das Problem ist zwar nur eines unter vielen, aber vielleicht trägt es in besonderem Maße zu meiner momentanen Entscheidungsschwäche bei. Wie wird Iris reagieren, wenn sie erfährt, dass Timothy die Familie betrogen hat? Wird sie ihm verzeihen? Wird sie auf ihn warten, falls er hinter Gitter muss? Oder wird sie sich auf der Stelle von ihm trennen und die Scheidung einreichen? Und falls Letzteres eintritt, heißt das dann …? Ich versage es mir, den Gedanken weiterzuspinnen. Bevor ich eventuelle Probleme der Zukunft angehe, sollte ich mich mit denen der Gegenwart befassen. Die sind nämlich groß genug.

Ich habe bislang nicht in Betracht gezogen, dass ich es sein könnte, der Iris von Timothys krummen Geschäften berichtet. Dabei ist es nur fair, wenn sie das von mir erfährt. Ich bin schließlich maßgeblich dafür verantwortlich, dass seine Machenschaften ans Licht kommen werden. Die Alternative wäre, Iris vor vollendete Tatsachen zu stellen. So gebe ich ihr immerhin die Möglichkeit, in Ruhe über alles nachzudenken. Außerdem kann ich ihr auf diese Weise Rede und Antwort stehen.

«Und an wen hast du vorhin gedacht?», frage ich Hilde.

«Ach, nicht so wichtig», sagt sie und zündet sich eine neue Zigarette an.

«Dann rate ich mal. Du hast gesagt, ich erinnere dich nicht an den Arsch, der dich und deine Tochter verlassen hat», erwidere ich. «Ich vermute, genau an diesen Arsch hast du eben ein paar Gedanken verschwendet.»

«Nicht schlecht», lobt Hilde. «Wie bist du draufgekommen? Habe ich in wilder Ekstase seinen Namen geschrien?»

«Du hast weder geschrien, noch warst du in Ekstase», erwidere ich wahrheitsgemäß. «Aber wenn eine Frau einem Mann offensichtlich die Pest an den Hals wünscht, dann gibt es nur zwei Möglichkeiten. Entweder sie ist für alle Zeiten fertig mit ihm. Oder sie ist noch lange nicht mit ihm fertig.»

«Wieder nicht schlecht», lächelt Hilde. «Ich gebe zu, ich habe eben an meinen Exmann gedacht. Aber nur kurz.»

«Oh. Ihr ward sogar verheiratet?»

Sie nickt. «Fast vier Jahre. Als ich schwanger wurde, kannten wir uns erst ein paar Monate.»

«Was ja nichts heißen muss», erwidere ich.

«Nein», bestätigt Hilde und seufzt. «Das ist ja gerade das Problem mit der Liebe. Es gibt nichts, was nicht gleichermaßen klappen oder fürchterlich schiefgehen könnte. Dreißig Jahre Ehe sind keine Garantie für die nächsten drei Tage. Aber ein Lächeln von drei Sekunden kann der Beginn einer lebenslangen Liebe sein.»

Langsam schmeckt mir die Zigarette. «Woran lag es bei euch?»

Sie zuckt mit den Schultern. «Das Übliche. Er ist Fremdgeher, Märchenerzähler und Bindungsangsthase. Ein Durchschnittstyp, könnte man sagen.»

«Das klingt jetzt, als hättest du ihn rausgeworfen. Hast du nicht gesagt, dass er dich verlassen hat?», frage ich irritiert.

«Spielt das eine Rolle?», will sie wissen. Es klingt leicht patzig.

Ich schweige. Klar spielt das eine Rolle, aber das weiß sie

selbst. Sicher will sie mir mit ihrer Gegenfrage also nur signalisieren, dass ich im Begriff bin, ihr zu nahezutreten.

«Er ist gegangen», sagt sie nach einer kurzen Weile, und es klingt wie eine Kapitulation. «Ich habe über all seine Eskapaden hinweggesehen und jede Kränkung ertragen in der Hoffnung, dass er sich eines Tages zu mir und unserer Tochter bekennen würde. Stattdessen hat er irgendwann seine Sachen gepackt, um einer Geliebten nach Ibiza zu folgen. Das war vor vier Monaten. Seitdem habe ich ihn nicht mehr gesehen.»

Ich drücke meine Zigarette aus. Sie hält mir die Packung hin, ich schüttele den Kopf. «Danke, nein. Ich will es mir wirklich abgewöhnen.»

«Was meinst du? Soll ich auf ihn warten?», fragt sie zögerlich.

«Nein», antworte ich bestimmt. «Aber das weißt du ja längst selbst.»

Sie sieht mich lange und schweigend an. Dann lächelt sie, und sagt: «Viel Glück in London, Paul.»

Ich kann meine Reise in die britische Metropole beruhigt antreten, weil Melissa meinen Sohn liebend gern noch einen weiteren Tag beaufsichtigt. Ihr und Schamski habe ich gesagt, dass ich einen Anwalt in Brüssel treffe, der mir Informationen über die belgische Firma liefern wird. In Wahrheit bin ich längst im Besitz aller nötigen Informationen. Ich habe ein schlechtes Gewissen dabei, Schamski zu belügen, weil er gerade seine ganze Hoffnung auf mich setzt. Andererseits weiß ich, dass es zu dem persönlichen Gespräch mit Iris keine Alternative gibt.

Meine finanziellen Mittel sind immer noch bescheiden. Also nehme ich den Bus und quartiere mich in einer sehr preiswerten Pension im Londoner Westen ein. Die Inhaberin heißt Mrs Poppins und hat so gar nichts mit dem zauberhaften Kindermädchen gleichen Namens gemein. Mrs Poppins thront hinter einem alten Empfangstresen neben einem massiven Holzkasten, in dem übergroße kupferfarbene Schlüssel hängen, die wie Requisiten aus einem Märchenfilm aussehen.

«Die Rezeption ist rund um die Uhr besetzt», schnauft sie, während sie mir einen der Schlüssel über den Tresen schiebt. «Es kann allerdings sein, dass ich hin und wieder einnicke, dann müssen sie mich kurz anstupsen, wenn Sie Ihren Schlüssel haben möchten.»

Ich beschließe, meinen Schlüssel nicht abzugeben, weil ich Angst davor habe, Mrs Poppins final anzustupsen. Sie ist schon etwas älter, hat starkes Übergewicht, unreine Haut und strohige Haare. Da sie Tag und Nacht hinter diesem Tresen sitzt, besteht ihre einzige Bewegung darin, sich zum Schlüsselschrank umzudrehen. Eine Tüte gewürzter Schweineschwarten lässt außerdem darauf schließen, dass Mrs Poppins sich ein bisschen einseitig ernährt. Wahrscheinlich bin ausgerechnet ich derjenige, der die heimlich verstorbene Pensionsinhaberin heute Nacht von ihrem Hocker stupst. Dieses Risiko möchte ich vermeiden.

«Noch was», sagt sie, als ich bereits im Begriff bin, die ersten Treppenstufen zu nehmen. «Leiser Damenbesuch ist erlaubt. Lauter Damenbesuch nicht. Und Herrenbesuch ist überhaupt nicht erlaubt. Ihre Sauereien, die können Sie gerne in Soho veranstalten, aber nicht unter meinem Dach.»

Um mir lange Diskussionen zu ersparen, nicke ich nur.

Das Zimmer ist geräumig. Der Teppich und die alten Möbel wirken angestaubt. Immerhin macht das Bettzeug einen frischen und sauberen Eindruck. Durch das Fenster fällt diesiges Licht. Man hat den Impuls, die Gardinen zur Seite zu schieben, doch sie sind bereits zur Gänze geöffnet. London liegt im Nebel, und heller wird es heute wohl nicht.

Ich treffe mich mit Iris in einem indischen Restaurant. Sie hat es ausgesucht, weil es preiswert und gut sein soll. Als wir Platz nehmen, werde ich für einen Moment an unser erstes und einziges Rendezvous erinnert.

Vielleicht hat sie eine ähnliche Assoziation, denn als sie sich gesetzt hat, lächelt sie ihr betörendes Lächeln und sagt: «Ich hoffe, deine Geheimniskrämerei war nicht nur ein Vorwand, um mich zu diesem Abendessen zu überreden.»

Sie flirtet ein bisschen. Das macht sie gern, und ich würde ihr aufreizendes Lächeln auch erwidern, wenn wir nicht noch ein sehr unangenehmes Gespräch vor uns hätten.

Iris sieht gut aus. Ein bisschen müde vielleicht, aber das macht sie locker mit dem Strahlen ihrer Augen wett. Sie hat ebenso wie ich keine besondere Garderobe gewählt. An ihrem Schmuck und einem dezenten Make-up erkenne ich aber, dass sie sich dennoch für den Anlass ein bisschen schick gemacht hat. Freut mich irgendwie.

«Guten Abend, die Herrschaften», begrüßt uns ein wieseliger älterer Mann mit dunkler Haut und weißen Haaren. «Ich heiße Balu. Mir gehört das Bombay Balu Restaurant. Wenn Sie irgendeinen Wunsch haben, bitte sagen Sie es mir.» Er faltet die Hände und deutet eine Verbeugung an.

Wir nehmen Wasser und Weißwein. Dann wenden wir uns der Speisekarte zu. Da ich mich gerade nicht auf das Essen konzentrieren kann, nehme ich irgendeinen Salat und dann irgendetwas mit Huhn.

Iris bemerkt meine Nervosität. «Alles in Ordnung?»

«Ja. Es wäre mir nur lieber, wenn dieses Essen unter anderen Voraussetzungen stattfinden würde.»

Sie nickt bedächtig. «Willst du nicht einfach mal damit rausrücken, was dir auf der Seele brennt? Ist es wegen Timothy?»

«Wie kommst du denn darauf?», frage ich erstaunt.

«Weil ich dir vor langer Zeit erzählt habe, dass er mich betrogen hat. Vielleicht willst du mir jetzt sagen, dass er schon wieder untreu ist.»

Ich wundere mich darüber, dass Iris diese Möglichkeit nicht nur gelassen, sondern fast lässig in Betracht zieht. «Offenbar würde dir das nicht allzu viel ausmachen», stelle ich überrascht fest.

«Doch», erwidert Iris. «Ich habe es mir nur schon so oft ausgemalt, dass mir der Gedanke vertraut vorkommt. Einerseits habe ich Angst, dass es wieder passieren könnte. Andererseits kalkuliere ich es irgendwie ein, damit es mich nicht so unvorbereitet trifft wie beim ersten Mal.»

Ich nippe an meinem Weißwein. Seltsame Theorie. Dennoch wäre es mir lieber, wenn wir hier wegen einer Affäre von Timothy säßen. Das, was ich ihr zu sagen habe, wird sie nicht nur unvorbereitet treffen, sondern vermutlich aus der Bahn werfen. Das macht es mir noch schwerer, mit der Sprache rauszurücken.

Da ist plötzlich ein leichtes Flackern in ihren Augen. Ein Anflug von Angst. «Es geht tatsächlich um Timothy, nicht wahr?», vermutet sie leise.

Ich nicke langsam. «Er hat eine große Summe vom Verlag veruntreut.»

Iris wird blass. Fassungslos sieht sie mich an, als würde sie zu ergründen versuchen, ob ich vielleicht nur einen sehr geschmacklosen Witz gemacht habe.

«Ich weiß, das klingt seltsam aus dem Munde desjenigen, den bislang alle für den Niedergang des Verlags verantwortlich gemacht haben.»

«Genau das habe ich gerade auch gedacht», erwidert Iris, und in ihrer Stimme schwingt ein Hauch von Skepsis mit.

«Hier noch alles in Ordnung? Alles zu Ihrer Zufriedenheit?», will Balu wissen. Er ist gerade wie aus dem Nichts an unserem Tisch erschienen.

Der wieselige Gastronom erkennt mit einem Blick, dass wir mit Getränken versorgt sind und uns außerdem in einem schwierigen Gespräch befinden.

«Ich schau mal nach den Vorspeisen», sagt er schnell und verschwindet ebenso plötzlich, wie er zuvor aufgetaucht ist.

«Wenn du mit solchen Gerüchten ...», beginnt Iris drohend.

«Es sind keine Gerüchte», unterbreche ich und lege einen Briefumschlag auf den Tisch. «Ich kann alles beweisen.»

Iris' Blick wandert zwischen mir und dem Umschlag hin und her. Dann verliert sie plötzlich für einen Moment die Fassung und schluchzt haltlos. Doch sie reißt sich augenblicklich wieder zusammen, zieht ein Taschentuch hervor und wischt sich damit verstohlen durchs Gesicht.

Balu erscheint mit den Vorspeisen.

«Jetzt nicht!», faucht Iris.

«Kein Problem!», flötet der erschrockene Inder. «Ich stelle alles hier auf den Nebentisch.» Er tut es und macht sich rasch aus dem Staub.

Iris stützt die Ellenbogen auf. «Erklär es mir», bittet sie.

Ich ziehe die Unterlagen aus dem Umschlag und breite einige Blätter auf dem Tisch vor Iris aus. «Das hier sind diverse Schreiben an eine belgische Firma. Sie wurde damit beauftragt, eine preiswertere Druckerei zu finden. Timothy und

Konstantin dachten, sie könnten den Verlag auf diese Weise gesundsparen.» Ich ziehe ein mehrseitiges Papier, das in englischer Sprache abgefasst ist, aus dem Umschlag. «Das ist der Vertrag mit dem belgischen Unternehmen. Die Maklerfirma fand eine sensationell preiswerte Druckerei in Polen.»

Iris wirkt ungehalten.

«Ich komme sofort zum Punkt», sage ich und schlage eine von mir zuvor markierte Stelle im Druckvertrag auf. «Hier ist geregelt, was passiert, wenn eine der Vertragsparteien ihren Pflichten nicht nachkommt.»

Iris liest sich den betreffenden Paragraphen durch. «Regelungen für einen möglichen Schadensersatz. Das ist meines Wissens nichts Besonderes bei solchen Verträgen.»

«Das stimmt», erwidere ich. «Und die belgische Firma hat sich obendrein kulant gezeigt, als der Verlag von der Vereinbarung mit der polnischen Druckerei zurücktreten musste. Statt der vertraglich fixierten und juristisch einwandfreien Forderung von fünf Prozent des Auftragsvolumens akzeptierten die Belgier nach langen Verhandlungen drei Prozent als Ausfallhonorar. In diesem Fall etwa eine knappe Million Euro.»

Iris blickt vom Vertrag hoch. Sie denkt angestrengt nach. «Ich sehe immer noch nicht, was das alles mit Timothy zu tun haben soll.»

«Als der Druckvertrag neu verhandelt wurde, da war längst klar, dass der Verlag liquidiert werden würde …», beginne ich.

«Wem war das klar?», unterbricht Iris.

«Mir war das damals klar. Deshalb muss es auch Timothy klar gewesen sein. Er war ja mein Finanzvorstand. Er hat den Vertrag mit den Belgiern also nur abgeschlossen, weil er wusste, dass es zum Schadensfall und damit auch zum Schadensersatz kommen würde. Wobei ich mal unterstelle, dass es eine interne Vereinbarung mit einer polnischen Druckerei überhaupt nie gab.»

«Okay. Tun wir mal so, als hättest du recht. Was hat Timothy davon, dass eine belgische Firma ein Ausfallhonorar kassiert?», fragt Iris.

Ich ziehe ein paar Seiten aus dem Umschlag, die Lisas Kollege Brosch mir gegeben hat, und breite sie vor Iris aus.

«Der Hauptgang», verkündet Balu frohgemut, merkt aber sofort, dass die Stimmung am Tisch weiterhin angespannt ist. «Stelle ich einfach hier zu den Vorspeisen», beeilt er sich zu sagen. «Können wir auch nochmal warm machen, falls Sie beide es …»

Er verstummt abrupt, weil er von Iris' Blick gestreift wird wie von einer Gewehrkugel.

«Alles klar. Bin schon weg.» Balu huscht davon.

Iris wendet sich wieder den Unterlagen zu.

«Die belgische Firma wurde erst kurz vor Beginn der Verhandlungen gegründet und ist inzwischen auch schon wieder in Auflösung begriffen», erkläre ich. «Es gab aber einen Gewinnabführungsvertrag mit einem Unternehmen in Montevideo.» Ich ziehe ein letztes Blatt aus dem Umschlag, lege es direkt vor Iris auf den Tisch und zeige auf zwei Wörter, die farbig markiert sind. Die beiden Wörter lauten: Timothy Huntington.

«Montevideo?» Iris sieht mich fassungslos an.

«Ja. Dein Mann hat eine Firma in Montevideo. Und die hat kürzlich knapp eine Million Euro kassiert. Ich vermute aber, das Geld ist längst nicht mehr da. Vielleicht liegt es ja jetzt auf einem Privatkonto in Uruguay. Ihr habt nicht zufällig Urlaubspläne, die damit konvenieren, oder?»

Iris wirkt verzweifelt. «Nein. Aber …»

Ich warte und lese in ihrem Gesicht, dass sie gerade fieberhaft die Konsequenzen zu überblicken versucht.

«Vielleicht … will er ja … allein nach Uruguay», denkt sie laut.

«Entweder das», erwidere ich. «Oder er parkt das Geld in Südamerika, bis Gras über die Sache gewachsen ist.»

«Du meinst, er bestiehlt die Familie und schaut dann auch noch seelenruhig zu, wie alle mit der finanziellen Katastrophe klarzukommen versuchen? Oder schlimmer noch, er heuchelt, dass er alles tut, um uns zu helfen, obwohl er die Misere selbst verursacht hat?»

Ich zucke mit den Schultern. Keine Ahnung, welche Sauereien Timothy zuzutrauen sind. Wahrscheinlich 'ne Menge. Mir persönlich hat er sogar die Frau geklaut. Das ist natürlich Quatsch, denn Iris hätte sich ja auch gegen ihn und für mich entscheiden können. Andererseits hat er auch ihr nie sein wahres Gesicht gezeigt. So richtig objektiv hat sie also nicht entscheiden können.

«Das würde bedeuten, dass ich den größten Dreckskerl aller Zeiten geheiratet habe», resümiert Iris bitter.

«Da möchte ich dir jetzt nicht widersprechen», sage ich.

Iris betrachtet ratlos den Wust von Zetteln auf dem Tisch. Offenbar kann sie das Ausmaß der Katastrophe noch nicht fassen.

«Kein Zweifel?», fragt sie leise nach einem kurzen Schweigen.

Ich schüttele den Kopf. «Ich hab die Sache von einem guten Anwalt prüfen lassen. Alle Puzzlestücke passen perfekt zusammen. Timothy hat in jeder Hinsicht vorgesorgt. Wenn der Verlag zwischenzeitlich in die Insolvenz gerutscht wäre, dann hätte Schamski den Kopf hinhalten müssen.»

«Wieso das?», fragt Iris.

«Timothy hat ihn zum alleinigen Geschäftsführer gemacht. Ich vermute, das war eine Vorsichtsmaßnahme.»

Iris schaut erneut auf die Papiere. Dann dreht sie den Kopf zum Nebentisch, wo unser lauwarmes Essen steht.

«Ich hab keinen Hunger mehr», sagt sie.

Das ist gut nachvollziehbar. «Tut mir wirklich leid. Ich ... Soll ich dich vielleicht nach Hause bringen?»

Sie schüttelt den Kopf. «Nein. Ich will jetzt nicht nach Hause. Außerdem habe ich Großmutter überreden können, auf Mary-Ann aufzupassen. Das möchte ich wenigstens ein bisschen ausnutzen.»

«Gut. Dann sag doch einfach, wonach dir jetzt ist. Und das machen wir dann.»

Sie überlegt einen Moment, dann hellt sich ihr Gesicht auf. «Ich könnte jetzt ein oder zwei Bier vertragen.»

«Okay. Bin dabei», sage ich, schiebe die Papiere zusammen und winke nach Balu.

Der Inhaber des Bombay Balu Restaurant ist entsetzt darüber, dass wir seine hervorragenden Speisen nicht einmal angerührt haben. Ich sage ihm, dass sich das keineswegs gegen die Qualität seiner Küche richtet, sondern mit einem verzwickten persönlichen Problem zu tun hat.

Genau deshalb möchte Balu, dass wir sein Lokal verlassen, ohne auch nur einen einzigen Penny für das Essen zu bezahlen. «In meinem Dorf in Indien, da nimmt man Leute mit verzwickten Problemen sehr gastfreundlich auf. Und wenn sie wieder gehen, dann sagt man ihnen: Du brauchst mir nicht zu danken, und du brauchst mir auch kein Geld zu geben. Aber nimm dein Unglück wieder mit.» Balu faltet die Hände und deutet eine Verbeugung an. «Genau darum möchte ich Sie beide höflich bitten. Sie brauchen mir nichts zu zahlen, aber nehmen Sie Ihr Unglück bitte wieder mit.»

In meiner momentanen finanziellen Situation kommen mir manche indischen Bräuche sehr gelegen.

Wenig später flanieren Iris und ich mit ein paar Dosen Bier an der Themse entlang. Ob wir unser Unglück dabeihaben, wage zumindest ich zu bezweifeln, weil ich im Moment alles andere als unglücklich bin.

Wieder hat Iris offenbar eine ähnliche Assoziation, denn plötzlich sagt sie: «‹Jeder ist seines Glückes Schmied.› Wusstest du, dass das Großmutters Wahlspruch ist?»

«Nein», erwidere ich. «Passt aber zu ihr. Klingt irgendwie preußisch.»

«Sie sagt, was ihr an dem Spruch gefällt, ist die Vorstellung, dass man sein Glück nur mit brutaler Gewalt in die gewünschte Form bringen kann.»

Interessanter Gedanke. Ich überlege, während Iris einen großen Schluck Bier nimmt und dabei in den Himmel schaut.

«Kennst du eigentlich das Auge von London?», fragt sie.

ICH HABE EIN BETT!

Das London Eye ist ein Riesenrad. Man hat von dort aus einen phantastischen Blick auf die britische Metropole. Normalerweise. An schönen Tagen soll man bis Windsor Castle sehen können. An Tagen wie heute, wo London so tief im Nebel steckt, dass Jack the Ripper seine helle Freude gehabt hätte, sieht man nicht einmal Big Ben. Dabei steht der Glockenturm gleich gegenüber, auf der anderen Seite der Themse.

Das behauptet zumindest Iris. Während wir in einer gläsernen Gondel stehen, die in Zeitlupe in die Höhe klettert, erklärt Iris fachkundig, was ich gerade sehen könnte, wenn der dichte Nebel nicht davor wäre. Normalerweise stünden wir jetzt hier mit zwei Dutzend anderen Touristen. Mangels auch nur annähernd passabler Wetterverhältnisse haben wir die Gondel jedoch für uns allein.

Iris zeigt in den Nebel. «Etwa da müsste der Tower of London sein und gleich daneben die Tower Bridge.»

«Schön», sage ich und meine damit sowohl die unsichtbaren Sehenswürdigkeiten als auch ihr Profil.

Sie spürt offenbar, dass ich sie beobachte, denn sie hält plötzlich inne und schweigt. Dann dreht sie den Kopf zu mir. «Was?»

«Glaubst du auch, dass man das Glück schmieden muss?», frage ich.

Sie nippt an ihrem Bier, überlegt einen kurzen Moment.

«Nein», sagt sie dann. «Und das weiß ich aus Erfahrung,

denn ich habe es versucht. Wenn man das Glück ständig verbiegt, dann zerbricht es einem irgendwann.»

Sie schaut wieder nach vorn. Wir schweigen. Plötzlich reißt der Nebel auf, und für einen kurzen Moment kann man einen Blick auf das Lichtermeer unter uns erhaschen.

«Und du?», fragt sie, ohne mich anzusehen. «Was glaubst du, wie es sich mit dem Glück verhält?»

«Ich glaube nicht mal, dass es sich beim Glück um ein Material handelt. Es scheint mir eher ein Wesen zu sein. Vielleicht ein Fabeltier oder so was Ähnliches. Manchmal kann man im Dickicht seine Augen leuchten sehen. Manchmal hat man das Gefühl, dass es einen beobachtet. Es folgt einem auch ab und zu. Und dann wieder nicht. Keiner weiß, warum.»

«Und kann man es nicht einfangen?», fragt Iris.

«Nein. Alle bemühen sich darum, obwohl das völlig sinnlos ist.»

«Das ist aber nur deine Meinung, oder?»

Ich nicke. «Ich bin der festen Überzeugung, dass man nicht mehr tun kann, als sich für das Glück bereitzuhalten. Man muss ihm zeigen, dass man zur Verfügung steht. Alles andere ergibt sich. Oder eben auch nicht.»

Ich stehe schräg hinter Iris und sehe nur anhand eines kaum merklichen Zuckens ihres Ohres, dass sie lächelt.

Im nächsten Moment dreht sie sich zu mir, und in einer fließenden Bewegung, die so schnell passiert, dass ich völlig überrumpelt bin, zieht Iris meinen Kopf zu sich heran und küsst mich leidenschaftlich. Eigentlich müsste ich nun zurückschrecken und sie fragen, was sie da gerade macht. Tatsächlich verschwende ich keine Sekunde an einen derartigen Gedanken. Ich erwidere ihren Kuss und ziehe sie sanft an mich.

Nach einer Weile nimmt sie den Kopf ein kleines Stück zurück und schaut mir tief in die Augen. «Ich würde jetzt gerne mit dir schlafen.»

Dieser Blick und diese Worte verschlagen mir für einen Moment den Atem. «Jetzt sofort?», will ich wissen. «Hier?»

«Nein», erwidert sie ruhig. «Ich will keinen Quickie, ich will mit dir schlafen. Und ich fände es schön, wenn wir dazu ganz klassisch ein Bett benutzen würden.»

«Ich habe ein Bett!», sage ich eifrig. Erst in der nächsten Sekunde fällt mir auf, wie idiotisch diese Bemerkung ist.

Iris lächelt nachsichtig. «Dann sollten wir versuchen, da irgendwie hinzukommen.»

Ein Taxi bringt uns zur Pension von Mrs Poppins. Die Dame ist hinterm Tresen eingenickt. Wir huschen an ihr vorbei, erklimmen leise die knarrenden Treppenstufen in die obere Etage, beeilen uns, in mein Zimmer zu kommen, und lassen uns auf die dicken Daunendecken fallen. Als ich Iris' Haut auf meiner Haut spüre und ihre Lippen im Dunkeln die meinen suchen, erblicke ich aus den Augenwinkeln eine Bewegung am Fenster. Mir scheint, als hätte ich das Antlitz eines seltsamen Fabelwesens im dichten Nebel aufblitzen sehen.

Als ich erwache, ist der Nebel verschwunden. Goldenes Sonnenlicht flutet den Raum und taucht ihn in ein strahlendes Gelb. Noch schlaftrunken, schaue ich an die Decke und taste mit einer Hand nach Iris. Wenn das heute Nacht kein schöner Traum war, dann müsste sie jetzt neben mir liegen. Das Bett ist leer. Irritiert richte ich mich auf. Ich kann sehen, wo sie gelegen hat, und ich kann noch ihre Wärme spüren. Ich denke nach. Zu meiner Beruhigung fällt mir ein, dass dieses Zimmer kein eigenes Bad hat. Wahrscheinlich öffnet sich deshalb jeden Moment die Tür und

Iris erscheint, weil sie das Badezimmer auf dem Flur benutzt hat.

Ich lasse mich wieder in die Kissen sinken, schließe die Augen und atme tief durch.

Als ich erneut erwache, hat sich das Licht verändert. Ich muss länger geschlafen haben. Iris ist immer noch nicht da. Nun bin ich doch ein wenig beunruhigt. Da das Zimmer kein Telefon hat und ich somit Mrs Poppins nicht erreichen kann, werde ich mich wohl anziehen und runtergehen müssen, um nach Iris zu fragen. Vielleicht hat sie mir die Adresse eines hübschen Cafés hinterlassen, wo wir gemeinsam frühstücken werden.

Während ich mich aus dem Bett hieve, durchzuckt mich der Gedanke, dass Iris einfach gegangen sein könnte. Vielleicht stand sie unter Schock, nachdem ich ihr von Timothys Betrug erzählt habe. Vielleicht hat sie deshalb zwar für den Moment gedacht, dass wir beide trotz aller Widerstände eine Zukunft haben könnten. Heute Morgen ist ihr jedoch klargeworden, dass das ein Irrtum war. Dass sie erst mit sich und ihrer Ehe ins Reine kommen muss. Dass wir beide tatsächlich vielleicht eine Zukunft haben, aber nichts überstürzen dürfen. Oder hat sie womöglich gedacht, dass aus uns sowieso nichts werden kann? War die letzte Nacht ein Abschied für immer?

Ich wische den Gedanken beiseite. Viel wahrscheinlicher ist, dass Iris ein schlechtes Gewissen Mary-Ann gegenüber hatte und deshalb nach Hause wollte. Also kein Grund zur Sorge.

Als ich die Hose überstreife, fällt mein Blick auf meinen Mantel, und nun mache ich mir doch wieder Sorgen. Die Unterlagen, die ich Iris gestern gezeigt habe, ragen nicht mehr aus der Innentasche, wo ich sie verstaut hatte. Ich schaue unter den Mantel, unter den Sessel, unters Bett. Ich durchsuche dann leicht panisch jeden Zentimeter des Zimmers. Kein Zweifel. Die Unterlagen sind weg. Wenn Iris sie nicht an sich genommen hat, dann muss ich sie verloren haben. Letzteres wäre mir lieber.

Schamski bestätigt wenig später meine Befürchtungen. «Stimmt. Timothy ist heute nicht in den Verlag gekommen. Warum fragst du? Hast du was damit zu tun?»

«Kann sein», erwidere ich. «Kommst du eigentlich an die aktuellen Kontostände ran? Oder hat Timothy da auch die Hand drauf?»

«Eigentlich macht er alles, was mit Finanzen zu tun hat. Ich kann aber gern mal in der Buchhaltung nachfragen. Ich weiß nur nicht, ob die mir die Wahrheit sagen. Vielleicht hat Timothy die Leute angewiesen, mir nur bestimmte Konten zu zeigen.»

«Das ist gut möglich», erwidere ich und überlege.

«Kommt Günther da nicht vielleicht ran?», fragt Schamski.

«Gute Idee. Frag ihn!» erwidere ich. «Das wäre die einfachste Lösung. Ich mach mich jetzt auf den Weg. Wir treffen uns heute Abend bei Bronko.»

«Stimmt irgendwas nicht, Paul?», will Schamski unbehaglich wissen.

«Das kann ich dir jetzt noch nicht sagen.» Eine miserable Lüge. «Lass uns heute Abend darüber reden.»

Von Elisabeth erfahre ich, dass Iris sich in den frühen Morgenstunden mit Mary-Ann und ein wenig Gepäck auf den Weg zum Flughafen gemacht hat. Ich vermute, Iris ist nicht das Risiko eingegangen, nach Deutschland zu fliegen. Wahrscheinlich hat sie ihren Mann informiert und dann die nächste Maschine nach Südamerika genommen. Timothy dürfte sich deshalb ebenfalls längst über dem Atlantik befinden.

Endgültige Gewissheit will ich mir durch einen Anruf bei Günther verschaffen. Ich bitte ihn, die Passagierlisten der heutigen Frühflüge nach Montevideo zu checken. Ein paar Minuten später ruft er zurück.

«Deine Vermutung war richtig», sagt Günther. «Die drei sind heute nach Uruguay geflogen. Timothy von hier aus, Iris mit ihrer Tochter von London aus. Verrätst du mir, was das zu bedeuten hat?»

«Lieber nicht.»

«Man könnte meinen, sie wären abgehauen.»

«Ich werde euch heute Abend alles erklären. Könntest du die Sache bitte bis dahin für dich behalten?»

«Ist diese … Sache auch der Grund, weshalb ich die Kontostände vom Verlag checken soll?», hakt Günther nach.

«Ja», gebe ich zu.

Schweigen.

«Wir haben also ein Problem», konstatiert Günther.

«Ich befürchte es. Aber sicher bin ich noch nicht», antworte ich.

«Das war keine Frage», erwidert Günther. «Das war eine Feststellung. Ich habe die Geschäftskonten bereits überprüft. Und wir haben definitiv ein Problem.»

«Okay», erwidere ich langsam, um mich ein wenig auf die zu erwartende Katastrophenmeldung einstellen zu können. «Dann sag mir doch mal, was du rausgefunden hast.»

«Die Konten sind alle im Plus. Insgesamt dürften da so um die dreißigtausend Euro rumliegen. Das ist die einzige gute Nachricht. Es sind nämlich vor gut einem Monat Rücklagen in Höhe von einer knappen Million Euro aufgelöst worden. Obwohl das Geld bereits verplant war.»

«Wofür?», will ich wissen.

«Wofür das Konto abgeräumt worden ist oder wofür das Geld gedacht war?», fragt Günther.

«Ich tippe, bekommen hat es eine belgische Firma», antworte ich.

«Stimmt», unterbricht Günther. «Offenbar ging es dabei um eine Vertragsauflösung.»

«Ja. Ich weiß. Erzähl ich euch alles heute Abend. Sag mir lieber, wofür die Rücklagen gedacht waren.»

«Wird dir aber gar nicht gefallen, Paul.»

«Mach hin, Günther.»

«Die Kohle war fürs Finanzamt bestimmt. Beim Verwendungszweck ist ein Aktenzeichen angegeben. Und ein Datum, das fast zehn Jahre zurückliegt. Muss also eine uralte Sache sein. Und da stand auch noch: *Vergleich.*»

Mir schwant, worum es sich handelt. Seit Jahren prozessiert der Verlag wegen einer millionenschweren Umsatzsteuernachforderung des Finanzamtes. Im Rahmen der Liquidation muss diese Sache zwangsläufig zur Sprache gekommen sein. Offenbar hat Timothy die Vergleichsverhandlungen mit dem Finanzamt so lange wie möglich rausgezögert, weil die Million seine eiserne Reserve war. Das würde aber auch bedeuten, dass der Verlag bereits insolvent ist.

«Vor gut einem Monat ist das Konto abgeräumt worden, sagst du?»

«Ja. Aber man kann darüber streiten, ob die Voraussetzungen für eine Insolvenz nicht schon früher gegeben waren», konstatiert Günther.

«Wieso kennst du dich eigentlich plötzlich so gut mit komplizierten Wirtschaftsfragen aus?»

«Ich hab auf Mallorca die Internetseite eines Gastronomenverbandes gebaut. Dabei lernt man eine ganze Menge.

Was ich aber eigentlich sagen will, ist, dass Schamski sich in jedem Fall der Insolvenzverschleppung schuldig gemacht hat. Außerdem hat offiziell er die Vergleichssumme nach Belgien überweisen lassen. Steuerhinterziehung kommt also noch hinzu.»

«Na toll!», maule ich. «Und ich hab dem Arsch, der uns das alles eingebrockt hat, auch noch indirekt bei der Flucht geholfen.»

«Genau das hab ich befürchtet», erwidert Günther. «Bin gespannt, wie Schamski das verdauen wird.»

«Das ist ’n Witz», sagt Schamski, als ich ihm die Ereignisse der letzten zwei Tage geschildert habe. Wir sitzen bei Bronko, es gibt Wein und Botschaftshäppchen, aber gerade hat keiner Appetit.

Ich schüttele den Kopf. «Nein. Das ist leider kein Witz. Tut mir wirklich sehr leid, Guido. Ich verspreche hoch und heilig, dass ich dir auf jede erdenkliche Art helfe.»

Betretenes Schweigen. Bronko gießt Wein nach, obwohl die Gläser noch fast voll sind.

Schamski nimmt einen Schluck. «Paul, ich muss mir sehr genau überlegen, ob ich deine Unterstützung noch will. Bevor du mir geholfen hast, stand ich mit einem Bein im Knast. Jetzt stehe ich mit beiden drin.»

Ich nehme nun ebenfalls einen Schluck Wein. «Guido, ich könnte es gut verstehen, wenn du ab jetzt auf meine Hilfe verzichten würdest. Wäre mir aber lieber, ich könnte die Sache wieder geradebiegen.»

Schamski sieht mich an, und die Enttäuschung in seinen Augen trifft mich ins Mark. «Warum hast das denn nur gemacht, Paul?» Er wirkt ein wenig verzweifelt ob meiner Blödheit. «Ist doch irgendwie logisch, dass eine Frau nicht einfach so zusieht, wie ihr Mann, obendrein der Vater ihres

Kindes, in den Knast wandert. Außerdem haben die beiden jetzt genug Geld, um irgendwo ganz neu anzufangen. Iris wäre sonst vielleicht eine mittellose, alleinerziehende Mutter geworden. Was hast du also erwartet, wie sie sich entscheiden würde?»

Ich nicke. «Stimmt alles. Ich begreife trotzdem immer noch nicht, warum sie das getan hat. Immerhin gehört das Geld der Familie. Außerdem dachte ich, ich würde sie besser kennen.»

«Warum?», fragt Schamski. «Weil du zweimal mit ihr im Bett warst?»

Das ist ein Tiefschlag. Schamski weiß das auch. Aber momentan bin ich moralisch nicht in der Position, ihm Vorwürfe zu machen. Bronko und Günther sehen das wohl ähnlich, denn beide schweigen.

«Ich habe diese Frau geliebt», verteidige ich mich. «Das hat was mit Seelenverwandtschaft zu tun. Deshalb war ich auch überzeugt davon, dass sie mit Timothys Untaten nichts zu tun hat.»

«Irgendwie bist du es offenbar immer noch», sagt Günther erstaunt.

«Was … bin ich offenbar immer noch?», frage ich unwirsch.

«Na, überzeugt davon, dass Iris nichts mit Timothys Sauereien zu tun hat.»

Günthers Bemerkung klingt absurd, aber wenn ich so darüber nachdenke, dann kommt mir Iris' Betrug tatsächlich unwirklich vor. Fast so, als wäre diese ganze Sache nur ein seltsamer Traum.

«Ich vermute, dass Paul noch Zeit braucht, um das alles zu verarbeiten», mischt Bronko sich ein. «Aber er ist auf einem guten Weg.»

«Aha», erwidert Günther. «Und warum?»

«Weil er von seiner Liebe zu Iris gerade zum ersten Mal in der Vergangenheitsform gesprochen hat», sagt Bronko. «Vielleicht hat Paul es selbst noch nicht begriffen, aber Iris scheint ihm mit dieser Sache in London endgültig das Herz gebrochen zu haben.»

Entgeistert starre ich Bronko an. Ich habe tatsächlich noch nicht darüber nachdenken können, welchen Einfluss mein Erlebnis mit Iris auf meine Empfindungen zu ihr hat. Eine kurze Nacht lang habe ich den Traum geträumt, Iris doch noch zu erobern. Als dieser Traum am nächsten Morgen zerplatzte, da ist er in der Tat vielleicht diesmal für alle Zeiten zerplatzt. Wenn ich so darüber nachdenke, dann könnte an Bronkos Theorie durchaus was dran sein. Wird sich zeigen, ob mein Herz weiter an einer Frau hängt, die mich betrogen hat wie noch niemand zuvor. Oder ob die Sache in London zumindest den Effekt hatte, dass ich Iris nun vergessen kann. Das wäre immerhin auch etwas.

«Könnten wir uns vielleicht später um Pauls gebrochenes Herz kümmern?», mischt Schamski sich ein. «Mir wäre nämlich sehr daran gelegen, nicht in den Knast zu wandern. Und ich befürchte, die Polizei wartet nicht, bis wir Pauls Beziehungsprobleme ausdiskutiert haben.»

«So schnell landet man nicht im Knast», wirft Günther kompetent ein.

Bronko und ich sehen uns an. Wir wiegen beide skeptisch die Köpfe.

«Was nun? Ist die Sache brenzlig oder nicht?», will Schamski wissen.

«Klar ist die Sache brenzlig», erwidert Günther ungerührt. «Ich wollte dich jetzt nur nicht beunruhigen.»

«Danke, Günther», erwidert Schamski. «Wenn ich vorher

nur ein bisschen beunruhigt war, dann bin ich jetzt ein bisschen in Panik.»

«Lasst uns mal in Ruhe überlegen», beginnt Bronko. «Im Grunde ist die Sache doch die …»

Er wird von Fred unterbrochen. Der knurrt kurz, hebt dabei den Kopf und spitzt seine anderthalb Ohren.

Ich folge seinem Blick. «Was hat er denn?»

«Wahrscheinlich ist Jona wach geworden», erwidert Günther. «Während der vergangenen Tage habe ich Fred beigebracht, als Babyphon zu arbeiten.»

«Aha», sage ich erstaunt und stehe auf, um nach meinem Sohn zu sehen.

Jona ist tatsächlich wach. Als er mich wahrnimmt, lächelt er. Ich streichele ihm sacht über den Kopf, und im nächsten Moment ist er wieder eingeschlafen. Ich muss an Audrey denken. Aus ihren geplanten täglichen Anrufen sind inzwischen unregelmäßige Mails geworden, die in knappen Worten erklären, dass der Job anstrengender ist als jemals ein Job zuvor. Zwischen den Zeilen ist zu lesen, dass sie zwar ihren Sohn sehr vermisst, aber auch gerade berufliche Erfahrungen sammelt, auf die sie nicht verzichten möchte. Ich frage mich, was Audrey sagen wird, wenn sie hört, dass ihre Schwester mit dem verbliebenen Familienvermögen durchgebrannt ist. Außerdem frage ich mich auch, was Audrey mir antun wird, wenn sie erfährt, dass ich Iris gewarnt habe.

Als ich wieder in den Ballsaal komme, in dem Bronko wohnt, ist für Schamskis Problem eine zumindest vorläufige Lösung gefunden worden.

«Wir sind zu dem Schluss gekommen, dass Guido genau das tun sollte, was alle großen Männer getan haben, wenn die Situation brenzlig wurde.»

«Den Problemen unerschrocken ins Auge sehen?», mutmaße ich.

«Nein. Abhauen», antwortet Bronko, und nach einer Kunstpause fügt er hinzu: «Und du kannst Guido dabei helfen.»

Der Plan ist simpel. Schamski und ich schlagen uns zur französischen Küste durch, wo ich einen abgehalfterten und bestechlichen Kapitän auftreibe, der uns für ein paar hundert Euro illegal nach England übersetzt. Dort läuft alles wie gehabt. Schamski wird bei Melissa wohnen und in deren Studios arbeiten. Nunmehr inoffiziell, versteht sich. Solange er in London nicht in eine Passkontrolle gerät, kann er in Ruhe abwarten, wie sich die Dinge in Deutschland entwickeln.

«Vielleicht kommt ja die Wahrheit ans Licht, wenn die Staatsanwaltschaft sich der Sache annimmt», hofft Bronko.

«Genau. Außerdem wolltest du doch Fred nach England bringen», ergänzt Günther. «Wenn du schon einen Wirtschaftskriminellen über die Grenze schmuggelst, dann kannst du auch noch deinen Hund mitnehmen. Das macht den Braten nicht fett.»

«Guter Plan», nicke ich. «Was den Sieg der Wahrheit betrifft, da wäre ich allerdings nicht allzu optimistisch. Hat mir zumindest ein Anwalt zu verstehen gegeben, der mit der Materie vertraut ist.» Ich sehe zu Schamski, der sich angesichts der Perspektive, auf welche Art auch immer dem Knast zu entkommen, merklich entspannt hat.

«Deshalb würde ich an deiner Stelle auch erst mal untertauchen», fahre ich fort. «Und wenn zudem Melissa keine Probleme damit hat, ihr Bett mit einem illegal eingewanderten und steckbrieflich gesuchten Verbrecher zu teilen, dann ist doch alles in bester Ordnung.»

Schamski kann sich ein Grinsen nicht verkneifen. «Ich

hoffe, das hier ist eine der Geschichten, die man später mal gern seinen Enkeln erzählt.»

«Das hoffe ich allerdings auch», erwidere ich. «Das hoffe ich sogar sehr.»

Am nächsten Morgen treffen wir uns zu einer Art Arbeitsfrühstück bei Bronko. Unser Fluchtplan soll noch heute in die Tat umgesetzt werden. Zwar wissen wir nicht, ob Grund zur Eile besteht, aber wir wollen kein Risiko eingehen. Bronko hat mit Hilfe der Botschaft eine unauffällige Mittelklasselimousine organisiert. Wir haben beschlossen, dass er uns bis zur Küste begleitet, um den Wagen zurückzubringen, sobald wir einen Fluchthelfer angeheuert haben. Das Geld für die Passage hat Bronko uns besorgt – vermutlich hat er seine Liebste angeschnorrt. Während meiner Abwesenheit kümmert Melissa sich um Jona. Ich werde Schamski begleiten, damit er sich zum einen nicht mit Fred rumschlagen muss. Zum anderen wollen wir auf der englischen Seite einen Wagen mieten, um nach London zu fahren. Da Schamski ab sofort nicht mehr als Schamski in Erscheinung treten darf, werde ich das machen.

«Ist ein solcher Aufwand wirklich nötig?», fragt Schamski. Gerade schiebt er seine Papiere und Kreditkarten über den Tisch zu Günther, der sie in einem Umschlag verstaut.

Günther nickt. «Ich kenne mich da aus. Glaub mir. Wenn du in London auch nur ein einziges Mal deine Kreditkarte einsetzt, dann kannst du dich genauso gut sofort stellen. Ist also besser, du machst diesen Umschlag gar nicht erst auf, sondern legst ihn dir gleich unters Kopfkissen. Nur für den Fall, dass du die Sachen nochmal benutzen kannst.»

«Komisches Gefühl», sagt Schamski. «So ganz ohne Identität.»

«Hat aber auch was Befreiendes», erwidert Bronko. «Wirst

du bald merken. Wenn man nicht existiert, dann will auch keiner was von einem.»

Schamski überlegt. «Apropos, was passiert eigentlich, wenn ich krank werde? Ist mir gestern Nacht noch eingefallen, als ich Melissa alles erzählt habe. Ich besitze jetzt nicht nur keinen Pass, keine Kreditkarten und keine Kontoverbindung mehr. Ich hab auch keine Krankenversicherung.»

«Hast du denn vor, krank zu werden?», frage ich.

«Ach. Ab und zu schon», erwidert Schamski.

«Das mit der Krankenversicherung ist wirklich ein Problem», sagt Günther. «Aktuell kann ich nur sagen: Wir arbeiten dran.»

Schamski will etwas einwenden, doch in diesem Moment klingelt es an der Tür. Verwunderte Blicke am Tisch. Niemand erwartet Besuch.

«Ich mach schon», sagt Günther und erhebt sich.

Schamski schaut etwas unsicher lächelnd in die Runde und schweigt. Er ahnt wohl nichts Gutes. Der Küchenbereich ist eine Art Seitenflügel, der vom Eingang aus nicht einzusehen ist.

«Guten Tag. Was kann ich für Sie tun?», hören wir Günther sagen.

«Kriminalpolizei», erwidert eine dunkle Männerstimme. «Wir sind auf der Suche nach Herrn Guido Schamski.»

Der Gesuchte wird spontan blass um die Nase.

«Das bin ich», hört man Günther sagen. «Worum geht's denn?»

Im Küchenflügel trauen wir unseren Ohren nicht. Günther hat weder gezögert, noch scheint er irgendwie nervös zu sein.

«Sind Sie gerade im Begriff zu verreisen?», fragt die dunkle Männerstimme.

Günther wollte heute tatsächlich wieder nach Mallorca. Deswegen steht sein Gepäck am Eingang.

«Ja, mein Flugzeug geht in knapp zwei Stunden», erklärt Günther wahrheitsgemäß. «Ich bin eigentlich schon auf dem Sprung.»

«Sie werden die Reise ein wenig verschieben müssen», erwidert die dunkle Männerstimme. «Wir müssen Sie bitten, uns zum Präsidium zu begleiten, um ein paar Fragen zu beantworten.»

Ein kurzes Schweigen.

«Verstehe», sagt Günther. «Soll ich mein Gepäck mitnehmen, oder werden Sie mich später wieder hier absetzen?»

Wieder ein kurzes Schweigen.

«Es schadet vielleicht nicht, wenn Sie ein paar persönliche Sachen mitnehmen. Nur für den Fall, dass es etwas länger dauert.»

«Verstehe», sagt Günther erneut. «Verraten Sie mir noch, wie Sie mich gefunden haben?»

Schweigen.

«Eigentlich ist das … nun ja …» Die dunkle Männerstimme verwandelt sich in ein Räuspern. «Dieses Haus wird ausschließlich von Botschaftsangehörigen genutzt. Deshalb werden alle Besucher genauestens überprüft. Wir wissen also, dass Sie schon häufiger hier waren.»

Man hört, dass Günther seinen Rucksack schultert.

«Gut, dann wollen wir mal», sagt er.

«Entschuldigen Sie bitte», erwidert die Männerstimme. «Aber wir dürfen da kein Risiko eingehen.» Dann hört man Handschellen klicken.

«Verstehe», sagt Günther ein drittes Mal, und nun klingt es unbehaglich.

Die Tür wird ins Schloss gezogen.

Schamski atmet hörbar aus. Bronko geht zum Fenster und blickt auf die Straße. Ich gieße mir Kaffee nach. Auf den Schreck brauche ich noch eine Tasse. Ich hätte lieber eine Zigarette, aber zum einen ist das hier eine Nichtraucherwohnung, und zum anderen will ich es mir ja abgewöhnen.

«Kann mir jemand erklären, was da gerade passiert ist?», bittet Schamski.

«Du warst Zeuge deiner eigenen Verhaftung», erwidert Bronko.

«Schon klar. Aber was ist in Günther gefahren?», hakt Schamski nach.

«Das habe ich mich allerdings auch gefragt», mische ich mich ein. «Günther hat sonst manchmal Schwierigkeiten, zwei vernünftige Sätze übers Wetter zu formulieren. Warum reagiert er plötzlich blitzgescheit, arschcool und vor allem eloquent?»

«Wahrscheinlich haben wir ihn schlicht unterschätzt», vermutet Bronko.

Schamski nickt anerkennend. «Könnte sein. Bei mir hat er jedenfalls jetzt eine Menge gut.»

«Okay», sagt Bronko und tritt ein wenig vom Fenster zurück, um nicht gesehen zu werden. «Sie fahren jetzt los. Wir geben ihnen ein paar Minuten, dann brechen wir auch auf. Gut möglich, dass Günther sie zwei Stunden beschäftigt. Aber ebenfalls denkbar, dass sie im Präsidium als Erstes seine Identität überprüfen. Dann wissen sie vielleicht schon in zehn Minuten, dass sie den Falschen erwischt haben.»

Erst als wir die Stadt hinter uns lassen und unsere Limousine auf die Autobahn rollt, entspannt sich die Stimmung. Fred döst neben mir auf der bequemen Rückbank, Schamski sitzt vorn. Bronko fährt.

«Du fährst übrigens inzwischen perfekt», lobe ich Bronko. «Ich erinnere mich an Zeiten, da warst du immer mit Schrittgeschwindigkeit unterwegs.»

«Das liegt an meiner Augenoperation», erwidert Bronko. «Vorher konnte ich nur die Hälfte vom Straßenverkehr erkennen. Außerdem habe ich inzwischen ein paar Fahrstunden genommen. In zwei Monaten will ich den Führerschein machen.»

«Du hattest bislang keinen Lappen?», frage ich bass erstaunt.

Bronko schüttelt den Kopf. «Nö. Ging ja ganz gut ohne.»

«Ich wäre vorsichtig. Wenn sie dich jetzt erwischen, dann kannst du deinen Führerschein für lange Zeit vergessen», wirft Schamski mahnend ein.

«Danke für den Tipp», erwidert Bronko. «Sagt mir das ein polizeilich gesuchter Wirtschaftskrimineller, der gerade illegal nach England flüchtet?»

«Mutmaßlicher Wirtschaftskrimineller», kontert Schamski.

Ich lehne mich zurück und schließe die Augen. «Weckt ihr mich, wenn wir an der Küste sind?»

«Geht klar», erwidert Schamski.

«Paul, wir sind da!», höre ich Bronko in der nächsten Sekunde sagen.

Ich öffne die Augen und sehe das Meer. Offenbar habe ich einige Stunden in einem traumlosen Schlaf verbracht, der mir wie ein Nickerchen vorkam.

Ich ziehe die Schultern hoch, meine Knochen knacken. Schamski drückt mir einen Kaffee in die Hand. Ich lächle dankbar.

Da keiner von uns eine Ahnung hat, wie man ein Boot für eine illegale Überfahrt chartert, schlage ich vor, den zwielichtigsten Typen anzusprechen, der sich auf dem gesamten Hafengelände herumtreibt.

«Willst du das machen?», fragt Bronko.

Ich zucke mit den Schultern. «Klar. Warum nicht?»

Ich versuche mein Glück in der Nähe der Lagerhäuser. Die erinnern mich an meinen Job auf dem Großmarkt, und da habe ich eine Menge zwielichtiger Typen kennengelernt.

Meine Wahl fällt auf einen verschlagen wirkenden Kerl um die fünfzig mit Stoppelbart und trüben Augen, der auf einem Fischerboot hockt und seinen Kaffee mit Fusel verlängert. Er heißt Ronny, und für zwanzig Mäuse gibt er mir den Tipp, in einem der Lagerhäuser nach Micky zu fragen. Micky wiederum schickt mich für zehn Mäuse zu Franky. Der knöpft mir ebenfalls einen Zehner ab und rät mir, in der Kneipe einen Kerl namens Henry anzusprechen. Als ich genervt reagiere, weil meine Recherche zu einer Schnitzeljagd ausartet, beruhigt Franky mich. Angeblich kann Henry mir definitiv sagen, wer für den Job in Frage kommt. Henry nickt kompetent, kassiert stolze dreißig Mäuse und schickt mich dann zurück zu Ronny.

«Ach so! Du willst einen inoffiziellen Charter nach England!», sagt Ronny und spielt den Erstaunten derart miserabel, dass man ihn nicht mal als Knallcharge im Kinderzirkus auftreten lassen würde. «Warum hast du das nicht gleich gesagt?»

«Aber genau das habe ich gesagt», erwidere ich und bemühe mich, freundlich zu bleiben.

Ronny mustert mich skeptisch, nimmt einen Schluck Fuselkaffee und überlegt. Bronko gibt mir einen kleinen Schubs. Offenbar soll ich mich unter keinen Umständen mit dem versoffenen Seemann anlegen. Schließlich ist er gerade unsere einzige Chance, den Kanal zu überqueren.

«Vielleicht habe ich mich unklar ausgedrückt», setze ich höflich nach.

Ronny nickt zufrieden. «Okay. Schon gut. Wollt ihr alle rüber?»

«Nur er und ich», sage ich und zeige auf Schamski. «Und der Hund.»

«Macht zweihundert pro Nase. Für den Hund kriegt ihr einen Sonderpreis.» Er betrachtet Fred. «Sagen wir hundert.»

Ich will einwenden, dass Fred mich sowieso schon ein mittelgroßes Vermögen gekostet hat, aber Bronko kommt mir zuvor.

«Einverstanden», sagt er schnell.

«Gut», erwidert Ronny. «Vorkasse in bar. Wir starten in genau einer halben Stunde. Ich setze euch drüben ab, da, wo es gerade passt. Wenn es brenzlig wird, kehren wir um. In diesem Fall gibt es kein Geld zurück. Alles klar?»

Wir nicken.

«Und wer entscheidet, ob es brenzlig wird?», möchte ich wissen.

Ronny sieht mich an, als hätte ich gerade zur Meuterei aufgerufen.

«Was glaubst du denn, wer das entscheidet?», fragt er hämisch.

Ich sehe ihm an, dass er gerade kein Interesse an einer Diskussion hat.

«Ich würde sagen, der Kapitän», antworte ich wie ein braver Drittklässler. Heimlich beschließe ich, ab sofort meinen Mund zu halten.

Ronny nickt. «Halbe Stunde», brummt er. «Und seid pünktlich.»

«Netter Kerl, dieser Ronny», sage ich wenig später, als Schamski und ich in der Kneipe noch schnell eine Kleinigkeit essen und ein paar Schnäpse gegen die Seekrankheit kippen.

«Ihr setzt auch gleich mit Ronny über?», fragt ein nervös wirkender, hagerer Mann am Nebentisch.

Schamski und ich stutzen. Dann nicken wir.

«Das ist gut», erwidert der nervöse Mann, während er fahrig mit seinen Händen eine Aktentasche umklammert. «Je mehr wir sind, desto besser.»

Wie wir wenig später auf dem Kutter feststellen, sind außer uns noch neun weitere Flüchtlinge an Bord, nämlich zwei Immobilienmakler, drei Anwälte, drei Banker und ein ehemaliger Landespolitiker.

«Gibt es ein Extraschiff für Frauen?», scherzt Schamski.

«Das nicht», erwidert Ronny. «Aber Frauen fahr ich tatsächlich viel, viel seltener. Die sind wohl ehrlicher als Männer. Oder einfach schlauer.»

Wenn wir an Deck wollen, müssen wir uns mit Ölzeug als Fischer verkleiden. Schamski und ich stehen in solchen Aufzügen am Bug des Schiffes, rauchen und betrachten die Kreidefelsen von Dover.

«Gute halbe Stunde, würde ich sagen. Dann haben wir es geschafft.»

Schamski nickt. Dann wirft er einen fast wehmütigen Blick zurück. Ich ahne, was jetzt gerade in ihm vorgeht.

«Hör mal, ich hab mir überlegt, dass ich mit der Staatsanwaltschaft rede», beginne ich. «Der Anwalt, den Lisa mir empfohlen hat, ist ziemlich gut. Vielleicht kann er helfen, die Sache aufzuklären.»

Schamski atmet tief durch. «Lass gut sein, Paul. Anwälte kosten viel Geld. Und unser letztes Geld hat Timothy mitgenommen. Ich warte einfach ab. In ein paar Jahren hat sich die Sache bestimmt erledigt.»

«Willst du etwa ein paar Jahre lang untertauchen?»

Er zuckt mit den Schultern. «Warum nicht? Ich mach meinen Job im Studio und helfe damit Melissa. Ich lebe mit der Frau zusammen, die ich liebe. Obendrein in einer großartigen Stadt. Und ich muss mich nicht mehr so abrackern wie in den letzten Jahren. Ist doch alles okay.»

«Ich sehe dir aber an, dass nicht alles okay ist», erwidere ich.

Schamski schnippt die Zigarette über Bord, vergräbt seine Hände in den Hosentaschen und atmet erneut tief durch. «Erinnerst du dich an unser Gespräch vor Weihnachten?»

«Über Audrey und …?»

«Melissa», vollendet Schamski.

Ich nicke.

«Ich habe lange darüber nachgedacht», sagt Schamski. «Und inzwischen weiß ich, dass Melissa die Frau meines Lebens ist. Es wäre wirklich sehr schön, wenn wir noch ein Kind bekämen. Sollte das aber nicht klappen, dann würde das überhaupt nichts daran ändern, dass ich den Rest meines Lebens mit ihr verbringen will.»

«Das ist doch toll!», sage ich. «Und es trifft sich auch ganz gut. In Zukunft kannst du ja nicht mal mehr ein Buch im Internet bestellen, ohne sie um Hilfe zu bitten.»

Schamski sieht mich ausdruckslos an.

«'tschuldigung. Sollte ein Witz sein», sage ich kleinlaut.

«Mir ist gerade nicht nach Witzen», erwidert Schamski sachlich. «Ich wollte dir eigentlich auch nur sagen, dass ich deshalb nicht ganz wunschlos glücklich bin, weil ich Melissa gerne heiraten würde, um ihr genau das zu zeigen. Dass sie nämlich die Frau meines Lebens ist.»

Ich sehe ihn fragend an. «Und wo ist das Problem?»

Schamski wirkt ungehalten. «Paul. Zum Heiraten braucht

man Papiere. Es wäre riesengroßer Schwachsinn, die Behörden auf diese Weise mit der Nase draufzustoßen, wo ich mich aufhalte.»

Ich nicke. Da ist was dran.

«Und wenn ihr erst mal nur kirchlich heiratet?»

«Hab ich auch schon überlegt», erwidert Schamski. «Ist aber das Gleiche in Grün. Und wenn man Pech hat, dann gerät man an einen besonders korrekten Priester, der gleich die Polizei verständigt.»

Ich nicke, vergrabe ebenfalls meine Hände in den Hosentaschen und betrachte die englische Küste, die während unseres Gesprächs ein gutes Stück näher gekommen ist.

«Seltsam», sage ich. «Normalerweise sehe ich die Dinge immer sehr skeptisch. Aber diesmal habe ich das komische Gefühl, dass sich alles zum Guten wenden wird.»

«Wollt ihr 'nen Schnaps?» Unser Kapitän hält uns eine Stange Pappbecher und eine Flasche Scotch hin. «Ist im Fahrpreis enthalten. Ihr könnt damit schon mal anstoßen. Sieht nicht so aus, als würden wir heute noch Schwierigkeiten kriegen.»

«Wollen wir?», frage ich Schamski. «Auf deine neue Heimat?»

Schamski nickt.

DIE SACHE IST ALLERDINGS ILLEGAL

Ein paar Wochen später ist Normalität eingekehrt. Zumindest soweit man angesichts der Situation überhaupt von Normalität reden kann. Schamski arbeitet wieder im Fitnessstudio, ich ebenfalls. Allerdings nur halbtags, weil ich mich um Jona kümmern muss. Glücklicherweise helfen Melissa und Elisabeth mir, wo sie nur können. Aus Kostengründen leben Jona und ich bei Elisabeth, das heißt in jenem Cottage, das zuvor Iris und Timothy bewohnt haben. Optimal ist diese Situation nicht, weil Jonas Urgroßmutter stur, besserwisserisch und sehr streitlustig sein kann, aber wir haben ein Dach über dem Kopf. Außerdem muss ich von meinen ohnehin bescheidenen Einkünften keine Miete abzwacken. Die hat Elisabeth mir nämlich erlassen. Im Gegenzug kümmere ich mich um den Haushalt, den Garten und überhaupt alles, was irgendwie anfällt.

Günther ist längst wieder auf Mallorca. Wegen seiner Falschaussage wollte man ihn zunächst juristisch belangen, ließ die Sache dann aber doch auf sich beruhen. Der Aufwand eines Verfahrens hätte wohl nicht im Verhältnis zu dem Vergehen gestanden. Vielleicht hat aber auch Bronkos Geliebte Michelle ihre Finger im Spiel gehabt. Bevor sie mit ihrem Lover zu einem Shoppingwochenende nach Paris aufgebrochen ist, hat sie angeblich ihren Ehemann instruiert, seinen politischen Einfluss geltend zu machen. Ein Verfahren gegen Günther hätte auch Unannehmlichkeiten für Michelle bedeuten können, und denen wollte die Dame wohl aus dem Weg gehen.

Von Timothy, Iris und der kleinen Mary-Ann fehlt weiterhin jede Spur. In der Familie spricht man nur selten darüber, dass die drei einfach verschwunden sind. Und mit ihnen ein beträchtliches Vermögen. Besonders Elisabeth lässt sich ihre Enttäuschung nicht anmerken.

Audrey wollte vor ein paar Tagen nach London kommen. In letzter Minute wurde dieser Plan auf Eis gelegt, weil sie für einen erkrankten Kollegen einspringen musste. Deswegen weiß sie noch immer nicht, was passiert ist. Elisabeth möchte es ihr nämlich persönlich sagen.

Den Verlag hat inzwischen ein Insolvenzverwalter übernommen. Elisabeth ist davon durch ein förmliches Schreiben in Kenntnis gesetzt worden. Sie hat es ohne jegliche Regung gelesen, dann zerrissen, angezündet und in den Kamin geworfen. Gute Show, fand ich.

Ich habe mich inzwischen auch bei Melissa und Elisabeth entschuldigt. Hätte ich Iris nicht informiert, wäre Timothy vielleicht das Handwerk gelegt worden. Und vielleicht wäre das Geld dann noch da. Zu meinem Erstaunen sind die Damen nicht der Ansicht, dass mich eine Schuld trifft. Ich vermute, sie haben ein schlechtes Gewissen, weil nun klar ist, dass Timothy den Verlag ruiniert hat und nicht ich. Als Prügelknabe für sämtliche finanziellen Probleme habe ich bislang einiges einstecken müssen. Ich nehme deshalb erfreut zur Kenntnis, dass ich diesmal glimpflich davonkomme.

Hoffentlich muss ich mich nicht auch für das entschuldigen, was ich heute tue, denke ich, als ich den Bahnhof von Sevenoaks betrete. Von hier aus nehme ich den Bus nach Morlyhan, einem winzigen Kaff südlich von London. Entweder gelingt es mir, Schamski seinen Herzenswunsch zu erfüllen, oder wir beide müssen überlegen, in welches Land wir als Nächstes auswandern.

Der Mann, an dessen Tür ich gerade geklopft habe, stutzt als er mich sieht. Im nächsten Moment hellt sich sein Gesicht auf.

«Sagen Sie nichts!», bittet er. «Ich werde selbst darauf kommen.» Er überlegt kurz, dann lächelt er. «Paul Schuberth. Mein Leidensgefährte bei einer nächtlichen Odyssee, die ich so schnell nicht vergessen werde.»

«Guten Tag, Reverend», sage ich.

Er reicht mir erfreut die Hand und bittet mich mit einer einladenden Geste ins Haus. Ich erwidere seinen Gruß, zögere aber einzutreten. «Ich komme, weil ich Sie um einen großen Gefallen bitten möchte, Brian. Die Sache ist allerdings illegal. Das sage ich gleich vorweg, damit Sie mich jetzt sofort wieder nach Hause schicken können.»

Mulligan lacht. «Paul, ich habe gerade einen sehr alten und sehr schweren Rotwein aufgemacht. Wenn Gott Sie in genau diesem Moment an meine Tür klopfen lässt, dann wird er sich wohl was dabei gedacht haben. Also bitte. Treten Sie ein.»

Weil der Wein noch atmen muss, trinken wir zunächst eine Tasse Tee. Dazu gibt es Kekse.

«Die müssen Sie unbedingt probieren. Hat meine Frau gebacken», erklärt Mulligan mit einem dezenten Lächeln und erfreut sich daran, dass ich irritiert wirke.

«Sie haben geheiratet», konstatiere ich.

Er nickt und zündet sich eine Zigarette an. «Richtig. Aber das ist ja noch keine Sensation. Raten Sie mal, wen ich geheiratet habe!»

«Die Bibliothekarin?», vermute ich.

Er schüttelt den Kopf. «Betty Crowley.»

Mein verblüfftes Gesicht amüsiert ihn. «Unserem Herrn hat es gefallen, Bettys Ehemann Patrick in der Blüte seiner Jahre zu sich zu holen. Bei den Trauergesprächen hat mir die Witwe dann verraten, dass sie mich damals mit Patrick nur eifersüchtig machen wollte. Wäre ich nicht so stur gewesen, hätte sie ihn nie geheiratet. Stellen Sie sich das mal vor! Nur um mir eins auszuwischen, ist sie mit Patrick vor den Traualtar getreten.» Er inhaliert genüsslich und bläst den Rauch zur Decke. «Genau genommen war sie sogar aus diesem Grund mehr als dreißig Jahre mit ihm verheiratet.» Mulligan sinniert und schüttelt den Kopf. «Erkläre mir einer die Frauen!»

Ich lächle und deute auf Mulligans Zigaretten. «Darf ich?»

«Haben Sie etwa wieder angefangen?», fragt er mit gespielter Strenge.

Ich nicke. «Nur ab und zu. Wenn es passt.»

«Bitte sehr. Bedienen Sie sich.» Er greift zum Rotwein und gießt uns ein. «Was macht Ihre Betty Crowley? Kommen Sie etwa wegen ihr? Wie war doch gleich ihr Name?»

«Iris.»

«Iris. Genau. Hat sie was mit dieser illegalen Sache zu tun, um die Sie mich bitten möchten?»

Er hält die Nase ins Glas, schließt die Augen, lässt den Duft des Weines auf sich wirken. Dann nimmt er einen kleinen Schluck, bewegt ihn prüfend im Mund und wirkt zufrieden. «Ausgezeichnet. Genau der richtige Tropfen für eine wildromantische Geschichte über das Leben und die Liebe. Dann schießen Sie doch mal los, Paul!»

Eine gute halbe Stunde und eine gute Flasche Bordeaux später habe ich Mulligan von Timothys Machenschaften, meinem Abend mit Iris, den Konsequenzen für Schamski und auch von dessen Heiratswunsch erzählt.

Mulligan merkt auf. «Und jetzt wollen Sie, dass ich die beiden traue?»

Ich nicke. «Als wir uns kennengelernt haben, hatte ich den Eindruck, dass Sie die Gesetze der Kirche nicht ... ganz so eng auslegen. Deshalb dachte ich, Sie könnten diese Eheschließung vielleicht ohne den sonst üblichen Papierkram vornehmen.»

Mulligan nickt bedächtig. Er scheint zu überlegen, ob er mir helfen kann. Ich sehe ihm an, dass die Geschichte ihm genauso gut geschmeckt hat wie der Wein. Das ist schon mal ein gutes Zeichen.

«Sie müssen sich natürlich nicht sofort entscheiden», füge ich hinzu. «Es wäre mir nur daran gelegen, dass Sie niemandem von diesem Gespräch erzählen. Wenn Sie mit der Sache nichts zu tun haben wollen, dann vergessen Sie dieses Treffen am besten einfach.»

«Keine Sorge», sagt Mulligan. «Ich werde Ihren Freund bestimmt nicht in Schwierigkeiten bringen. Ich frage mich nur gerade, wie wir eine Hochzeit bewerkstelligen können, ohne Aufsehen zu erregen. Meine Gemeinde ist so klein, dass man hier aus lauter Langeweile noch über die nichtigsten Dinge tratscht. Eine wildfremde Hochzeitsgesellschaft würde deshalb schon im Vorfeld viel Staub aufwirbeln. Und wir wollen ja vermeiden, dass ein paar übereifrige Dorfpolizisten Wind von der Sache bekommen.»

Mulligan sieht mein fragendes Gesicht und fügt erklärend hinzu: «So etwas will ja vorbereitet werden. Ich brauche einen Organisten und ein paar Messdiener. Außerdem muss die Kirche zumindest ein wenig geschmückt werden. Das spricht sich rum, und jeder wird mich fragen, um was für eine Feier es sich handelt. Und je größer das Geheimnis, desto mehr wird getuschelt.»

Verständlich. Ich überlege. Um kein Risiko einzugehen, könnte man die Hochzeit zwar auch an einem einsamen Ort feiern, aber der festliche Rahmen einer Kirche wäre atmosphärisch klar die bessere Wahl.

Mulligan scheint ähnliche Überlegungen anzustellen, denn plötzlich sieht er mich an und sagt: «Ich glaube, ich habe eine Idee. Könnten wir die Hochzeit nicht an einem ganz normalen Sonntag während der Messe abhalten? Dann müsste nichts vorbereitet werden, es wäre ja automatisch alles Nötige vorhanden. Die Hochzeitsgäste könnten sich unters Volk mischen, und bevor jemand überhaupt Zeit hätte, sich zu wundern, wäre die Zeremonie längst vorbei und das frisch vermählte Brautpaar über alle Berge.»

«Brillant», sage ich, ehrlich beeindruckt.

Mulligan muss grinsen. Er wirkt äußerst zufrieden.

«Und ... Sie wären wirklich dazu bereit?», frage ich eindringlich.

«Als ordentlicher Gottesmann kann ich Ihr Ansinnen natürlich nicht gutheißen», antwortet Mulligan. «Da die Zeremonie aber höchstens eine Viertelstunde in Anspruch nehmen wird und kein Papierkram anfällt, werden Sie mich mit einer ordentlichen Flasche Scotch überreden können.»

Er streckt die Hand aus. «Ist das für Sie akzeptabel, Paul?»

Erfreut schlage ich ein.

«Bist du eigentlich irre?», ranzt Schamski mich an, als ich ihm von dem Gespräch mit Mulligan erzähle. «Was, wenn der Kerl nicht so reagiert hätte, wie du gedacht hast?»

«Hat er aber», gebe ich zurück.

«Ich könnte jetzt schon in Untersuchungshaft sitzen», setzt Schamski nach.

Ich zucke mit den Schultern. «Stimmt. Tust du aber nicht.»

«Trotzdem. Das hätte ganz schön ins Auge gehen können, Paul», erwidert Schamski, nun in deutlich ruhigerem Ton.

Ich lasse ihm etwas Zeit, die Neuigkeit zu verdauen. Außerdem kann ich verstehen, dass seine Nerven blankliegen. Da ich für seine momentane Situation mitverantwortlich bin, ist der Gedanke, dass ich ihn erneut in Schwierigkeiten bringen könnte, nicht ganz abwegig.

Schamski sieht mich an, dann schüttelt er den Kopf. «Und was will dieser Priester dafür, dass er uns verheiratet?»

«Eine Flasche guten Scotch.»

Schamski grinst, dann lächelt er, dann schüttelt er erneut den Kopf.

Schließlich umarmt er mich urplötzlich. «Paul, Paul, Paul. Danke, mein Freund! Das bedeutet mir wirklich sehr viel.»

«Gern», erwidere ich verdutzt und auch etwas verlegen.

«Und wann könnten wir heiraten?», fragt Schamski vorsichtig.

«Wann immer ihr wollt. Da wir auf sämtliche Formalitäten verzichten werden, können wir kurzfristig eine Messe kapern.»

«In knapp vier Wochen wird Melissa …», Schamski unterbricht sich, «… hat Melissa Geburtstag, meine ich. In diesem Jahr ist das ein Sonntag.»

«Na, wenn das kein gutes Zeichen ist», werfe ich erfreut ein.

Schamski nickt bestätigend. «Genau. Das wäre der perfekte Termin. – Oder ist das etwa gerade keine gute Idee?»

Ich zucke mit den Schultern. «Es trifft sich irgendwie ganz gut. Aber vielleicht fragst du sie zunächst mal, ob sie dich überhaupt heiraten will. Einen Termin werden wir dann schon finden.»

Als Schamski Melissa den Antrag macht, bin ich gerade dabei, das Studio abzuschließen. Schamski hat heute früher Schluss gemacht, um in der Wohnung ein romantisches Abendessen vorzubereiten. Keine Ahnung, ob die Garnelen so phantastisch sind oder seine Liebeserklärung. Vielleicht hat er ihr auch die Kronjuwelen als Verlobungsgeschenk geklaut. Jedenfalls höre ich Melissa aus dem oberen Stockwerk kreischen: «O mein Gott! Das ist ja … unglaublich!» Dann hört man nichts mehr, was ich als Zeichen dafür werte, dass sich die beiden gerade selig in den Armen liegen. Da das möglicherweise auch noch zu Sex führen kann und ich nicht indiskret sein möchte, mache ich mich rasch vom Acker.

Tatsächlich wollen die beiden rund einen Monat später an Melissas Geburtstag heiraten. Wahrscheinlich wird die Braut danach nur noch ihren Hochzeitstag feiern und darauf verzichten, älter zu werden.

Zwei Tage vor dem großen Ereignis treffen Günther und Iggy in London ein. Bronko ist bereits einen Tag früher gekommen, weil Michelle hier ohnehin einen Termin hatte. Inzwischen ist sie nach Madrid weitergeflogen. Ob sie es zur Hochzeit schafft, ist noch ungewiss.

Schon vor zwei Wochen habe ich Bronko angerufen, um ihn mit einer Aufgabe zu betrauen, die viel Fingerspitzengefühl erfordert.

«Worum geht's denn?»

«Um die Organisation von Schamskis Junggesellenabschied.»

«Aha. Möchtest du, dass ich kleine Schnapsfläschchen, lustige Hüte und zwei Stripperinnen besorge, oder was?»

«Nein», entgegnete ich prompt. «Wobei ich mir das mit

den Stripperinnen gern nochmal durch den Kopf gehen lassen würde …»

«Okay», erwiderte Bronko erleichtert. «Dann reden wir also von einem entspannten Abend mit gutem Essen und gutem Wein. Richtig?»

«Genau», antwortete ich. «Im Prinzip soll alles so sein wie immer. Wenn jemand eine gute Idee hat, können wir aber auch ein bisschen Programm machen. Günther und ich sind uns nur einig, dass wir nicht so ein Kasperletheater veranstalten wollen, wie das bei solchen Anlässen üblich ist.»

«Sehr gut. Das sehe ich auch so», stimmte Bronko zu. «Und was ist jetzt mit den Stripperinnen?»

Und dann ist große Tag gekommen. Schamski, der schon viele Junggesellenabschiede gefeiert hat, ohne sich bislang final vom Junggesellenleben zu verabschieden, sieht dem Programm mit gemischten Gefühlen entgegen. «Ihr wollt hoffentlich keine peinlichen Sachen veranstalten.»

«Zum Beispiel?», will ich wissen, während wir auf Bronko warten, der uns jeden Moment abholen wird. Er darf den Wagen, den Michelle von einem Autohaus zu Werbezwecken zur Verfügung gestellt bekommen hat, noch ein paar Tage länger nutzen.

«Stripperinnen, zum Beispiel», antwortet Schamski. «Ich finde es seltsam, wenn eine Studentin, die sich auf die Schnelle zweihundert Mäuse verdienen will, vor mir die Klamotten fallen lässt. Besonders wenn sie meine Tochter sein könnte.»

«Noch können wir umdisponieren», erwidere ich. «Willst du lieber eine Stripperin, die deine Mutter sein könnte?»

«Habt ihr wirklich eine engagiert?», fragt Schamski ungläubig.

Ich bleibe die Antwort schuldig, denn gerade biegt Bronkos silberfarbener Sportwagen um die Ecke. «Da ist er ja», sage ich stattdessen und winke.

Der Wagen hält, Bronko springt heraus. «Okay. Wir können.»

Schamski steht wie angewurzelt auf dem Bürgersteig und starrt auf den Pkw. Bronko und ich tauschen einen Blick. Wir haben schon damit gerechnet, dass unser Junggeselle als eingefleischter Sportwagenfan Interesse an einer Probefahrt haben könnte. Das ist deshalb unser Programmpunkt Nummer eins. Bronko hält die Schlüssel hoch. «Möchtest du ihn fahren?»

Schamski betrachtet die Schlüssel, dann wieder das Auto. Zu unserem Erstaunen schüttelt er nun den Kopf. «Das ist wirklich toll, und ich würde ihn liebend gern fahren. Aber ich möchte lieber kein Risiko eingehen.»

«Was denn für ein Risiko?», will Bronko wissen. «Es ist nur ein Sportwagen, er ist vollkaskoversichert, und ich fahre ihn sogar problemlos ohne Führerschein.»

Schamski lächelt. «Bronko, das ist nicht nur ein Sportwagen. Das ist ein *Aston Martin Vanquish.* Der beschleunigt in weniger als fünf Sekunden von null auf hundert. Und er fährt mehr als dreihundert Spitze. Wenn ich mich jetzt hinters Steuer setze, dann besteht ein enorm großes Risiko, dass ich beides ausprobieren werde. Und dieses Risiko möchte ich lieber nicht eingehen.»

Mit diesen Worten öffnet Schamski die Beifahrertür und schiebt sich auf den Rücksitz neben Günther.

«Überleg dir das gut!», hört man Günther sagen. «Die Karre ist so eng, bestimmt kriegt uns beide nur die Feuerwehr hier wieder raus.»

Bronko und ich sehen uns an, fast im gleichen Moment

zucken wir mit den Schultern. Gut, kommen wir also zu Programmpunkt Nummer zwei. Einem Dinner mit Showeinlage. Bronko ist von einem Diplomaten ein indisches Restaurant empfohlen worden, das nicht nur gut, sondern auch preiswert sein soll. Das Essen wird in einem Séparée serviert, weil wir während des Mahls einen Schleiertanz vorgeführt bekommen. Bronko hielt das für eine kulturell ansprechende Variante des gewöhnlichen Striptease.

Als wir uns dem Laden nähern, stelle ich verblüfft fest, dass es sich um das Bombay Balu Restaurant handelt. Hier war ich zuletzt mit Iris. Der Gedanke daran macht mir schlechte Laune. Einen Abend und eine Nacht lang schien mein Leben in bester Ordnung. Am nächsten Morgen lag es bereits in Scherben. Ich hoffe, dass Balu heute nicht da ist oder mich zumindest nicht wiedererkennt. Beides ist leider nicht der Fall. Während Balu uns begrüßt, wie er damals Iris und mich begrüßt hat, scheint er zu überlegen, wo er mich schon einmal gesehen hat. Als er die Hände faltet und eine Verbeugung andeutet, ist es ihm offenbar eingefallen. Er erwähnt das zwar mit keinem Wort, besteht aber darauf, dass wir zunächst nur die Vorspeisen bestellen. Die Hauptgerichte sollen wir bitte ordern, wenn wir die Vorspeisen auch tatsächlich gegessen haben.

«Was soll der Quatsch?», flüstert Günther mir ins Ohr. «Warum zum Teufel sollten wir die Vorspeisen nicht essen?»

Ich zucke unschuldig mit den Schultern.

«Wollen wir erst mal eine Flasche Weißwein nehmen?», fragt Bronko.

«Nun lasst doch den Mann nicht so oft laufen!», mischt Schamski sich ein und ordert zwei Flaschen Weiß- und zwei Flaschen Rotwein.

«Muss ja auch alles erst mal atmen», fügt er hinzu.

Als die Vorspeisen aufgetragen werden, erscheinen zwei zur Gänze verschleierte Damen vor unserem Tisch. Balu verkündet, dass wir nun den Tanz der tausend Schleier erleben werden, eine exklusive Darbietung des Bombay Balu Restaurants, die Balu höchstpersönlich selbst erfunden hat.

«Nirgendwo sonst auf der Welt wird dieser Tanz gezeigt», erklärt Balu, nicht ohne Stolz.

Hoffentlich nicht weil er so miserabel ist, denke ich.

«Der Legende nach soll Königin Salome einen Tanz der sieben Schleier vorgeführt haben», fährt Balu fort. «Mudra und Nazima, unsere beiden Tänzerinnen, tragen tatsächlich je tausend Schleier, die sie nun zu klassischer indischer Musik ablegen werden.»

An unserem Tisch herrscht nun verstörtes Schweigen. Sieht danach aus, dass uns ein elendig langer Ausdruckstanz bevorsteht. Ein kurzer Striptease wäre wohl allen lieber gewesen.

«Mit dem Tanz der tausend Schleier hat das Bombay Balu Restaurant einen Weltrekord aufgestellt. Jeder von Ihnen bekommt nachher eine Urkunde überreicht, in der Ihre Teilnahme an diesem exklusiven Event bestätigt wird. Ich wünsche Ihnen nun gute Unterhaltung.»

Während nervtötende indische Musik aus winzigen Deckenlautsprechern kräht, beginnen Mudra und Nazima sich wie in Zeitlupe zu bewegen. Der erste Schleier flattert quälend langsam zu Boden. Ich ahne nun, dass die beiden Tänzerinnen keineswegs so korpulent sind, wie ich zunächst dachte. Die Damen tragen vielmehr kiloweise Schleier mit sich herum. Gut möglich, dass wir zwei gertenschlanke Frauen vor uns haben, die von Stoffballen umhüllt sind.

«Das könnte dauern», konstatiert Schamski.

Bronko nickt, blickt dabei auf seine Uhr und beobachtet, wie ein zweiter Schleier langsam zu Boden schwebt. «Zwanzig Sekunden. Das macht drei pro Minute. Das sind …» Er überlegt.

«Etwa dreihundertdreißig Minuten», wirft Günther ein. «Oder anders gesagt, es wird fünfeinhalb Stunden dauern, bis alle tausend Schleier unten sind. Wenn es gut läuft.»

Bronko wirkt zerknirscht. «Das konnte ich wirklich nicht ahnen. Als der Mann am Telefon vom Tanz der tausend Schleier sprach, da dachte ich, das wäre metaphorisch gemeint.»

«Keine Sorge», werfe ich ein. «Diese indische Mucke wird uns binnen einer halben Stunde wahnsinnig gemacht haben. Danach stehen wir die restlichen fünf Stunden locker durch.»

Wir warten bis zum Hauptgang und hoffen, dass sich die Choreographie des Tanzes irgendwie ändert und absehbar wird, dass wir nicht die halbe Nacht hier verbringen müssen. Bronkos Stichproben ergeben jedoch, dass Mudra und Nazima zwischenzeitlich sogar an Tempo verlieren und statt drei Schleiern pro Minute plötzlich nur noch zwei schaffen.

Das ist der Moment, in dem Schamski sich erhebt und verkündet: «Ich werde mir jetzt irgendwo ein Bier und ein Steak besorgen.»

«Wir kommen mit», erwidert Bronko rasch und steht ebenfalls auf. Da nun auch Günther und ich dem Beispiel der anderen folgen, unterbrechen die irritierten Tänzerinnen ihre Darbietung. Wir ignorieren die Tatsache, dass die Damen noch je rund neunhundert Schleier am Leib haben und bedanken uns freundlich für die gelungene Vorstellung, als wären wir bereits mit dem Gezeigten vollauf zufrieden.

Bronko legt hastig ein paar Geldscheine auf den Tisch. «Stimmt so. Vielen Dank.»

Eilig machen wir uns auf den Weg zum Ausgang. Plötzlich taucht Balu auf. Er mustert uns irritiert, dann scheint er zu ahnen, was gerade passiert ist.

«Ist es das Essen?», fragt er mit leichter Verzweiflung und sieht mir dabei direkt in die Augen. «Oder gefallen Ihnen etwa meine Töchter nicht?»

Seine Töchter. Auch das noch.

Ich schüttele den Kopf. «Nein! Es ist alles wunderbar. Es ist nur …»

Ich überlege angestrengt, welche Lüge ich dem freundlichen älteren Herrn auftischen könnte, um seine Gefühle nicht zu verletzen.

«Es ist nur …» Mir fällt gerade keine gute Ausrede ein.

«Es ist nur, dass bei meiner Frau gerade die Wehen eingesetzt haben», springt Günther mir bei. «Mein Schwager und meine Brüder bringen mich schnell zu ihr, weil ich dabei sein möchte, wenn unser Kind auf die Welt kommt.»

Balus Gesicht hellt sich auf. «Das ist natürlich ein sehr guter Grund! Dann will ich Sie nicht länger aufhalten. Alles Gute und viel Glück!» Er tritt zur Seite und bedeutet uns mit einer Geste, dass wir passieren sollen.

Ich bin der Letzte in der Reihe. Als ich an Balu vorbeihuschen will, hebt der freundliche Inder kurz die Hand. Ich halte inne, er beugt sich zu mir.

«Sir, es gibt über tausend indische Restaurants im Großraum London», flüstert er mir ins Ohr. «Wenn Sie demnächst mal wieder nicht indisch essen möchten, könnten Sie dann bitte einen meiner Kollegen besuchen? Damit würden Sie mir einen großen Gefallen tun.»

Ich nicke schuldbewusst.

«Danke sehr», erwidert Balu. «Und einen schönen Abend noch.» Er faltet die Hände und deutet eine Verbeugung an.

Nach einem kurzen Spaziergang finden wir einen netten Pub. Die Steaks sind gut, das Bier ist kalt. Schamski wirkt versöhnt. Bronko ist die Sache mit dem Schleiertanz immer noch unangenehm.

«Entspann dich!», sagt Schamski. «Jetzt haben wir doch alles, was wir brauchen. Außerdem bekommen nicht viele Männer zum Junggesellenabschied von ihren Freunden den längsten Strip der Weltgeschichte geschenkt.»

Ein Lächeln huscht über Bronkos Gesicht. «Okay. Danke.»

Er macht eine Kunstpause. «Dann hoffe ich jetzt mal, dass dir die Pekingoper besser gefällt.».

Schamski entgleisen die Gesichtszüge, verstört blickt er in die Runde. «Ihr wollt mit mir in 'ne Pekingoper?»

«Ach was! Das war 'n Witz!», antwortet Bronko. «Ich hab uns für später noch eine schöne, alte Bar rausgesucht. Und das war es dann auch schon mit dem Programm für heute Abend.»

Schamski nickt anerkennend und winkt nach dem Barkeeper. «Aber das ist doch ein super Plan», sagt er. «Und wie weit ist es bis zu dieser Bar?»

«Zwanzig Minuten mit dem Auto?», vermutet Bronko.

«Gut», sagt Schamski. «Dann trinken wir jetzt noch ein Pint, und dann fahren wir los.»

Alle nicken.

«Und ich fahre», setzt Schamski nach.

Langsam drehen sich die Köpfe zu ihm.

«Kommen wir zufällig am Motorway vorbei, wenn wir zu dieser Bar fahren?», fragt Schamski scheinheilig.

Bronko wiegt den Kopf hin und her. «Kommt drauf an.»

Eine halbe Stunde später steigen wir in unseren *Aston Martin*.

«Finde ich gut, dass wir jetzt cruisen. Dann kommt die hier ja doch noch zum Einsatz», sagt Günther und reicht eine CD nach vorn.

«Was ist das?», will ich wissen.

«Musik», sagt Günther. «Hab ich uns gebrannt.»

«Warst du etwa auch einer von denen, die in den Achtzigern Kassetten aufgenommen haben?», fragt Bronko interessiert.

«Klar», erwidert Günther. «Du etwa nicht?»

Bronko schüttelt den Kopf. «Ich war technisch nie so versiert.»

«Damit konnte man aber super Mädels rumkriegen …»

«Du hast mit selbstaufgenommenen Kassetten Mädels rumgekriegt?», frage ich verblüfft.

«Nein!», erwidert Günther. «Aber bei anderen soll das geklappt haben.»

«Und was ist auf dieser CD?», will Schamski wissen.

«Achtziger querbeet», erwidert Günther. «Zum Beispiel Roxy Music, Spandau Ballet, Alphaville …»

«Alphaville?», wiederholt Schamski und schüttelt sich. «*Big in Japan* oder *Forever Young*?»

«Beides», erwidert Günther ungerührt.

«Okay. Hat jemand Einwände gegen Günthers Popper-Mucke?», fragt Schamski.

«Vorsichtig!», warnt Günther.

Da Bronko und ich offenbar keine Meinung zu dem Thema haben, wirft Schamski die CD ein. Dann startet er zu den ersten Takten des ABC-Hits *The look of love* den Motor unseres Boliden.

«Wir hätten uns noch ein paar Dosen Bier besorgen sollen», sage ich, als wir durch die Stadt rollen.

«Ach, Mensch! Halt da vorn mal an!», erwidert Bronko prompt. «Ganz vergessen. Ich hab doch noch Bier im Kofferraum.»

Als Schamski auf den Motorway fährt, sind wir mit Bier versorgt, und es läuft *You can't hurry love* von Phil Collins. Man kann also nicht behaupten, dass Günthers Musikgeschmack einseitig wäre. Obwohl ich feststellen muss, dass bislang tatsächlich noch kein einziger Punkhit aus den Achtzigern zu hören war. Das ist einerseits nicht weiter tragisch, andererseits sollte eine Querbeet-CD dennoch den einen oder anderen Song von den Ramones, Die Ärzte oder The Clash enthalten. Ich bin nur kurze Zeit Punk gewesen, und auch nur, um eine sehr hübsche Punkerin rumzukriegen. Aber das hat gereicht, um die Bedeutung der Punkmusik für die Achtziger zu verstehen. Gerade will ich mich bei Günther beschweren, da erklingen die ersten Takte von Michael Jacksons *Thriller*. Ich lehne mich zurück und bin für den Moment versöhnt.

Für Londoner Verhältnisse ist der Verkehr gerade ausgesprochen ruhig. Auch Schamski scheint *Thriller* zu mögen. Ich sehe, wie er den Rhythmus mit zwei Fingern auf dem Lenkrad mittrommelt.

«Halt mal kurz!» Schamski reicht mir sein Bier. Dann wechselt er auf die Überholspur und gibt Gas. Die Beschleunigung drückt uns ein wenig in die Sitze. Der Motor scheint über Riesenkräfte zu verfügen. Die Anstrengung ist ihm praktisch nicht anzumerken. Das tiefe und satte Knurren der Maschine klingt lediglich etwas heller, wenn Schamski sich dem Schaltpunkt nähert. Begleitet von einem der erfolgreichsten Popsongs aller Zeiten, schießt unser *Aston Martin* durch die Nacht.

«… cause this is … thrilll…lller … thrill…ller night … and no one's gonna save you from the beast about to strike …»

Plötzlich wird die Dunkelheit von einem gleißenden Blitz erhellt.

«Scheiße», sagt Schamski leise und geht sofort vom Gas.

«War das etwa …?», frage ich besorgt.

«Das war sogar ziemlich sicher ein Blitzer», bestätigt Günther.

«Ach, nicht so wild!», sagt Bronko. «Hier sind siebzig Meilen pro Stunde erlaubt. Wie viel hattest du denn drauf?»

«Rund hundertsiebzig, würde ich sagen.»

«Oh.» Bronko klingt schockiert. «Aber das wären dann ja …» Er überlegt.

«Etwas mehr als zweihundertsiebzig Stundenkilometer», stellt Günther gelassen fest.

«Und was machen wir jetzt?», will Schamski wissen.

«Abwarten», erwidert Bronko. «Die melden sich ja frühestens in ein paar Wochen. Und vielleicht kriegt das die Botschaft geradegebogen.»

«Können wir dann jetzt vielleicht doch noch zu dieser Bar?», frage ich. «Ich könnte einen Drink vertragen.»

«Gute Idee», erwidert Bronko. «Das machen wir.»

Schamski lässt den Boliden zur nächsten Ausfahrt rollen.

«Mach mal das übernächste Lied!», bittet Günther.

Ich drücke zweimal die entsprechende Taste, und wir hören die ersten Takte von *Highway to Hell.*

«Der Song ist aber nicht Achtziger, der ist von Neunundsiebzig», sagt Schamski grinsend.

«Wusste ich doch, dass er dir gefällt», erwidert Günther.

DU MUSST MICH NICHT HEIRATEN

Gott ist ein Witzbold. Aber einer mit Sinn für Romantik. An Melissas und Schamskis Hochzeitstag ist der Himmel strahlend blau. Die Luft schmeckt nach Gras und Frühlingsblumen, Schäfchenwolken flanieren am Horizont. Herrlicheres Wetter bekommt man auch nicht als legales Brautpaar.

Vor Beginn der Messe treffen wir uns alle in der Sakristei. Mulligan hat mir den Schlüssel anvertraut, damit die Hochzeitsgesellschaft nicht vor der Kirche warten muss. Nebenbei sind wir so vor den Blicken Neugieriger geschützt. Außerdem kann der Reverend in aller Ruhe die Gäste begrüßen und allen letzte Instruktionen für die Zeremonie geben.

Elisabeth, Jona und ich sind viel zu früh dran. Die Sakristei ist mit Gewändern, Kelchen, Büchern und anderem liturgischem Gerät vollgestopft. Ein bisschen wirkt sie wie ein Theaterfundus. Es gibt zwei kleine Nebenräume, die offenbar als Umkleiden genutzt werden. In einem davon stelle ich den Kinderwagen mit meinem schlafenden Sohn ab. Auf diese Weise ist Jona ungestört, wenn hier gleich alle durcheinanderreden.

Elisabeth hat vor lauter Nervosität in der letzten Nacht kein Auge zugetan. Nach mehreren Tassen Kaffee, um die Müdigkeit zu bekämpfen, ist sie jetzt völlig aufgekratzt. Da sie es zu Hause nicht mehr ausgehalten hat, sind wir nun bereits eine geschlagene Stunde vor Beginn der Zeremonie in Morlyhan. Gut, dass wir nicht vor der Kirche warten müssen, denn Elisabeth trägt eine stahlblaue Robe und einen farblich dazu passenden Hut in der Größe eines Wagenrades. Im verschlafenen Morlyhan dürfte das etwa so viel Aufsehen erregen wie eine Zirkusparade im Dorfzentrum.

«Hast du mal eine Zigarette für mich?»

«Hier ist Rauchen verboten», antworte ich.

Sie sieht sich um. «Ich sehe hier nirgendwo ein Schild.» Es klingt patzig.

«Elisabeth, das hier ist eine Kirche, da gilt das automatisch. Sex, Leute anpöbeln und sich besaufen ist hier auch verboten. Siehst du irgendwo entsprechende Schilder?»

Sie stößt verächtlich Luft durch die Nase. «Wie lange dauert es noch?»

Ich seufze. «Neunundfünfzig Minuten. Wenn du mich in einer Minute wieder fragst, dann sind es übrigens noch achtundfünfzig Minuten.»

«Warum können wir denn keinen Spaziergang machen?», fragt sie und klingt wie ein unzufriedenes Kind auf einer langen Autofahrt.

Ich will ihr gerade antworten, da klopft es an der Tür, und ein älterer Herr erscheint. Es ist Elisabeths abtrünniger Ehemann Karl von Beuten. Ich sehe, dass der Patriarchin die Gesichtszüge entgleisen, ein Schauspiel, dass man nicht oft geboten bekommt. Gewöhnlich hat sie ihre Emotionen im Griff wie ein strenger Dompteur seine Bestien.

«Was machst du denn hier?», fragt sie tonlos.

Karl lächelt freundlich. «Guten Tag, Elisabeth. Es freut mich ebenfalls, dich wiederzusehen.»

Zuletzt habe ich Karl auf Mallorca getroffen, wo er sich als Schauspieler und Gelegenheitsjobber über Wasser zu halten versuchte. Er lebte mit seiner jüngeren Geliebten Uschi in einer winzigen Wohnung und fühlte sich nach eigenem Bekunden großartig. Dabei muss es ihm ziemlich schlechtgegangen sein. Ob er noch mehr soff als vor dem Bruch mit Elisabeth, konnte ich aufgrund unserer wenigen und obendrein kurzen Begegnungen nicht abschätzen. Damals verlieh ihm der Alkohol jedenfalls eine Art ständiges fiebriges Glänzen, einen starren Blick und eine gerötete Haut. All das ist passé. Karl wirkt nun agil und gesund. Ein heller Sommeranzug bringt seine leichte Gesichtsbräune zur Geltung.

Elisabeth scheint all das ebenfalls bemerkt zu haben, denn sie wirkt irritiert. Statt Karls nette Begrüßung zu erwidern, wendet sie sich zu mir.

«War das deine Idee?», fragt sie schroff.

«Ja», erwidere ich völlig selbstverständlich, obwohl das nicht ganz stimmt. Melissa hat sich gewünscht, von ihrem Vater zum Traualtar geführt zu werden. Da sie aber wusste, dass ihre Mutter in diesem Fall der Hochzeit fernbleiben würde, traute die Braut sich nicht, darum zu bitten. Deshalb habe ich die Entscheidung auf meine Kappe genommen und im Vorfeld niemandem was von Karls Kommen erzählt.

Immer noch sieht Elisabeth mich fragend an. Es scheint, als würde sie eine Erklärung, vielleicht gar eine Entschuldigung von mir hören wollen.

Ich zucke mit den Schultern. «Was soll ich denn jetzt sagen? Eure Tochter heiratet heute. Sie wünscht sich, dass ihr beide dabei seid. Es wäre also schön, wenn ihr für einen Tag eure persönlichen Differenzen ausnahmsweise vergessen könntet.»

«Also von mir aus sehr gern», erwidert Karl prompt.

Diese Reaktion haben wir natürlich im Vorfeld abgesprochen. Sie soll Elisabeth gnädig stimmen.

Die Patriarchin sieht mir direkt in die Augen. Offenbar

überlegt sie, ob sie mir auf der Stelle oder erst nach der Hochzeit den Kopf abreißen soll. Schließlich entscheidet sie sich für Letzteres und wendet sich zu Karl.

«Du siehst gut aus.»

«Danke sehr.» Er wirkt ehrlich erfreut. Ob das an Elisabeths Kompliment liegt oder an dem Umstand, dass die Situation mit diesem Satz entschärft sein dürfte, bleibt offen. «Weißt du, ich habe mir ein paar schlechte Angewohnheiten abgewöhnt ...»

«Affären mit dem Personal, beispielsweise?» Elisabeth fragt es, ohne mit der Wimper zu zucken.

Karls Lächeln gefriert. «Zuerst einmal habe ich mir das Saufen abgewöhnt. Dann habe ich aufgehört, mir vorzumachen, dass ich ein guter Schauspieler bin.» Er überlegt einen kurzen Moment. «Und in der Tat haben Uschi und ich uns getrennt, falls es das ist, was du wissen wolltest.»

Elisabeth mustert ihren Mann. Für einen sehr kurzen Moment ist sämtlicher Hochmut aus ihren Augen verschwunden. Sie scheint sogar ihren Groll für ein paar Sekunden vergessen zu haben. Dabei wäre es für sie ein Leichtes, sein Geständnis mit einer hämischen Replik in den Dreck zu treten. Offenbar hat Karl sie mit seiner ehrlichen und geradlinigen Bemerkung aus dem Konzept gebracht.

«Das tut mir leid», sagt sie. Und es klingt ebenfalls ehrlich.

Karl lächelt gewinnend. «Es tut dir leid, dass ich mir das Saufen abgewöhnt habe?»

Jetzt lächelt auch Elisabeth ein wenig. «Die Sache mit Uschi, meine ich.»

Karl zuckt mit den Schultern. «Unsere Beziehung ging nur so lange gut, wie sie im Verborgenen stattfand. Ich glaube, wir kamen uns beide ein bisschen so vor wie zwei Zootiere, die ausgewildert werden und dann feststellen müssen, dass sie in Freiheit nicht lebensfähig sind.»

Elisabeth sieht ihn an und schweigt.

«Das sollte jetzt kein Vorwurf sein», setzt Karl rasch nach. «Ich wollte damit nicht sagen, dass du mich in einen goldenen Käfig gesperrt hast oder so was. Wirklich nicht.»

Immer noch sieht Elisabeth ihn an. Er hält ihrem Blick stand, doch in seinen Augen flackert die Sorge, dass die Stimmung kippen könnte.

«Wir brauchen uns nichts vorzumachen, Karl», sagt Elisabeth nach einem kurzen Zögern. Sie klingt gefasst. «Wenn du dich bei mir wie in einem goldenen Käfig gefühlt hast, dann kannst du das auch so sagen.»

Ich hoffe, dass Karl alt und vor allem klug genug ist, nicht in diese Falle zu tappen. Frauen geben sich gerne tolerant und verständnisvoll, wenn sie Geständnisse wittern. Das heißt aber nicht, dass sie mit Geständnissen auch tolerant und verständnisvoll umgehen.

«Lass uns das tun, worum Paul uns eben gebeten hat, Elisabeth. Lass uns heute unsere persönlichen Differenzen vergessen und uns darüber freuen, dass unsere Tochter gleich heiratet.» Es klingt nicht wie eine Bitte, sondern wie ein gutes Angebot. Karl bemüht sich sichtlich um einen Dialog auf Augenhöhe.

Elisabeth überlegt einen kurzen Moment, dann nickt sie.

Ich freue mich, dass Karls rund fünfzigjährige Erfahrung im Umgang mit seiner problematischen Frau an dieser Stelle hilfreich ist. Es sieht jedenfalls nicht so aus, als würden die beiden sich jetzt noch in die Haare kriegen. Die folgende Plauderei kann deshalb ohne mich stattfinden. Ich bedeute Elisabeth, doch bitte darauf zu hören, ob Jona wach wird. Als sie nickt, trete ich ins Freie, um mir eine Zigarette zu gönnen.

Günther und Iggy kommen mir entgegen.

«Sind wir etwa die Ersten?», fragt Iggy.

Ich schüttele den Kopf. «Die Brauteltern sind bereits drinnen.»

Günther und ich wechseln einen Blick. Er hat es nicht nur geschafft, Karl auf Mallorca zu finden, sondern ihn auch davon überzeugt, dass er einen Streit mit Elisabeth riskieren muss, wenn er Melissa zum Traualtar führen will. Ich sehe Günther an, dass er zu gerne wüsste, wie die Begegnung der feindlichen Parteien verlaufen ist.

«Unser Plan hat offensichtlich funktioniert», sage ich.

Günther nickt zufrieden. «Ich bin zuversichtlich, dass heute alle unsere Pläne funktionieren werden», sagt er. Dabei zieht er ein Handy aus seiner Anzugtasche, tippt aufs Display und wirft einen kurzen Blick darauf.

«Alles ruhig», verkündet er, steckt das technische Kleinod wieder ein und fügt hinzu: «Wir sagen drinnen mal guten Tag».

Ich nicke und ziehe an meiner Zigarette.

Kaum sind Günther und Iggy in der Sakristei verschwunden, da biegen Konstantin und sein kleiner Sohn Alphons um die Ecke. Begleitet werden die beiden von einer Frau um die dreißig. Sie ist schlank und vermutlich attraktiv. Das kann man aber gerade nicht erkennen, weil ihre blondierten Haare, ein knallroter Lippenstift und eine sehr großzügige Portion Make-up nur erahnen lassen, wie sie unmaskiert aussieht. Der Kontrast zu Konstantin und Alphons, die beide den gleichen grauen Nadelstreifenanzug tragen, ist jedenfalls eklatant. Die drei sehen aus wie eine seltsame Zirkusnummer. Oder wahlweise wie zwei Figuren aus einem

Märchen von Lewis Carroll, die von einem aufgetakelten Boxenluder verfolgt werden.

«Ist meine Mutter schon da?», fragt Konstantin, ohne ein Wort des Grußes vorwegzuschicken. Er ist unübersehbar nervös.

Ich wende mich seiner Begleitung zu. «Guten Tag. Ich glaube, wir hatten noch nicht das Vergnügen. Ich bin …»

«Entschuldigung, das habe ich jetzt ganz vergessen», unterbricht Konstantin. «Ludmila, das ist Paul.» Er überlegt einen Moment, wie er meine Funktion in der Familie beschreiben könnte, spart sich das dann aber. «Ludmila ist meine Verlobte. Und Alphons' Mutter.»

Man merkt, dass ihm das nicht leicht über die Lippen geht. Er scheint sie noch nicht oft vorgestellt zu haben. Schon gar nicht als seine Verlobte.

Ludmila nickt mir freundlich zu und lächelt breit. Sie hat ein bisschen Lippenstift auf den Zähnen und erinnert mich deshalb an ein Raubtier, das gerade Beute geschlagen hat.

«Und was ist dir passiert?», frage ich Alphons, dessen Daumen dick bandagiert sind.

Alphons zuckt mit den Schultern. Er möchte wohl nicht drüber reden.

«Sehnenscheidenentzündung», erklärt Ludmila mit starkem osteuropäischem Akzent. «Er hat heimlich eine ganze Nacht Playstation gespielt.»

Der kleine Alphons kann sich offenbar weiterhin auf sein Pech verlassen. Binnen der wenigen Wochen, die ich bei der Familie auf Mallorca verbracht habe, ist Alphons gleich mehrfach in kritische Situationen geraten. Immerhin hat er offenbar weiterhin Glück im Unglück, denn ernsthafte Verletzungen sind ihm auch damals erspart geblieben.

«Dann gute Besserung», wünsche ich.

Alphons nickt kurz.

«Ja. Gut. Wir können ja später noch reden», mischt Konstatin sich ein und öffnet die Tür zur Sakristei.

Als die drei darin verschwunden sind, zünde ich mir eine neue Zigarette an und überlege, woher ich den Namen Ludmila kenne. Ich ahne, dass ihr Auftauchen neue Probleme mit sich bringen wird. Wann und wo habe ich nur diesen Namen schon mal gehört?

Die Tür öffnet sich wieder, Alphons erscheint. «Ich soll draußen warten.»

Ich nicke freundlich.

Er hockt sich auf ein Mäuerchen, zieht ein Comicheft hervor und blättert darin. Sekunden später hat er sich in eine Geschichte vertieft.

Plötzlich fällt mir wieder ein, dass Iris Ludmila mal erwähnt hat. Sie war Audreys Kindermädchen und ist der Grund gewesen, weshalb Konstantin sich von Iris' und Audreys Mutter getrennt hat. Elisabeth hat ihm diesen gesellschaftlichen Fauxpas nie verziehen. Deswegen existiert Ludmila offiziell nicht, obwohl sie Elisabeth einen Enkelsohn geschenkt hat. Zu familiären Anlässen erschien Konstantin bislang zwar mit Alphons, nicht aber mit dessen Mutter. Offenbar soll sich das am heutigen Tag ändern. Daher also Konstantins Nervosität. Die Frau mit dem Raubtierlächeln möchte endlich ein anerkanntes Mitglied der Familie von Beuten werden, und Konstantin soll in dieser Hinsicht Fakten schaffen. Sicher hat Ludmila ihm ordentlich Feuer unterm Hinter gemacht. Als konfliktscheues Muttersöhnchen wäre der junge von Beuten allein nie auf die Idee gekommen, seiner Mutter die Stirn zu bieten.

Ich würde nicht darauf wetten, dass die alte Dame in Sachen Ludmila einlenkt. Das hat die Patriarchin bereits im

Fall von Karl getan, und es entspricht nicht ihren Angewohnheiten, zweimal am gleichen Tag einzulenken. Dafür ist sie einfach von Natur aus zu sehr auf Krawall gebürstet.

Es könnte mir gleichgültig sein, wenn sie Konstantin auf die Größe einer Briefmarke zusammenfaltet. Wir haben uns nie sonderlich gemocht, waren geschäftlich immer unterschiedlicher Meinung, und eigentlich müsste er sich bei mir noch wegen der Sache mit Timothy entschuldigen.

Im Grunde würde ich ihm sogar eine saftige Abreibung gönnen. Da es mir aber wichtiger ist, dass Melissa und Schamski einen schönen Hochzeitstag haben, trete ich meine Zigarette aus und öffne die Tür zur Sakristei, um Wogen zu glätten, wo immer welche zu glätten sind.

Um ein Haar laufe ich Günther über den Haufen.

«Gut, dass du kommst. Ich wollte dich gerade holen.»

«... muss ich mir von so einem Sexfilmsternchen nicht sagen lassen!», höre ich Elisabeth im Hintergrund.

Günther hebt fast unmerklich eine Augenbraue. «Wird kein leichter Job, würde ich mal vermuten.»

«Erotik!», zetert Ludmila in hoher Tonlage. «Es war ein Erotikfilm!» Die Aufregung verstärkt ihren ohnehin nicht schwachen Akzent. Sie rollt das R nun, als würde sie einen Papagei parodieren wollen.

Konstantin steht zwischen den Streithennen. Sein Gesicht hat exakt die Farbe der blütenweißen Ministrantengewänder, die hinter ihm hängen.

«Das stimmt», erwidert er und scheint einem Kreislaufkollaps nahe. «Ich habe den Film gesehen. Er hat einen Publikumspreis in ...»

«Glaubst du wirklich, dass sie dich genommen hat, weil du so unheimlich viel Charisma besitzt?», unterbricht Elisabeth.

Ich sehe eine tiefe Bestürzung in Konstantins Gesicht. Gerade tut er mir sogar ein bisschen leid. Na ja, fast.

«Elisabeth, bitte! Das müssen wir doch nicht jetzt …», versucht Karl seine aufgebrachte Frau zu beschwichtigen, doch die ist momentan nicht zu bremsen.

«Hast du ihr gesagt, dass wir pleite sind?», blafft sie Konstantin an. «Weiß sie, dass sie in Zukunft wieder Erotikfilme drehen muss, damit ihr euch über Wasser halten könnt?» Das Wort «Erotikfilme» betont Elisabeth, als würde irgendein unappetitlicher Glibber daran kleben.

Ludmila schürzt ihre knallroten Lippen und fixiert Konstantin. Offensichtlich hat er ihr tatsächlich noch nichts dergleichen erzählt.

«Ich wollte … ich … ich dachte, wir … könnten», stottert Konstantin und bemüht sich dann, ein freundliches Gesicht zu machen. Inzwischen wäre es ihm wohl ganz recht, wenn er einfach in Ohnmacht fallen und damit zumindest ein bisschen Zeit gewinnen könnte.

«Stimmt das etwa?», fragt Ludmila spitz.

«Was ist denn hier los?», erkundigt sich Schamski. Ich habe sein Kommen gar nicht bemerkt. Er trägt einen sehr gut sitzenden dunklen Anzug, der ihn wesentlich besser kleidet als die Sportklamotten, die er im Studio trägt.

«Sag mir sofort, ob Großmutter recht hat», setzt Ludmila drohend nach.

«Wo ist Melissa?», frage ich Schamski.

«Kommt gleich.»

«Ich verbitte es mir, von deiner Gespielin Großmutter genannt zu werden!», faucht Elisabeth.

«Sie ist nicht meine Gespielin!», hört man Konstantin durch die geschlossenen Zähne zischen. Er klingt, als wäre er kurz davor zu explodieren.

«Was ist denn hier los?», fragt Melissa. Ihr Kommen habe ich ebenfalls nicht bemerkt. Sie hat Bronko im Schlepptau, der das Brautpaar chauffiert hat. Zur Begrüßung nickt er kurz und wendet sich dann interessiert dem Streit von Elisabeth und Ludmila zu.

Gerade will ich Melissas Frage beantworten, da fällt mir auf, dass die Braut ausnehmend schön gekleidet ist. Sie trägt kein ausladendes Gewand, sondern ein bodenlanges, sanft fließendes cremefarbenes Kleid, das man auch gut zu einem Sommerfest in gehobener Gesellschaft tragen könnte. Diesen Eindruck unterstreichen ein paar sorgsam ausgewählte frische Blumen, die Melissa sich ins Haar geflochten hat.

«Du siehst umwerfend aus», sage ich, derweil man Ludmila und Elisabeth im Hintergrund keifen hört.

«Danke», erwidert Melissa und lächelt glücklich. «Ich habe auf eine große Schleppe und ein unbequemes Kleid verzichtet, weil man ja nicht ausschließen kann, dass wir heute noch vor der Polizei flüchten müssen.» Sie küsst Schamski auf die Wange und fügt lächelnd hinzu: «Du musst wissen, dass mein künftiger Ehemann ein steckbrieflich gesuchter Verbrecher ist.»

Schamski nickt grinsend. «Weltweit, hast du vergessen.»

«Ja, verdammt! Ich liebe Ludmila! Und ich weiß nicht, warum du das nicht endlich einsehen willst!», hört man nun Konstantin brüllen.

Fast im gleichen Moment beginnt Glockengeläut, weshalb man Elisabeths Replik nicht verstehen kann. Ihrem Gesichtsausdruck nach zu urteilen, stößt sie eine Reihe wüster Beschimpfungen aus.

Das Glockengeläut wird nun begleitet von einem sehr hohen und hellen Jaulen. Jona ist wach geworden. Kein Wunder bei dem Krach, der hier herrscht. Unpassenderweise klingelt nun auch noch mein Handy.

Günther, der neben mir steht, erkennt mein Problem.

«Ich mach schon», sagt er und steuert zielsicher auf jenen Umkleideraum zu, in dem ich Jona abgelegt habe.

Ich nicke dankbar und nehme das Gespräch an. Es ist Audrey.

«Kann ich mal Melissa sprechen?»

«Was?», rufe ich. «Ich kann dich ganz schlecht verstehen. Wo bist du?»

Ich steuere den zweiten Umkleideraum an, in der Hoffnung, dass es dort etwas ruhiger ist.

«In Paris. Ich schaffe es nicht zur Hochzeit. Wie es gerade aussieht, schaffe ich es nicht mal nach London. Tut mir echt leid.»

Der zweite Nebenraum dämpft die Geräusche von außen merklich.

Ich spüre, dass Audrey noch etwas anderes auf dem Herzen hat. «Das ist schade», sage ich. «Aber da kann man dann ja leider nichts machen.» Kurze Kunstpause. «Sonst alles okay?»

Sie schluchzt. «Nein, Paul. Nichts ist okay. Ich kriege mein Leben einfach nicht auf die Reihe. Mein Job frisst mich auf. Deshalb kann ich mich nicht um meinen Sohn kümmern. Ich weiß nicht, wann sich das ändert, weil ich bereits zwei weitere Aufträge angeboten bekommen habe. Und zu allem Überfluss will mich ein amerikanischer Soziologe, der demnächst ein Jahr lang in der australischen Wildnis leben wird, heiraten.»

«Das klingt kompliziert», erwidere ich. Ich hoffe, Audrey erwartet nicht, dass wir nun darüber diskutieren, ob man sich den Arsch abarbeiten und amerikanische Soziologen heiraten sollte. «Wir können das gerne bei Gelegenheit besprechen. Ist nur gerade schlecht, weil sich deine Großmutter und dein Vater streiten. Und deine Stiefmutter.»

«Ludmila ist da?», fragt Audrey verblüfft.

«Ja. Und ich muss hier jetzt mal intervenieren, sonst werden wir bestimmt noch alle aus der Kirche geworfen.»

«Warte, Paul! Nur eins noch! Geht es Dragijonarah gut?»

«Ja. Es geht ihm sehr gut. Mach dir keine Sorgen.»

«Okay. Danke. Gib Melissa einen Kuss von mir. Sie soll mich anrufen.»

Das Gespräch wird beendet, im gleichen Moment öffnet sich die Tür, und Mulligan erscheint. Er wirkt besorgt. Ich gehe davon aus, dass der Trubel in der Sakristei dafür verantwortlich ist.

«Nur ein kleiner Familienstreit», spiele ich den Krawall im Nebenraum herunter. «Ich kümmere mich sofort darum.»

Mulligan winkt ab. «Wir haben ein ernstes Problem. Sie sollten mal nach draußen gehen.»

Er sieht mein fragendes Gesicht und fügt hinzu: «Ihre Betty Crowley wartet vor der Tür. Und sie hat Ihnen etwas Wichtiges zu sagen.»

Ich schüttele energisch den Kopf. «Ganz sicher nicht. Iris ist in Montevideo. Und wenn sie klug ist, dann bleibt sie da auch.»

Mulligan sieht mich an. «Es klang wichtig, und es klang eilig. Wollen Sie nachsehen, oder wollen wir diskutieren?»

Mit den Armen rudernd, wühle ich mich durch die lautstark diskutierende Hochzeitsgesellschaft, während das Glockengeläut nun noch von dröhnender Orgelmusik übertönt wird.

Ich reiße die Tür ins Freie auf, als würde ich den Raum hinter mir mit Stille fluten wollen. Dann sehe ich sie. Iris.

Sie ist es tatsächlich. Sie hat Mary-Ann auf dem Arm, ist dezent gebräunt und trägt ein hübsches gelbes Sommerkleid. Ich kann gerade weder etwas sagen noch etwas tun. Ich stehe einfach nur da und staune.

«Hallo, Paul. Ich wollte vermeiden, dass du mich siehst und mir im Affekt an die Gurgel gehst», sagt sie. «Deshalb habe ich den Priester gebeten, dich mal kurz rauszuschicken.»

Es klingt wie eine normale Begrüßung, und vielleicht ist es diese Normalität, die mich meine Sprache wiederfinden lässt. «Was macht dich so sicher, dass ich dir nicht jetzt an die Gurgel gehe?», frage ich.

«Ich kann verstehen, dass du sauer auf mich bist ...», beginnt Iris.

«O nein!», unterbreche ich barsch. «Sauer ist man auf Leute, die geliehene DVDs einfach behalten. Oder die einen bei einer Verabredung eine halbe Stunde warten lassen. Du hingegen hast mein Leben versaut. Auf solche Leute ist man nicht nur sauer, sondern grenzenlos wütend!»

Sie lächelt ein wenig. Ich bin irritiert.

«Ich hab mir schon gedacht, dass du so reagieren würdest», sagt sie. «Ich kann dir alles erklären. Aber dafür haben wir jetzt keine Zeit. Die Polizei ist nämlich auf dem Weg hierher. Das Brautpaar sollte also schnellstmöglich verschwinden.»

Ich versuche gerade, die diversen Informationen in diesen Sätzen zu verarbeiten und darüber hinaus die Frage zu beantworten, warum Iris überhaupt weiß, was hier vor sich geht, da höre ich Günther sagen: «Sie hat recht. Wir haben vielleicht zehn Minuten. Mit viel Glück.»

Günther hat Jona auf dem Arm, der sich dort wie üblich pudelwohl fühlt und nun obendrein Mary-Ann anstrahlt. Zumindest Cousin und Cousine verstehen sich also prächtig. In seiner freien Hand hält Günther sein Handy und verfolgt offenbar das Herannahen der Polizei.

«Aber wie zur Hölle haben die uns denn gefunden?», frage ich verzweifelt.

Bronko steckt den Kopf durch die halbgeöffnete Tür. «Ich habe mich schon gefragt, ob ich den *Aston Martin* nicht hätte zurückgeben sollen.»

«Weil?», frage ich aufgeschmissen.

«Weil die den Blitzer vielleicht ausgerechnet gestern gecheckt haben. Außerdem ist der Wagen immerhin an eine Diplomatengattin …»

«Die Karre ist vernetzt», unterbricht Günther zerknirscht. «Verdammt. Dass ich daran nicht gedacht habe. Die können den Wagen orten. Wahrscheinlich sind wir gestern nicht nur geblitzt, sondern auch dauernd gefilmt worden. In London hängen Hunderttausende Überwachungskameras.»

«Würde es was helfen, wenn jemand jetzt sofort den Wagen von hier wegbringt?», fragt Iris.

Günther schüttelt den Kopf. «Dieser Jemand käme bestimmt nicht weit. Außerdem würde die Polizei trotzdem auch hier nach Schamski suchen.»

Verzweifelt sehe ich Günther und Bronko an. «Ich kann doch jetzt nicht da reingehen und die Hochzeit absagen. Ihr wisst genau, was der heutige Tag den beiden bedeutet.»

Schweigen. Wir überlegen angestrengt.

«Wir brauchen ein zweites Brautpaar», sagt Günther plötzlich. «Dann ziehen wir die gleiche Nummer wie in Deutschland durch. Diesmal muss sich nur jemand vom Traualtar weg verhaften lassen.»

Ich brauche ein paar Sekunden, um den Sinn von Günthers Worten zu verstehen, dann wende ich mich zu Iris.

«Ich werde dich jetzt vor den Traualtar führen», sage ich. «Keine Sorge. Du musst mich nicht heiraten, weil wir vorher verhaftet werden. Tu es einfach für Melissa und Schamski. Obwohl du, ganz nebenbei bemerkt, auch mir einiges schuldig bist.»

Iris sieht mich an. Dann nickt sie wie jemand, der gerade für ein Himmelfahrtskommando ausgewählt wurde.

«Es gibt da noch ein kleines Problem», sagt sie. «Mary-Ann fremdelt momentan sehr. Und da sie ihre Verwandten seit mehr als einem Monat nicht gesehen hat, wüsste ich nicht, wem ich sie anvertrauen könnte.»

Günther steckt sein Handy weg. Dann bedeutet er Iris, ihm Mary-Ann anzureichen. Iris zögert einen Moment, setzt dann aber doch ihre Tochter auf Günthers breiten Unterarm, womit Mary-Ann nun Jona direkt gegenübersitzt. Die Kleine betrachtet Günther interessiert, lacht dann glucksend und beginnt mit Jona zu flirten.

Iris und ich tauschen einen Blick. Ihrem kurzen Nicken entnehme ich, dass unserer Hochzeit nun nichts mehr im Wege steht – bis auf Scotland Yard oder wer auch immer uns in Handschellen legen wird.

Es ist ein Machtwort von Mulligan nötig, um die Hochzeitsgesellschaft zum Schweigen zu bringen. Ich hätte nicht gedacht, dass der Reverend über ein derart respektgebietendes Organ verfügt. Harte Drinks und schwarzer Tabak scheinen also auch Vorteile zu haben.

Um keine Zeit zu vergeuden, umreiße ich den Plan in aller Kürze. Zu kurz, offenbar, denn danach sehe ich in ratlose Gesichter. Immerhin haben Melissa und Schamski verstanden, was ich vorhabe, denn Melissa zieht nun Iris mit den Worten «Wir müssen sofort die Kleider tauschen» zielstrebig in einen der Umkleideräume.

Kaum fünf Minuten später haben sich die Hochzeitsgäste unter die erstaunten Kirchgänger von Morlyhan gemischt. Ich stehe am Altar und warte auf Iris, die von Karl von Beuten zu frenetischer Orgelmusik durch den Mittelgang geführt wird.

Dann stehen Iris und ich vor dem Traualtar.

Während Mulligan die Anwesenden darüber informiert, dass er gleich eine Trauung durchführen wird, die nicht ganz den üblichen Gepflogenheiten entspricht, will ich gerade darüber nachdenken, wie seltsam das Leben manchmal spielt. Dazu habe ich aber keine Gelegenheit, denn noch bevor Mulligan zur eigentlichen Zeremonie schreiten kann, hört man draußen mehrere Autos vorfahren. Dann öffnen sich leise die Türen, und etwa ein halbes Dutzend Polizisten verteilt sich in den Seitengängen. Bei einem kurzen Blick nach hinten sehe ich zwei Kerle in Trenchcoats durch den Mittelgang zum Altar schreiten. Ich vermute, das sind die Herren, auf die wir gewartet haben.

Mulligan schweigt, bis sich das Gemurmel in den Reihen gelegt hat. Einer der Männer im Trenchcoat nutzt die Gelegenheit, um das Wort zu ergreifen: «Entschuldigen Sie die Störung, Reverend. Parker ist mein Name. Das hier ist mein Kollege Wilkinson. Wir sind von der Kriminalpolizei und haben Grund zu der Annahme, dass der Mann, den Sie da gerade verheiraten wollen, Guido Schamski ist. Er wird international wegen verschiedener Delikte gesucht. Wir müssen ihn deshalb leider mitnehmen.»

Ich habe mich inzwischen zu den Trenchcoats umgedreht. Parker und Wilkinson lächeln freundlich. Im nächsten Moment sehe ich die beiden ebenso erschrocken zusammenzucken, wie ich selbst erschrocken zusammenzucke.

«Gott, der Herr, wird euch dafür strafen, dass ihr sein

Haus betretet, ohne ihm Respekt zu zollen!», poltert Mulligan über die Köpfe hinweg.

Es ist nun mucksmäuschenstill in der Kirche. Parker und Wilkinson sehen aus, als hätte man ihnen gerade Eiswasser über die Köpfe geschüttet.

Mit theatralisch ausgestrecktem Zeigefinger deutet Mulligan nun auf mich. «Wenn dieser Mann gesündigt hat, dann soll er dafür bestraft werden. Zunächst aber wird er vor Gott Zeugnis darüber ablegen, dass er der Frau an seiner Seite ewige Treue schwört, in guten wie in schlechten Zeiten.»

Wieder lässt Mulligan seine Worte wirken. Parker und Wilkinson stehen da wie Vorschulkinder, denen Knecht Ruprecht gerade die Leviten liest.

«Bitte», sagt Mulligan dann in väterlichem Tonfall und bedeutet den Trenchcoats, zwei freie Plätze am äußeren Ende der ersten Reihe aufzusuchen. «In wenigen Minuten gehört er Ihnen.»

Derweil Parker und Wilkinson sich verschämt trollen, werfe ich einen Blick zu Iris. Sie zieht fast unmerklich die Schultern hoch. Nebenbei ist sie etwas blass geworden. Ich schaue zu Mulligan, der beruhigend nickt.

«Bitte erheben Sie sich», sagt er. Man hört das Ächzen und Knarren der Bänke, Räuspern und das Rascheln von Kleidung.

«Wir haben uns heute hier vor Gott versammelt, weil dieser Mann und diese Frau das Ehebündnis schließen möchten.» Mulligan sieht mir direkt in die Augen. «Ich frage dich deshalb, willst du diese Frau zu deiner Ehefrau nehmen? Willst du sie lieben, und willst du ernsthaft versuchen, sie glücklich zu machen?»

Ich muss schlucken. Clever gemacht von Mulligan. Wenn

er das durchzieht, sind wir dann eigentlich wirklich verheiratet? Ich meine, geht das überhaupt, wo doch Iris noch Timothys Ehefrau ist?

Ich schaue zu Iris. In ihren Augen sehe ich ein bisschen Angst, aber auch eine große Neugier. Meine Antwort auf Mulligans Fragen scheint sie brennend zu interessieren. Offenbar ist es ihr nicht wichtig, ob diese Zeremonie irgendeine Form von Gültigkeit hat.

Ich schaue wieder zu Mulligan. Der wartet seelenruhig auf meine Antwort. Ich sehe ihm an, dass er sich mit so Kleinigkeiten wie der Frage, ob Iris momentan noch anderweitig verheiratet ist, überhaupt nicht aufhalten will. Er wird uns gleich den Segen geben. Alles Weitere können wir ja dann mit den Behörden oder mit Gott klären.

«Ja. Ich will», höre ich mich sagen. Im gleichen Moment sehe ich Iris' Augen erstrahlen, als würde ein Komet hindurchziehen.

«Und du», fährt Mulligan fort. «Willst du diesen Mann zu deinem Ehemann nehmen? Willst du ihn lieben und willst auch du ernsthaft versuchen, ihn glücklich zu machen?»

Iris sieht mich an und lächelt ein wenig. «Ja. Das will ich», sagt sie dann.

Obwohl ich unsere Eheschließung tendenziell für ungültig halte, gehen mir ihr Lächeln und dieser Satz durch Mark und Bein.

«Gut», nickt Mulligan. «Kraft meines Amtes erkläre ich euch beide hiermit vor Gott und der Welt rechtmäßig zu Mann und Frau.» Er lächelt breit. Das Wort *rechtmäßig* hat er besonders liebevoll betont. «Ihr dürft euch jetzt küssen», sagt Mulligan. «Danach werden wir euch mit einem *Irish Blessing* zum Ausgang geleiten, um dann mit der regulären Messe fortzufahren.»

Mulligan wirft einen kurzen Blick in Richtung Melissa und Schamski.

Während Iris und ich uns kurz und nervös küssen, beginnt die Orgel zu spielen, und die Gemeinde stimmt das von Mulligan angekündigte irische Segenslied an. Möge der Weg gelingen, heißt es dort. Möge uns der Wind immer in den Rücken pusten und die Sonne immer warm ins Gesicht scheinen. Und möge Gott allzeit seine schützende Hand über uns halten.

Angesichts der geballten guten Wünsche, die das *Irish Blessing* beinhaltet, wirkt es ein bisschen komisch, dass ich beim Verlassen der Kirche in Handschellen gelegt werde.

«Ich möchte ihn begleiten», sagt Iris. «Ich bin seine Frau.»

«Ja. Das haben wir eben mitbekommen», erwidert Wilkinson leicht genervt. Dann blickt er zu seinem Kollegen Parker, und der zuckt mit den Schultern. Offenbar hat er keine Einwände.

«Mr Schamski, ich muss Sie darauf hinweisen ...», beginnt Parker, wird jedoch vom kurzen Jaulen einer Polizeisirene unterbrochen.

Sekunden später rollt ein Einsatzfahrzeug an uns vorbei und fährt dann zügig den Hügel hinab. Eilig werden Iris und ich auf die Rückbank eines anderen Dienstfahrzeugs verfrachtet, während ein dritter Wagen bereits die Verfolgung aufnimmt. Dann fahren wir los.

Iris und ich schweigen eine Weile. Anhand des Funkverkehrs hört man, dass die Polizei in Hektik ist. Peinlicherweise hat offenbar einer der Kollegen den Zündschlüssel stecken lassen. Und eben dies muss jemanden animiert haben, den Wagen einfach mitzunehmen.

«Kann ich dir rasch ein paar Fragen stellen, bevor sie mich einbuchten?» Ich schaue nach vorn, weil ich erwarte, dass einer der beiden Polizisten uns verbietet, miteinander zu reden. Doch die Beamten sind zu sehr mit sich und der Verfolgung des Polizeiautodiebes beschäftigt.

Iris nickt. «Vielleicht ist es einfacher, wenn ich dir kurz erzähle, was passiert ist. Dann erledigen sich die meisten deiner Fragen wahrscheinlich.»

«Fangen wir bei unserem letzten gemeinsamen Abend an», schlage ich vor.

«Gut. An diesem Abend wusste ich bereits, dass Timothy ein krummes Ding gedreht hatte. Ich wusste nur nicht, wie es ihm genau gelungen war, das Geld auf die Seite zu schaffen.»

«Du … wusstest von Timothys Machenschaften?» Ich bin baff.

Iris nickt. «Und als ich dann von dir die Details erfahren habe, da war mir schnell klar, dass es nur mir gelingen würde, das Geld zurückzuholen.»

«Toll», erwidere ich. «Es gibt mir ein gutes Gefühl, dass du nicht mal in Erwägung gezogen hast, mich um Hilfe zu bitten.»

«Das war ja gerade der Witz», sagt Iris. «Es musste so aussehen, als ob ich dich richtig übel reingelegt hätte, denn nur auf diese Weise war sichergestellt, dass Timothy mir vertrauen würde.»

Ich überlege. Okay. Da ist was dran. «Und wie ging es dann weiter?»

«In Uruguay habe ich ihm Drogen untergeschoben und ihn dann bei der Polizei verpfiffen.»

«Wow. Und mit so einem Luder bin ich verheiratet?»

«Offensichtlich», erwidert Iris lächelnd.

«Und hast du es wirklich geschafft, das Geld wieder aufzutreiben?»

Wieder lächelt Iris. «Ich war fast jeden Tag im Knast und habe Timothy erzählt, dass unser Geld nicht ausreicht, um einen guten Anwalt einzuschalten. Es hat ein paar Wochen gedauert, aber dann hat Timothy mir erzählt, wo er die Million geparkt hat. Also habe ich die Summe nach London transferiert und den nächsten Flieger gebucht, um rechtzeitig zur Hochzeit von Melissa wieder hier zu sein.»

«Woher wusstest du überhaupt davon?», will ich wissen.

«Elisabeth und Melissa waren eingeweiht», gesteht Iris kleinlaut.

Ich könnte mich nun darüber aufregen, dass ich in dieser Familie ständig belogen, betrogen und hinters Licht geführt werde, aber daran muss ich mich wahrscheinlich gewöhnen. Also zucke ich mit den Schultern. «Was wird aus Timothy?»

«Keine Ahnung. Er hat mein Vertrauen missbraucht, meine Liebe mit Füßen getreten, und schließlich hat er sogar versucht, meine Familie zu bestehlen. Meinetwegen kann er in Uruguay in irgendeinem Kellerloch verschimmeln.»

Wir schweigen erneut.

«Da ist er ja», sagt plötzlich unser Fahrer, steuert den Wagen auf den Seitenstreifen und hält dort an. Unsere beiden Begleiter steigen aus.

Der gestohlene Polizeiwagen steht auf einer Wiese. Die Fahrertür ist weit geöffnet. Gerade hechtet der Dieb ins Freie und türmt in Richtung eines kleinen Wäldchens. Gleich drei Uniformierte setzen ihm nach. Sie haben Mühe, ihm auf den Fersen zu bleiben, denn der Autodieb ist flink wie ein Wiesel. Es ist der kleine Alphons, der seinen Spaß zu haben scheint.

«Das war übrigens ein sehr schöner Abend mit dir», sage ich in die Stille. «Ich wollte dir das noch sagen, aber du warst dann ja leider verschwunden.»

«Ich fand es auch sehr schön», sagt Iris.

Wieder schweigen wir.

«Da du deinen Mann nun in den Knast gebracht hast, könnten wir uns vielleicht in Zukunft öfter mal sehen», taste ich mich vor.

«Und an was denkst du da genau?», will Iris wissen.

«Das können wir dann ja noch sehen. Da wir jetzt verheiratet sind, könnten wir theoretisch auch all das tun, was verheiratete Leute so tun. Vielleicht fahren wir mal zusammen in Urlaub, vielleicht suchen wir uns auch eine gemeinsame Wohnung …»

Iris schweigt. Ich ahne, das ist kein gutes Zeichen.

«Paul, ich glaube, wir sollten nichts überstürzen …», beginnt sie.

«Du machst Witze», unterbreche ich in einem Anflug von Verzweiflung. «Ich habe sehr lange auf diesen Moment gewartet. Du kannst nicht von mir verlangen, dass ich mich jetzt vornehm zurückhalte. Außerdem muss ich gleich für eine Weile in den Knast. Und wer weiß, wo du steckst, wenn ich wieder rauskomme. Vielleicht bist du dann ja wieder für ein paar Wochen auf der anderen Seite der Erdkugel. Kannst du nicht verstehen, dass ich diesmal die Gelegenheit beim Schopf packen will?»

«Doch», erwidert sie. «Das kann ich gut verstehen. Und ich glaube auch, dass wir es miteinander versuchen sollten. Ich habe nur gerade eine große Enttäuschung hinter mir. Und ich fände es richtig, wenn wir nichts überstürzen.»

Ich überlege.

Der sanfte Wind weht Glockengeläut aus Morlyhan zu uns herüber. Das freut mich. Es ist das vereinbarte Zeichen. Melissa und Schamski sind nun ebenfalls verheiratet.

EPILOG

DAS WAR SO NICHT ABGESPROCHEN

Meine neue Wohnung ist klein, aber hell und freundlich. Jona bekommt ein eigenes Zimmer. Es gibt ein weiteres Zimmer und eine geräumige Küche. Fred soll einen Platz im Eingangsflur bekommen, hat sich aber bereits demonstrativ in eine Ecke unseres künftigen Wohnzimmers gelegt. Wird sich noch zeigen, ob er damit durchkommt.

Vom Balkon aus kann man das ehemalige Verlagsgebäude sehen. Es beherbergt jetzt mehrere Internetfirmen und ein kleines, junges Unternehmen für Personalentwicklung. Mein Unternehmen. Ich betreibe das Geschäft seit rund zwei Monaten und bin mit der Entwicklung sehr zufrieden. Jona und ich kommen über die Runden, und wenn alles gut läuft, dann kann er sich eine Kita und ich mir ab und zu eine Flasche Wein leisten.

Während wir auf meine Möbel warten, lobt die Maklerin die Lage und den Schnitt der Wohnung, obwohl ich den Mietvertrag längst unterschrieben und die Courtage überwiesen habe. Vielleicht eine Berufskrankheit.

«... ist ja ideal für Alleinerziehende», höre ich sie sagen, und jetzt spitze ich doch die Ohren. «Ich selbst bin ja auch alleinerziehend. Ich weiß also, wovon ich rede.» Sie versucht ein strahlendes Lächeln. Klappt ganz gut.

«Ja», sage ich und schiele zur Tür, weil ich im Treppenhaus Geräusche gehört habe. Tatsächlich scheinen meine Möbel endlich zu kommen.

«Jedenfalls haben Sie ja meine Nummer, falls irgendetwas ist», sagt die Maklerin und reicht mir die Hand.

«Danke», erwidere ich, ergreife ihre Hand und schaue in ihre blassblauen Augen. Ich würde ihr gerne noch viel Glück wünschen für die Suche nach Mr Perfect, belasse es jedoch bei einem kurzen Händedruck.

Dann betreten stämmige Umzugshelfer die Wohnung. Fred beobachtet die Männer aus den Augenwinkeln. Er ahnt vermutlich, dass sie seine Siesta stören werden.

«Einfach alles in das hintere Zimmer», sage ich und betrete meinen Balkon, um die Männer nicht bei der Arbeit zu behindern. Ich wechsle Jonas Trageposition ein wenig. In letzter Zeit ist er ziemlich schwer geworden. Vielleicht kommt es mir aber auch nur so vor.

Der Balkon der Nachbarwohnung ist nur wenige Zentimeter entfernt. Die Brüstungen berühren sich fast, was daran liegt, dass die Wohnungen auf dieser Seite des Hauses sehr klein sind. Da bleibt nicht viel Fläche für Balkone.

Ein Kleinkind tapst auf den benachbarten Balkon. Es ist Mary-Ann.

«Algalagaldal», sagt sie vorwurfsvoll, was auch immer das heißen mag.

Iris erscheint. «Und? Wie ist deine neue Wohnung?»

«Hübsch», antworte ich. «So wie deine. Nur spiegelverkehrt.»

«Interessant», erwidert sie, als hätte sie meine Wohnung noch nie gesehen. «Und lädst du mich heute Abend ein? Quasi zum Einzug?»

«Warum nicht? Ich klingel dann bei dir, wenn ich hier …»

«Entschuldigung», unterbricht ein kleiner Mann mit breitem Kreuz und großer Wampe. «Der Handwerker ist da.»

«Entschuldige mich einen Moment», sage ich zu Iris und

verschwinde in meiner Wohnung, um dem Mann zu zeigen, was er machen soll.

Kaum eine Minute später bin ich wieder auf dem Balkon. «So. Wo waren wir gerade stehengeblieben?»

«Du wolltest mich zu einem romantischen Abendessen einladen», sagt Iris.

«Romantisch? Ich dachte, es ginge nur um gute Nachbarschaft.»

«Wer weiß, was draus wird.» Lächelnd beugt Iris sich über die Brüstung, um mich zu küssen, da hört man drinnen einen dumpfen Schlag. Das Haus scheint zu erzittern.

«Was war das?», fragt Iris erstaunt.

Wieder dieses dumpfe Geräusch, gefolgt von einer Männerstimme: «Habt ihr vielleicht 'ne Schubkarre dabei?»

«Könnest du ihn gerade mal halten?», frage ich und reiche Jona hinüber zu Iris. Sie nimmt ihn und setzt ihn auf den Boden neben Mary-Ann. Die beiden beginnen leise zu kichern.

Ich betrete mein Wohnzimmer, wo ein Mann mit einem Vorschlaghammer steht. Gerade ist der Kerl im Begriff, erneut auszuholen.

«Kann ich das bitte machen?», frage ich.

Der Mann hält inne, nickt und reicht mir den Hammer. «Klaro. Ich hab nix dagegen, wenn mir die Kunden Arbeit abnehmen.»

Mein Hund nutzt die Arbeitsunterbrechung, um in den Flur zu huschen. Vielleicht hat er gerade eingesehen, dass dort der beste Platz für ihn ist.

Ich nehme den Hammer in Empfang und will den Mann gerade bitten, auf den Balkon zu gehen, um dafür zu sorgen, dass Iris und die Kinder nicht nebenan sind, wenn ich die Zwischenwand einreiße, da erscheint meine Frau in der Tür. Sie hat Jona auf dem Arm und Mary-Ann an der Hand.

«Ist es das, wonach es aussieht?», fragt sie spitz.

«Ich denke mal ja», antworte ich ruhig.

«Das war so nicht abgesprochen, Paul.» Iris sieht ein bisschen verärgert aus, ein bisschen aufgeregt, aber auch ein bisschen beeindruckt.

Ich muss lächeln. Stimmt. Das war so nicht abgesprochen. Aber was ist im Leben schon abgesprochen? Im Grunde ist das Schicksal eine Folge nicht abgesprochener Ereignisse, Geburt und Tod eingeschlossen. Mein Freund Günther beispielsweise hatte immer Angst davor, Verantwortung für eine Familie zu übernehmen. Jetzt ist seine Frau mit Zwillingen schwanger, und er ist glücklich und die Ruhe selbst. Mein Freund Schamski hatte immer Bindungsangst. Jetzt will er seine Frau Melissa ein zweites Mal heiraten, und zwar offiziell unter dem Namen Kosinsky, denn Günther hat ihm auf dunklen Wegen die Identität eines Kanadiers mit tschechischen Wurzeln besorgt. Mein Freund Bronko wollte der Liebe nicht länger hinterherlaufen. Dann lief sie ihm in Gestalt einer Schweizer Millionärin hinterher, die sich jetzt sogar von ihrem Mann scheiden lassen will, um Bronko zu heiraten. All das war so nicht abgesprochen, vielleicht konnte es genau deshalb passieren. Ich habe immer geglaubt, man könnte dem Glück nicht auf die Sprünge helfen. Ich dachte, dass man sich bereithalten müsste für den magischen Moment, wo das Glück vorbeischaut. Doch das stimmt nicht. Man kann das Glück nicht erzwingen, aber man kann ihm mit einem Vorschlaghammer in der Hand entgegenschlendern.

«Bitte alle zurücktreten», sage ich. «Ich muss hier mal kurz durch.»

MIX
Papier aus verantwortungsvollen Quellen
FSC® C083411

Das für dieses Buch verwendete FSC®-zertifizierte Papier
Lux Cream liefert Stora Enso, Finnland.